DANIELLE STEEL

THE LONG ROAD HOME

この書物の所有者は下記の通りです。

住所	
氏名	

短命に終わってしまった幼子たち。命や魂の危険を知りながら地獄を生き抜いた子供たち……誰よりも可哀そうなのは戦争の犠牲になる子供たち。彼、彼女たちのために本書を捧げます。

子供たちを守れるよう、わたしたちがもっと勇気を持ち、もっと賢くなれますように。わたしたちの愛や勇気や慈悲心の欠如ゆえに子供たちが死ななければならないことがもうありませんように。

わたしにこう述べる勇気を与えてくれたトムのために。

わたしのハートと愛のすべてをもって。

D．S．

アカデミー出版社からすでに刊行されている
天馬龍行氏による超訳シリーズ

「最後の特派員」
「つばさ」
「五日間のパリ」
「贈りもの」
「無言の名誉」
「敵　意」
「二つの約束」
「幸せの記憶」
「アクシデント」
（以上ダニエル・スティール作）

「空が落ちる」
「顔」
「女　医」
「陰謀の日」
「神の吹かす風」
「星の輝き」
「天使の自立」
「私は別人」
「明け方の夢」
「血　族」
「真夜中は別の顔」

「時間の砂」
「明日があるなら」
「ゲームの達人」
（以上シドニィ・シェルダン作）
「裏稼業」
（ジョン・グリシャム作）
「何ものも恐れるな」

「生存者」
「インテンシティ」
（以上ディーン・クーンツ作）
「奇跡を信じて」
（ニコラス・スパークス作）

長い家路（上）

作・ダニエル・スティール
超訳・天馬龍行

第一章

まっ暗なクローゼットのなかに立つガブリエラ・ハリソンの耳に「カッチン、カッチン」と秒を刻む時計の音が聞こえていた。クローゼットのなかは冬の衣類でいっぱいだった。できるだけ奥に行こうとする六歳の顔を重い衣類が意地悪くひっかいた。ガブリエラは母親のブーツにつまずいてよろめいた。ここに隠れるのは今回が初めてではない。ここならひとまず安全である。ニューヨークはいま夏の盛りだ。彼女がこんなところに隠れているとは誰も思わないだろう。

中はむさ苦しかった。近づいてくる足音を聞きながら、ガブリエラは目をまん丸に開けて息を殺した。

母親のヒールが鳴らす固い足音が、街を通過する急行列車のようにクローゼットの前を過ぎていった。その瞬間、ガブリエラは風を切る熱気まで感じた。彼女は一度だけ呼吸して、また息を殺した。六歳のガブリエラは母親が超能力を持っているものと本気で信じていた。だから、どこに隠れていても嗅ぎつけられ、あのインクのようにまっ茶色な目で見つけられてしまうのだと分かっていた。それでも、とりあえずは母親につかまらないように隠れなければならなかった。

ガブリエラは年齢のわりに小さかった。背丈も体重も平均以下だった。そして、風貌も性格もどことなく子鹿に似ていた。目が大きく、ブロンドの髪はやわらかくカールしていた。知らない人たちからは天使のようだとよく言われる。実際に彼女は、地上に落ちた天使が現実を知ってあきれるように、いつもびくついていた。六年のあいだに彼女が遭遇したものは、天国で見聞きしそうなものとはあまりにもかけ離れていた。

母親のヒールがもう一度通りすぎていった。今度の音はさっきよりもやかましかった。捜索が本格化したことをガブリエラは直感した。いまごろガブリエラの部屋のクローゼットはめちゃめちゃにされているだろう。階下の物入れや庭のゴミ置き場も徹底的に調べられているだろう。

一家の住まいはイーストサイドに建つ、こぢんまりしたタウンハウスだった。きれいに手入れされている小さな庭がついていた。母親は庭いじりが大嫌いだった。だから、日本人の庭師が週に二回やってきて、ちっぽけな芝生をきれいに保ち、植木類に必要なハサミを入れていた。母親がなによりも嫌ったのは、せわしなさだった。彼女は騒音を憎み、汚れを憎み、嘘を憎んだ。犬も嫌いだった。子供たちのことも嫌いにちがいなかった。

ガブリエラにはそう信じる理由があった。子供は嘘つきだ、と母親は言っていたし、やかましいうえに、母親に言わせれば、なんでも汚してばかりいる。汚すな、散らかしてはいけない、部屋におとなしくしていなさい、とガブリエラはいつも言い聞かされてきた。ラジオを聴くことも、色鉛筆を使うことも禁止されていた。一度、色鉛筆で、買ってもらったばかりのドレスを汚してしまったことがあったからだ。父親が朝鮮というところに出かけていたときのことだ。まる二年間家にいなかった父親は、去年帰ってきた。クローゼットの奥のほうには父親の制服がまだ掛かっているはずだった。ガブリエラが前に隠れたときにそれを見ている。ぴかぴかの金ボタンがついていて、生地はざらざらだった。だが彼女は、それを着ている父親を見たことはない。父親は背が高くて、やせていて、ハンサムである。目の色はガブリエラと同じで、髪の毛も同じブロンドだが、父親のほうがちょっと濃い。

戦争から帰ってきたときの父親を見たガブリエラは〝シンデレラの王子さまみたい〟と思っ

たものである。そのときの母親は物語のなかの女王さまに見えた。美しくて優雅だが、いつもいらいらしていた。ガブリエラの食べ方だとか、ちょっとしたことに腹を立てた。彼女が食べ物を落としたり、コップでもひっくり返そうものなら、もう大変だった。それでも幼い彼女は母親のドレスにジュースをこぼしてしまったこともあったし、やってはいけないことをしでかしては叱られていた。

自分の過ちをよく覚えていて、二度とくり返さないようにするのだが、どうしてもまたやってしまうのだ。ガブリエラは誰も怒らせたくなかった。とくに、母親に怒られるのがいやだった。だから服を汚したり、床に食べ物を落としたり、学校に帽子を忘れたりするのは本意ではなかった。ついうっかりしてそうなってしまったのだと、彼女は目を大きく見開いて説明するのだが、ガブリエラの努力にもかかわらず、物事はいつも悪いほうに行ってしまうのだった。

とがったヒールの音が三たび近づいてきた。今度のはゆっくりだった。ガブリエラはその意味するところを理解した。家捜しは終わりである。ついに捜し当てられてしまったのだ。初めから時間の問題なのは分かっていた。目の大きな子は自分から出ていこうと思ったこともあった。潔く罪を認めれば罰せられなくてすむと母親からよく聞かされていたからだ。だが、思いきってそうしたときでも、彼女はかならず罰せられた。もっと早く言わなければダメじゃないの、とさらに怒られるのが関の山だった。

返事が遅い、自分の部屋を散らかす、食べ物をこぼす、彼女がこぼした豆でぴかぴかのテーブルに油のシミがつく、靴を庭にほうり出したままにする。ガブリエラの悪さのリストには終わりがなかった。もし自分がこうでなかったならば、もっとかわいがってもらえるのにと分かってはいても、ガブリエラにはどうすることもできなかった。両親をがっかりさせてばかりいて、自分は悪い子なんだと彼女は思いこんでいた。幼い彼女が背負うには重すぎる負担だった。両親の愛を勝ちとるためなら、なんでもするつもりだったが、いままでの試みはすべて失敗に終わっていた。母親の反応が彼女にはっきりそう言っていた。彼女が王子さまだと思っている父親の態度も母親と似たりよったりだった。

足音がクローゼットのドアの前で止まった。一瞬の沈黙ののち、ドアがバタンと開けられた。明かりがクローゼットの奥に差しこみ、ガブリエラを照らした。彼女は明かりから身を守ろうとするかのように目を閉じた。かけてある衣服のすきまからもれてくる薄明かりにすぎなかったが、ガブリエラにとっては照りつける太陽のようにまぶしかった。母親の香水の匂いがきつかった。その匂いで彼女がすぐそばにいるのが分かった。母親の下着の衣ずれはガブリエラにとっての警鐘だった。衣類がゆっくり左右にかき分けられ、クローゼットのなかに谷間ができる。谷間の向こうに見えたのは、こちらをにらむ母親の目だった。二人のあいだに、呼びかけもやり取りもなかった。説明するか、謝るか、泣くかする場面だ。だがガブリエラは、大きく見開いた目をさらに大きくしただけだった。母親の目のなかで怒りの炎が燃えあがるのが見えた。人間とも思えない早わざで伸びてきた母親の手がガブリエラの腕をつかみ、彼女を床に引き倒した。ガブリエラは、風切る音が聞こえるほど勢いよく母親の横に倒れた。最初のげんこつが飛んできたのはそのすぐあとだった。ガブリエラは床にたたきつけられて息ができなくなった。泣きも叫びもしなかった。母親は力いっぱいのビンタをくらわすと、片手で彼女を引きずり立たせ、もう片方の手で頭を殴った。ガブリエラは痛くて声も出せなかった。

「また隠れたのね！」

背の高いやせた女は六歳の子を怒鳴りつけた。このけわしい目つきさえなければ、かなり美人のはずの彼女だった。その顔には、怒りとは別のゆがみがあった。長い黒髪は乱れたままうしろで結ばれていた。スタイルはエレガントだった。値の張る仕立ての上等な絹のドレスで身をつつみ、両手には粒の大きなサファイアの指輪をはめていた。その指輪でひっかかれた痕がガブリエラの顔にできていた。頭には切り傷が、ほほにはミミズ腫れができていた。エロワ・ハリソンは子供の右耳にビンタを張ると、両肩をつかんで彼女の体を揺さぶり、泣きだしそうな小さな顔に向かって怒鳴った。

「いつも隠れてばかりいて、世話のやける子だ！　今度は何をしでかしたんだい？　どんな悪さをしたんだ？　したからそうやって隠れているんだろ……じゃなかったら、クローゼットに隠れる理由なんてないものね」

「なにもしてないわ……本当よ……」

ガブリエラは息ができなくて、そうささやくのがやっとだった。

ぶたれて、魂を抜かれてしまったかのように、ガブリエラは涙をためた目で母親をボーッと見上げた。

「ごめんなさい、お母さん……ごめんなさい」

「謝ったってダメよ……どうせ嘘なんだから。まったく世話のやける子だ。いったい、何がしたいんだい、おまえは!?……哀れな子だよ……おまえみたいな子を育てるのはもううんざりだよ……」

彼女はそう言って子供を突き飛ばした。ガブリエラはワックスのきいた床に足をすべらせてよろめいた。だが、まだ母親のそばにいたため、その震える細いももを青いスエードのハイヒールで蹴とばされた。

大きなアザはたいがい足や腕や体の内側にできていたから、人目にふれることはなかった。顔の傷はいつも数時間で消えた。母親は殴り方が上手だった。アザのつく場所、つかない場所をちゃんと心得ていた。それもそのはず、ガブリエラが生まれてからこの六年間、ほとんど休まずに練習してきたようなものだったのだから。

自分の足もとにうずくまるガブリエラに慰めの言葉などかけなかった。謝ったり、なだめたりもしなかった。早く起きあがれば母親の怒りをまた買うと分かっていたから、痛みで顔をしかめながら、ガブリエラは首をうなだれ、ほほを濡らしたままじっとしていた。涙で濡れた目で見上げたら、母親はさらに怒りだすに決まっていた。だから彼女はじっと床を見つづけた。

そうしていれば床のなかに消えてしまえるものと思いこんでいるかのように。

「立ちなさい！……なにを待ってるんだ、おまえは」

乱暴な言葉が浴びせられ、もう一度腕をひっぱられると、最後の一撃が後頭部を打った。

「あきれたよ、ガブリエラ……憎らしい子だ……自分のその格好を見てごらんなさい……薄汚いこと……自分の顔を見てごらん！」

涙で濡れた天使の顔がいつのまにか泥まみれになっていた。

どんなに心ない人間でも哀れを誘われる場面だった。だが彼女の母親だけは別だった。エロワ・ハリソンはまるで別の惑星の生物だった。母親であることにちがいはないのだが。


幼いときに両親に捨てられたエロワは、ミネソタに住む叔母のところに預けられた。メイドで生計を立てていた叔母との生活は冷たくて孤独だった。叔母はほとんど話しかけることなどせず、彼女を薪運びや冬の雪かきにこき使った。ちょうど大不況の時代で、預金をすってしまった両親は彼女を置き去りにしてヨーロッパに渡ってしまったのだった。エロワは捨てられる前から両親に冷たく扱われていた。息子をジフテリアで亡くした両親はエロワをかわいがらず、徹底してじゃま扱いした。

エロワは十八歳になると叔母の家を出て、ニューヨークに戻り、いとこたちと一緒に住むことになった。二十歳のときにジョン・ハリソンに出会い、二年後に結婚した。もともと幼なじみのふたりだった。ジョンの両親はエロワの両親よりはずっと幸運だった。不況下にも一家の財産は持ちこたえた。生まれもよく、教育も受けていたジョンは、大きな野心や強い性格こそなかったが、銀行に職を得て、そこでエロワと再会したのだった。彼はひと目見て、エロワの美しさのとりこになった。

若くて綺麗なエロワはちょっとした存在だった。彼女の冷たいところにジョンはますます熱をあげた。泣きついてでも、ひざまずいてでも、ジョンは彼女と結婚したかった。しかし、エロワのほうは追いかけられれば追いかけられるほど冷たくなった。まる二年も費やして、ジョンはようやく彼女をワイフにすることができた。子供はすぐにでも欲しかった。彼女のためにきれいな家も買った。彼女を親戚や友人に紹介するときのジョンはいかにも誇らしげだった。しかし、彼女に子供をつくることを納得させるのにそれから二年もかかった。「もっと時間が欲しいの」と言って、彼女はいつも逃げていた。口にこそ出さなかったが、彼女の結婚目的は子供をつくることではなかった。自分の子供時代が極端に不幸だったためもあるが、子供を持つこと自体が彼女にはぴんとこなかった。しかしジョンの場合はまるで正反対だった。子供が早く欲しくてたまらなかった。やがて彼女は妥協したものの、すぐに後悔することになった。妊娠中は体の状態がすぐれず、最後の最後まで苦しんだ。出産は恐怖以外の何ものでもなかった。彼女は二度とくり返すまいと心に誓った。次の日、彼女の腕に抱かされたかわいらしいピンクのかたまりがエロワの頭のなかでは余計なお荷物だった。ジョンが赤ん坊に夢中なのがさらに彼女の機嫌を損なわせた。それまで自分に注がれていたジョンの愛のすべてが突然ガブリエラに向けられることになったからだ。

「……これで寒くないかな?」

「……この子の食事はもうすんだのかな?」

「……おむつはもう取り替えたのか?」

ジョンは娘が母親似なのを喜んだ。だがエロワは、娘にかかずらう夫を見るたびにむかっ腹を立てた。赤ん坊の顔を見るたびに、わけもなく怒鳴りそうになる自分を抑えるのがやっとだった。

エロワはびっくりするような早さで自分の日常活動に戻った。つまり、買い物と、午後のお茶会と、友達との昼食会である。夜のパーティーなどがあると、彼女は何を差し置いても出かけた。赤ん坊にはまったく興味がなかった。毎週水曜の午後に集まるブリッジ仲間の何人かには、子供なんてかわいくもなんともないと告白すらしていた。なんでもズケズケ言う彼女は仲間内ではおもしろい女と見られていた。しかし母親であるにもかかわらず、彼女には母性というものがまったくなかった。そのうち変わるだろうと夫のジョンは軽く考えていた。まだ二十四歳の若さだし、世の中が楽しくてしょうがない年齢なのだ。子供がかわいくなりだしたら、彼女の関心もそちらに向くはずだった。しかし、その日はついにやって来なかった。むしろ逆で、ガブリエラがあちこち這いずりまわり、ものをひっぱったり、ひっくり返したりするようになると、母親はますます怒りっぽくなった。

「まあ、なんていう子なんでしょう……見てちょうだい、この散らかし方を……ものを投げたり壊したりすることの好きな子なんだから。それに、いつも体を汚して……」

「まだ子供なんだからしょうがないじゃないか……」

夫はそう言ってガブリエラをやさしく抱きあげ、お腹に口をあててブーッと音をたてる。

「やめなさいよ、そんな気持ち悪いこと！」

エロワはさも不潔そうな目で夫をにらんだ。ガブリエラを抱くのはもっぱらジョンの役目で、エロワが赤ん坊を抱くことはまずなかった。一家に雇われた乳母はすぐに事情を読みとり、ジョンと同じように、母親が変わることを期待した。

「奥さんは赤ちゃんにやきもちをやいているんですよ」

乳母の意見はばかばかしすぎて、ジョンはまじめに受けとれなかった。だが、時が経つにつれて、もしかしたらそうなのか、と彼も疑問を持ちはじめた。彼が子供を抱きあげるたびに、妻は機嫌を悪くした。二歳の娘が居間や寝室に入ってきて何かを手にとると、母親は子供の手をぴしゃりとたたいた。子供を育児室から出さないほうがいいと彼女は思って、夫にそう提案した。

「これじゃあ、まるで監禁じゃないか。可哀そうだよ」

仕事から帰ってくると、娘がいつも育児室に閉じこめられているのを見てジョンは言った。

「でも、この子はなんでも壊しちゃうのよ」

エロワは決まって腹立たしげにそう答える。夫が娘の髪の毛を褒めるのを聞くと、彼女はもっと機嫌が悪くなる。

ガブリエラの髪のカールがかわいいとジョンが言った次の日、母親は娘を美容院へ連れていった。戻ってきたときの娘の髪の毛からカールが消えていた。ジョンが驚くと、このほうがさっぱりして健康的だからとエロワは説明した。

ガブリエラの口が達者になり、廊下で父親を追っては甘えたりするようになると、母親のライバル意識はいよいよ激しくなった。本能的に身の危険を感じるのだろう、ガブリエラは母親にあまり近づこうとしなかった。夫と娘が楽しそうに笑いあったりすると、エロワは癇癪を起こしそうになる。子供の面倒見が悪いとジョンが耐えかねてエロワを責めだすと、夫婦の亀裂は急速に拡大していった。

エロワは娘のことで夫から何か言われるのがいやでたまらなかった。そんなことをぐちゃぐちゃ言うのは男らしくないと思ったし、実際に、いちいち言われるたびにむかっ腹を立てていた。

ガブリエラに対する本格的な殴打は彼女が三歳のときに始まった。ある朝、テーブルから誤って皿を落として割ってしまったときのことだった。娘の横で落ちつかなそうにコーヒーを飲んでいたエロワは、皿が落ちて割れた瞬間に娘のほほにビンタを張った。

「二度と同じことをしたら承知しないよ……分かった⁉」

ガブリエラは涙をいっぱいためた目で母親を見つめることしかできなかった。顔はショックと悲しみでこわばっていた。

「分かったの⁉」

母親は幼い娘に迫った。ガブリエラの髪の毛にはふたたびカールが現われていた。彼女は青い大きな目に当惑の表情を浮かべて母親を見つめた。

「さあ、ちゃんと返事しなさい！」

「ごめんなさい、お母さん……」

そのとき、ジョンがちょうど部屋に入ってきた。信じられない光景を目にしても、ショックのあまり彼はなにも口出しできなかった。自分がなにか言えば事態がさらに悪くなるだけだと分かっていたからだ。それほど怒っている妻を見るのも初めてだった。三年間の怒りと嫉妬とフラストレーションが、火山の爆発のように、エロワから一気に噴きだしていた。

「もう一度同じことをしたらげんこつで殴るからね」

エロワはすごい形相で子供をにらみつけ、肩をつかんで揺すった。首を振るガブリエラの歯がカチカチと鳴った。

「おまえは本当にいたずら者だから。いたずらな子はみんなに嫌われるんだよ」

ガブリエラは視線を怒りでゆがんだ母親の顔からドア口に立つ父親に移した。だが、父親はなにも言わなかった。

夫が入ってきたことを知ると、エロワは娘を抱きあげて子供部屋へ連れていき、そこに缶詰めにしたまま、朝食を与えないことにした。ガブリエラはベッドにうつ伏せになり、出ていく母親を泣きながら見送った。

「そこまでしなくていいじゃないか」

コーヒーをもう一杯飲みにきた妻に向かってジョンは静かに言った。エロワの手はまだ怒りで震えていた。

「今きちんとしつけておかないと、あの子はいずれ非行少女になるわよ。悪い子にはお仕置きが効くのよ」

甘やかされて育ったジョンにはエロワの反応は過激すぎて信じられなかった。だが、子供のことで妻が神経質になっているのはよく分かっていた。ガブリエラが生まれてから、エロワはすっかり変わってしまった。最近では夫のやることなすことにけちをつける。たくさんの子供に囲まれて幸せに生きる彼の夢はとっくに消えていた。

「あの子が何をしたのかは知らないが、そんなに怒ることはないだろう」

彼は事を荒立てないように言った。

「あの子は皿をわざと床に投げつけて壊したのよ。そんなことを許していたらツケ上がるだけでしょ！」

エロワは夫に食ってかかった。

「間違って落としたのかもしれないじゃないか」

彼はなだめたつもりだったが、事態を悪くしただけだった。娘をいくら弁護してやっても無駄だった。エロワは聞く耳も持たなかった。

「あの子をしつけるのはわたしの役目よ」

エロワは歯をカチカチさせながら言った。

「あなたは仕事をきちんとやっていればいいのよ」

妻はそう言うとさっさと部屋から出ていってしまった。

それから半年もすると、ガブリエラに対する〝しつけ〟は母親の専業になった。なにか過ちを見つけてはビンタやげんこつを娘に見舞った。庭で遊んでひざを汚したとか、近所の猫とたわむれて引っかかれたとか、ドレスを汚しただの、地面に転んでひざを擦りむいただの、難癖をつける種はいくらでもあった。ガブリエラがいちばん激しくぶたれたのは、すり傷の血でドレスと靴下を汚したときだった。

彼女が四歳の誕生日を迎えるちょっと前に、父親は娘が折檻《せっかん》されていることを知った。だがエロワを止める方法はないと始めからあきらめてしまった。口出しして事態をさらに悪くするよりは、体罰に対するエロワの言いわけを受け入れるほうが楽だった。とにかく何も口を出さないのがいちばんだと彼は決め、娘が受けている虐待を虐待と思わないようにした。よく分からなかったから、妻が正しいのかもしれないと自分に言い聞かせたりもしていた。

ジョンは交通事故で両親を亡くしていたから、相談できる相手がいなかった。ガブリエラに対するエロワの態度に疑問はあっても、赤の他人にはうち明けられなかった。

やがてジョンの目にガブリエラは模範的な子供と映るようになった。おしゃべりはせず、テーブルの後かたづけはするし、自分の部屋の整理整頓も言われたとおりきちんとしている。母親に向かって口答えは決してしない。この結果を見れば、エロワの主張は正しかったことになる。夕食の席でのガブリエラは、目を大きく見開いたまま、じっとおとなしくしている。父親が、恐怖による怯《おび》えを行儀ととり違えたのは、ただ不幸なことと言うほかなかった。

それでも、母親の厳しい目にはガブリエラの行儀は中途半端だった。

体罰をつづけなければならない理由は無限にあった。折檻はしだいに長く、かつ頻繁になった。ガブリエラがなにか口をきくたびにビンタが飛んだ。娘が怪我をするのでは、と父親が真剣に心配したこともあった。それでも彼はなにも言いだせなかった。彼にとっては、プライバシーを守るのも勇気のひとつであり、妻を信頼するのもそれなりの愛情表現だった。娘の体についているアザは決して疑わないようにした。それについてエロワは、この子は転びやすいだの、自転車乗りが下手だの、ローラースケートを習いはじめただのと常に言いわけを用意していた。

ガブリエラが六歳になるころ、母親の娘に対する虐待は習慣化していた。ジョンは家のなかに波風を立てたくなかったので、見て見ぬふりをしていた。子供のしつけにはこうするのがいちばんいいのだと、エロワは口癖のように言っていた。制裁を加えなければもっと悪い子になる、というのが彼女の説明だった。ガブリエラは自分がどんなに悪い子であるか身にしみて分かっていた。悪い子だからこそ、お母さんはこんなにわたしをぶつんだわ……悪い子だからこそ、お父さんも黙って見ているんだ……悪い子だから、かわいがってもらえないんだ……自分がどんなにやっかい者なのか、そしてどんなに悪い子なのか、耳にタコができるほど母親に言い聞かされて、ガブリエラは疑問を持つことなく信じこむようになっていた。

その日、母親は片手をひっぱって床に横たわる娘を立たせると、もう一度彼女の顔にビンタを張った。その様子を父親が玄関のところで見ていた。ガブリエラには分かっていた。どうせ父親は何もしてくれないのだ。彼女が這うようにしてその前を過ぎたとき、父親は悲しそうな目をしただけで何も言わなかった。手を差しのべて慰めてくれることもせず、ただ見るに耐えないといった顔で目をそむけただけだった。

「自分の部屋に入ってじっとしていなさい」

震える手で自分のほほを押さえながら、ガブリエラは音をたてずに廊下を歩いた。この日もまたお母さんをあんなに怒らせたのだから、よっぽど悪いことをしたのだと自分に言い聞かせて部屋に入ると、ドアを閉め、ベッドに駆け寄って人形を抱きしめた。死ぬ前に父方の祖母がくれた人形で、彼女が持つことを許された唯一のおもちゃだった。青い大きな目と、長いまつげ、かわいらしいブロンドの髪の毛。ガブリエラはその人形が大好きだった。人形の名前は〝メリディス〟。ガブリエラのただひとりの味方でもあった。彼女はベッドの上に座り、抱きしめた人形を揺らしながら、どうしてお母さんにあんなに痛くぶたれるのだろう……どうして自分はもっといい子になれないんだろう、と小さな頭で考えつづけた。しかし、頭に浮かんでくるのは父親の悲しそうな目だけだった。母親にののしられてばかりいる娘に父親はあきらかに失望していた。ガブリエラは母親の非難を百パーセント受け入れていた。すべて自分が悪いのだと自覚していた。努力したつもりでも、両親に喜んでもらえるところまで行かなかったのだと悟っていた。もうなるようにしかならないのだ……何をやってもぶたれるのだ。

これには終わりがないのだと、彼女は人形を抱きしめながら胸の奥で理解した。

〈わたしは絶対いい子にはなれないんだわ。どうせお父さんやお母さんにはかわいがってもらえないんだ〉

彼女の記憶にあるかぎり、ずっとそうだった。物心ついたときから、自分はだめな子なのだとガブリエラは思いこんできた。母親にぶたれることに疑問を持ったことはなかった。ガブリエラは自分の不幸な現実を受け入れていた。

〈でも、お母さんはどうしてあんなに痛くぶつのかしら〉

ベッドの上で声をたてないように泣く彼女にも、ひとつだけ分かっていることがあった。彼女を救ってくれる人はいないということだった。彼女の唯一の支えは人形のメリディスだった。祖母も、叔父も叔母も、いとこも友達もいなかった。ほかの子供たちと遊ぶことは一度も許されなかった。理由は彼女が〝悪い子だから〟だ。だから、みんなに好かれないのだろうと彼女自身思っていた。お父さんやお母さんにも好かれないのだから、誰が好いてくれよう。わたしってそんなに悪い子なんだ……母親に制裁を受けていることを彼女は誰にも言えなかった。そんなことを話したら、自分が悪い子であることを証明するようなものだったからだ。学校でアザや傷のことを訊かれると、彼女は階段から落ちただの、飼ってもいない犬にかまれただのと嘘をついた。これだけは秘密にしておかなければいけないのだと、彼女は固く信じていた。

両親のせいではない。悪いのは全部自分なのだとガブリエラは理解していた。過ちをくり返すからお母さんをあんなに怒らせてしまうのだと。ベッドに横になって、ガブリエラはそのことを考えてみた。そのとき、父親と母親の言いあう声が聞こえてきた。怒鳴りあっている声だった。あれもわたしのせいなんだわ、と彼女は自分を責めた。話の内容は聞きとれなかったが、自分のことが言われているにちがいなかった。

〈わたしがいけないから、お父さんとお母さんはあんなふうに憎みあうんだわ〉

みんなを不幸にしてしまう自分の不幸をガブリエラは嘆いた。

ガブリエラは泣きながら、夕食もとらずに寝こんでしまった。ほほや、母親に蹴られた腿が痛んで何度も眠りから目を覚ました。そのたびにガブリエラはほかのことを考えようとした……公園や……楽しそうに散歩する人たち……笑い声をあげながらたわむれる子供たち……ゲームで遊んでいる子供たちが彼女にも入らないかと誘ってくれる……背の高い美しい女性が近寄ってきて、あなたのことが好きよと言ってくれる……この空想の時が彼女にはいちばん幸せだった。

「あんなことを続けていたら、そのうちあの子は死んじゃうぞ」

ジョンが言うと、エロワは軽蔑したような薄笑いを浮かべて夫を見おろす。ジョンはかなり酔って足をふらつかせていた。彼の深酒の習慣は、妻の娘に対する制裁と開始時期が一緒だった。虐待をやめさせたり、エロワと言い合いをするよりは飲むほうが楽だった。飲んで感覚を麻痺させれば、見るに耐えられないことでも耐えられた。

「わたしが今しつけておいてやれば、あの子はあんたみたいな酔っぱらいと一緒にならなくてすむわよ。あとで苦しむよりは、いま痛い思いをしておいたほうがいいんじゃない」

エロワはそう吐き捨てるように言って、マティーニをもう一杯つくる夫をにらんだ。

「おれがいちばん胸くそ悪いのは、おまえが本気でそう思っているところだ」

「わたしが厳しすぎるって言いたいの?」

エロワはたちまち逆上した。

「厳しすぎるか、だと？　あの子の体じゅうにできたアザをおまえは見たことがないのか？　あんなアザをあの子がどこでつけたと言うんだ？」

「バカ言わないでよ。わたしを責めるのはお門違いだわ。あの子は靴を履くたびに転ぶのよ」

エロワはタバコに火をつけて、うしろの壁に反りかえり、マティーニを飲む夫を見据えた。

「何を言っているんだ、エロワ。本当のことを知っているおれと言いあったってしょうがないじゃないか。おまえがあの子をどう思い、あの子に対して何をしているか、このおれがいちばんよく知っているんだ。可哀そうに……実の母親からこんな扱いを受けるなんて」

「わたしだって同じよ。あなたからこんな扱いを受けるいわれはないわ。あの子の悪さにわたしがどんなに困っているか、あなたには分からないんでしょ。あなたはあの子の目がかわいいと思っているんでしょうけど、あんな目をしていながら実はあの子は怪物なのよ」

彼はハッとしたかのように、目を見開いて妻を見つめた。

「もしかしたら、おまえはあの子に嫉妬しているんじゃないのか？　実はそうなんだな？　おまえは自分の娘に嫉妬しているんだ」

「なにを言ってるのよ、酔っぱらい！」

エロワは指にはさんだタバコを揺らして彼の問いかけを打ち消した。

「きっとそうなんだ。だったらおまえは病気だ。あの子は生まれてこないほうがよかったんだ。こんな目にあわされるなんて……おまえに嫉妬されてな……」

妻が残酷なのは彼の責任ではない。娘に手を上げたことがないのが彼の自慢だが、娘を保護する手段をなにも講じられなかったのも事実だった。

「わたしを責めたって無駄だからよしてよ。わたしは良心に恥じるようなことは何もしていないんですから」

「ほう、そうかい。毎日のように子供をめちゃくちゃに殴っていながら、良心が痛まないのか？」

四杯目のマティーニの効き目にもかかわらず、今日のジョンは引き下がらなかった。

「あの子は問題児なのよ、ジョン。甘やかしたらとんでもないことになるわ」

「あれだけお仕置きされたら、一生忘れないだろうさ」

ジョンの目が急にトロンとしてきた。

「忘れないでもらいたいわね。子供のしつけには、あれこれガチャガチャ言うよりも、お仕置きがいちばん効くのよ。わたしにぶたれても反抗しないんだから、あの子は自分の悪いことが分かってるんだわ」

「怖くて口答えできないだけだよ。なにか言ったら殺されるんじゃないかって、あの子はおびえきっているんだ」

「それじゃ、まるでわたしが殺人鬼みたいに聞こえるじゃないの。やめてよ」

そう言って、彼女は長い綺麗な足を組みなおした。だが、ジョンは、彼女の美しさをかえって気味悪いと思うようになっていた。実の子に対する虐待を何度も見せられて、妻に対して色気などとっくに感じなくなっていた。憎しみさえ覚えていた。だが、それでも離婚に踏みきれるほどではなかった。彼にはそうするほどのガッツがなかった。しだいに彼は勇気のない自分を嫌悪するダメ男になっていた。

「そろそろあの子を寮にでも入れたほうがいいと思うんだ。そのほうがあの子のためにもいい」

「その前に家庭で教育することがいろいろあるのよ」

「教育だと？　あれが教育と言えるのか？　今日だって、あの子はほほにアザをつけていたぞ」

「大丈夫よ、明日の朝までには消えるから」

エロワはしゃあしゃあと言った。

そうにちがいないと分かるからこそ、ジョンは妻が憎らしかった。妻は、アザが残らないような手かげんの仕方を心得ているのだ。人目につかない内ももなどには思いきって蹴りを入れる。暴力のエキスパートと言ってもよかった。

「売女《ばいた》め！」

彼にはもうそれしか言えなかった。妻は売女と呼んでも言い足りないような女だったが、それに対して彼にできることは何もなかった。ジョンはそれからふらふらした足どりで夫婦の寝室へ向かった。

娘の部屋の前に来たとき、開いているドアから暗い部屋のなかをのぞいた。寝息も聞こえなかったし、人の気配はまったく感じられなかった。ベッドの上もからっぽに見えた。だが、そろそろと近寄ってよく見ると、ベッドの端が小さく盛りあがっていた。ガブリエラにちがいなかった。彼女はいつもこうしてベッドの端で寝る。母親が不意に入ってきたとき、いないように見せるためだ。小さな盛りあがりを見つめる父親の目は涙で濡れていた。娘に枕を当ててやろうとも思ったが、そっとしておくことにした。そんなことをしたら、またエロワの機嫌を損ねると分かっていたからだ。

ジョンはくるりと向きを変えると、娘をそのままにして自分の寝室へ向かった。自分の娘に降りかかる不幸と、人生の理不尽さを思うと、やり切れなさでため息が出るばかりだった。ガブリエラ同様に、彼は妻に対して無力だった。今日もまた、自己嫌悪地獄に落ちこむ自分から抜けだせなかった。

第二章

夜八時になると、イースト六十九番通りの自宅に招待客が顔を見せはじめた。なかには有名人もいた。英国人女性を同伴したロシアの皇太子、それに、エロワのブリッジ仲間たち。ジョンが勤めている銀行の頭取はワイフ同伴でやって来ていた。制服を着たウエイターたちが銀のトレーにのせてシャンペンを配っていた。その様子をガブリエラは階段のてっぺんに隠れて見つめていた。両親が開くパーティーを見ていると、ガブリエラはいつも幸せな気分になれるのだ。

黒いサテンのガウンを着た母親はとても美しく見えた。体にぴったりしたタキシード姿の父親もハンサムだった。居間に入ってくる女性客たちのドレスはみな優雅で、彼女たちがシャンペンのグラスをとりあげるとき、身につけている宝石がキラキラと光る。到着する客たちは、一人また一人と、音楽とざわめきのなかに溶けこんでいく。

エロワとジョン夫婦は社交好きだった。ここのところ回数は減ったが、人を招待してパーティーを開くのが大好きなふたりだった。そして娘のガブリエラは、集まった客たちを見るのが好きだった。自分の部屋に戻って寝そべってからも、彼女は階下で演奏される音楽にいつまでも耳を傾けていた。

九月。ニューヨークっ子たちが社交を楽しむシーズンの幕開けである。ガブリエラはちょうど七歳になったばかりだった。その夜は特別なパーティーというよりも、友人たちの単なる集まりだった。客たちの何人かはガブリエラのよく知った顔だった。めったに客に会わせてもらえないガブリエラだが、なかには彼女にとてもやさしくしてくれる客もいる。ガブリエラが正式に紹介されたり、客のあいだに入れることはめったにない。パーティーのあいだ彼女は放っておかれ、自分で勝手に二階からのぞき見するだけである。

大人の社交に子供は関係ないというのがエロワの考えだった。子供のことを尋ねる客もたまにはいるが、そんなときエロワは虫でも追いはらうような手つきで質問を払いのけてしまう。

銀縁の額に入れられた夫妻の写真は家のあちこちに飾られているが、ガブリエラの写真は一枚もない。だいいち、ガブリエラには写真を撮られた記憶すらないのだ。子供の成長の記録は夫妻にはまったく興味のないことだった。

ブロンドの女性が廊下に入ってくるのを見て、ガブリエラはにっこりした。シフォンの白いドレスを着たマリアン・マークスは、動くたびに浮かんでいるように見えた。彼女の夫はガブリエラの父親の同僚で、彼女自身はエロワとジョン夫妻のもっとも親しい友人だった。マリアンの首はダイヤモンドのネックレスで光り、シャンペングラスを受けとるときの手つきはとても優雅だった。そのときだった。なにかカンでも働いたのだろうか。マリアンはふと階段を見上げ、足を止めた。暗いところにいたガブリエラから見ると、明かりをいっぱいに受けたマリアンの顔は光って見えた。まるで光輪でも頭にのせているように輝いていた。しかしよく見ると、輝きの源はダイヤモンドのティアラだった。ガブリエラには、マリアンがおとぎの国の女王さまとしか思えなかった。

「ガブリエラ！　そんなところで何をしているの？」

マリアンの声はやさしかった。彼女は顔をほころばせて階段の陰に隠れている少女に手を振った。

「シー……」

ガブリエラは指を口にあて、心配そうに顔をしかめた。そこに隠れているのを母親に見つかったら、ただではすまされないだろう。

「ああ……」

マリアンはすぐに意味を理解した。正確に言うなら、彼女なりの解釈で少女の言わんとしていることを理解した。そして、急ぎ足で階段をのぼった。白いサテンのサンダルを履いていたので、音は立たなかった。彼女の夫は、階段の下でにこにこしながら妻と少女の交歓風景をながめていた。マリアンは少女を抱きしめてささやいた。

「こんなところで何をしているの？　みんなが集まるのを見ていたのね？」

「おばさんはとっても綺麗よ！」

ガブリエラは質問にうなずくと同時に、マリアンに見とれながら言った。マリアン・マークスは母親とは大違いだった。美しくて、心が広くて、ガブリエラと同じような大きな目をして、まわりが明るくなるような笑い方をする。ガブリエラにとっては神秘的ですらあった。

〈わたしのお母さんもこういう人だったらよかったのに〉

ガブリエラはあこがれの女王さまを仰ぎ見ながら思った。

マリアンは母親と同じ年代で、子供ができないことを話すときの彼女は必ず寂しそうな顔をする。なにかの行き違いでこうなったのだと、ガブリエラはいつも小さな頭で考えていた。

〈わたしの本当のお母さんはきっとこういう人だったんだけど、手違いがあって、わたしは今のお父さんとお母さんを持つことになったんだ……わたしが悪い子だから、罰を受けるために

そうなったんだわ〉

マリアンのようなやさしい女性が誰かを罰するなんて、ガブリエラには想像できなかった。やさしくて、親切なだけでなく、マリアンは明るくて、とても幸せそうだった。かがんでガブリエラにキスをしている今なんか特にそうだ。母親の香水の匂いは大嫌いだが、マリアンの香水の匂いはガブリエラにはとてもおいしかった。

「ちょっと下に降りてみない？」

マリアンは少女を抱きあげて下に連れていこうとした。ガブリエラを見るたびに、なぜかマリアンの胸はキュンとなる。いたいけな少女の姿に、守ってやりたいと思う母性本能がくすぐられるのだ。どうしてそうなのかマリアン自身も分からなかったが、ガブリエラのすべてが彼女の気持ちをはやらせるのだった。手を握りあっているいま、マリアンの母性は堰《せき》を切ったようにあふれだしていた。小さな手は冷たくて、指はいまにも折れそうなほど弱々しかった。だが、握る力は強くて、必死になにかを訴えかけていた。

「ダメなの……わたしは行けないわ……ベッドに入っていないと、マミーに叱られるから」

ガブリエラはささやき声で説明した。命令にそむいたときの罰は分かっていた。それでも、ガブリエラはパーティーの到着客たちをながめる誘惑に勝てなかった。それに、客たちを見ていると、たまにはこういういい思いもできるのだ。

「それ、本物の冠？」

ガブリエラの目にマリアンは〝シンデレラ〟の話のなかの魔法使いと映った。階段の下で、妻が戻ってくるのを辛抱強く待っているロバート・マークスさんもとてもハンサムに見えた。

「これはティアラっていうのよ」

そう言ってマリアンは明るく笑った。

ガブリエラはきつく命じられていた。両親の友達であろうとなかろうと、大人と話すときは決してファーストネームで呼んではいけないと。だから彼女の場合も、〝マリアンおばさん〟か、〝ミセス・マークス〟と呼ばなければならなかった。

「おかしい？　これはうちのおばあちゃんのものなのよ」

「じゃあ、マリアンおばさんのおばあちゃんは女王さまなの？」

ガブリエラは大きな目を輝かせて訊いた。その目を見ると、マリアン・マークスはなぜか分からないが胸が締めつけられる。理由は分からなくても感じとる時ってあるものなのだ。

「いいえ。わたしのおばあちゃんはボストンに住んでいる普通のおばあちゃんよ。でも、昔一度、英国の女王さまに会ったことがあるんですって。そのときおばあちゃんはこれをかぶったのよ。おもしろそうだから、今夜はわたしが借りてかぶってきたの」

説明しながら、マリアンは器用な手つきできれいにセットした髪からティアラをはずし、それをそっとガブリエラの頭にのせた。

「ほうら、これであなたも王女さまみたいに見えるわよ」

「本当？」

ガブリエラは自分がどんなふうに見えるのか、期待を小さな顔いっぱいに表わした。

〈わたしみたいな悪い子が王女さまに見えるなんて本当かしら？〉

「さあ、いらっしゃい……見せてあげるわ」

ブロンドの美女は少女の手を引いて二階の廊下を横切り、大きな古い鏡の前に連れていった。

ガブリエラは鏡に映る自分の姿を目を大きく開けて食い入るように見つめた。驚きだった。横に立つ美女は少女を見下ろしてほほえんでいた。ガブリエラの頭にかぶせられたダイヤモンドがぴかぴかと光った。それをマリアンが腰をかがめて両手で支えてくれた。

「まあ、とってもきれい……」

「おばさんもよ……」

彼女の七歳の人生で、いちばん輝かしい瞬間だった。このときのことはきっと一生忘れないだろう。

〈なぜこの人はこんなにやさしいのかしら？　なぜお母さんとはこんなに違うんだろう？〉

ガブリエラにとっては決して解けない謎だった。彼女にひとつだけ分かっていたのは、自分が悪い子だからこんな人をお母さんに持てないのだということだった。

「あなたみたいにかわいらしい子はめったにいないわ」

マリアンはやさしい声でそう言って、ガブリエラにもう一度キスした。それからティアラを持ちあげ、自分の頭に戻して、鏡をちらりと見た。

「あなたのご両親がうらやましいわ」

そう言われても、ガブリエラはうれしそうな顔はできなかった。本当のことを知っていたら、そんなことは言えないはずだった。お母さんはきっと友達や知り合いに嘘の話をしているのだろう。

「ロバートが待っているから、わたしそろそろ行かなくちゃ」

ガブリエラは分かってうなずいた。キスしてくれたり、ティアラをかぶせてくれたり、手を握ってくれたことがうれしくてたまらなかった。マリアンが言ってくれたいろんなことはきっと一生忘れないだろう。言った本人にそのつもりがなくても、ガブリエラにとってはたいへんな贈りものだった。

「わたし、おばさんと一緒に住みたい」

マリアンの手を握りながら、ガブリエラは思わず言ってしまった。ふたりはそれからゆっくりと階段の降り口に戻った。マリアンは少女がなぜそんなことを言ったのか、ちょっと考えてみた。しかし、理由らしいものはなにも思いつかなかった。

「わたしもあなたと住みたいわ」

マリアンは少女の手をなかなか離せなかった。どこか寂しげなガブリエラの姿に胸を締めつけられるばかりだった。

「でも、あなたがいなくなったら、お父さんやお母さんが悲しむわ。あなたが家にいてくれるからご両親は幸せなのよ」

「いいえ。わたしがいなくなっても、お父さんもお母さんも悲しまないわ」

ガブリエラの言い方があまりにもはっきりしていたので、マリアンは少女を見下ろしながら思った。この子は今日、なにか悪いことでもして叱られたのだろうかと。ただし、自分の性格に照らして、誰か大人がこんないたいけな子供を叱るとはとても考えられなかった。

「わたしはこれからちょっと下へ行って、また戻ってくるわ。あなたの部屋へ行ってもいい？」

なにかを訴えるような無邪気な目にうしろ髪を引かれる思いでマリアンはその場をつくろうような約束をした。だが、ガブリエラは首を横にふった。

「いいえ、それはダメなの」

ガブリエラはきっぱりした口調で言った。そんなことが母親に見つかったら制裁されるに決まっていた。ガブリエラが客と話すのを極端に嫌うエロワである。客が二階に上がって娘を訪問したなどと知ったら、その責任を全部ガブリエラにかぶせて、彼女がどんな報復に出るか見当もつかなかった。

「お母さんに怒られるから」

「大丈夫よ。うまく出られたら来るわ……」

マリアンは最後にもう一度キスしてから階段を下りていった。彼女は途中で立ち止まり、こちらをじっと見つづける少女をふり返って言った。

「また戻ってくるわよ、ガブリエラ……必ずね……」

それから彼女はなにか落ちつかない気分で階下で待つ夫のもとへ戻った。夫はハンサムなポーランドの伯爵とおしゃべりしながら、二杯目のシャンペンを飲んでいるところだった。マリアンの姿を見ると、伯爵がパッと目を輝かせた。伯爵がマリアンの手にキスするのをガブリエラは二階からながめていた。笑いながらおしゃべりしている人たちの姿は、まるで踊っているように優雅だった。

ガブリエラは階段を駆けおりてマリアンに抱きつき、保護を訴えたい衝動にかられた。そのときマリアンは、虫が知らせたように階段を見上げ、少女に向かって手をふった。それから、ポーランドの伯爵がジョークでも言ったらしく、おかしそうに笑いながら夫と腕を組んで人の輪に消えていった。ガブリエラは目を閉じて手すりに頭をもたせながら、しばしの夢に酔った。ティアラを頭にのせた自分の顔と、マリアンのやさしい目がまぶたに浮かんだ。香水のいい匂いも思いだした。

最後の客が到着したのは、それから一時間も経ってからだった。それまでガブリエラは黙って客の到着をながめていた。客たちは誰もが笑顔で楽しそうにあいさつを交わし、入り口で手荷物を預け、シャンペングラスを受けとって、先に到着している客たちのなかに消えていく。

百人以上の人たちが集まっていたから、母親が娘の様子を調べに二階に来ることはなさそうだった。ガブリエラは子供部屋で寝ていることになっていた。言いつけにそむいて、ここでこうしてパーティーをながめているとは両親も知らないはずだった。

「ベッドに入っていなさい。動くんじゃないよ。黙っておとなしくしていなさい。咳払いもいけません」

それが母親の最後の言葉だった。だが少女にとって、階下の誘惑は魔法のように強烈だった。自分も階段を下りて、みんなと一緒になにか食べたくて体がうずうずしていた。最後の客が到着したころには、お腹がグーグーと鳴っていた。下のキッチンにはお菓子やケーキやチョコレートがいっぱい用意されているのをガブリエラは知っていた。パーティーがはじまる前に、大きなハムや、ローストビーフや、ターキーが用意されているのを見ていた。彼女の好物ではなかったが、キャビアもあるはずだった。一度口に入れたことがあるが、とても生臭かった。いずれにしても、キャビアは食べさせてもらえないと分かっていた。パーティーで出される食べ物に手を触れてはいけないのだ。それでもガブリエラはケーキをひとつつまみ食いしたくてたまらなかった。エクレアや、いちごのタルトや、クリームパイ、そのほかにもおいしいものがたくさんあるはずだった。

その夜はみんながパーティーの準備に忙しくて、ガブリエラの夕食は忘れられたままだった。忙しそうにしている母親に食事の催促などとてもできなかった。母親は化粧室にこもったきりで、入浴したり、髪をセットしたり、化粧したりで、子供のことを考えるゆとりなどまるでなかった。ガブリエラはあきらめるのがいちばんだと思って、空腹をがまんすることにした。パーティーの準備になると母親はいつもいらいらする。こんなときに怒らせたら、なにをされるか分からないのだ。

音楽の演奏が本格的にはじまった。広いリビングルームの奥で何人もの人たちが踊っていた。ダイニングルームも、書斎も、リビングルームも客でいっぱいだった。話し声や笑い声が聞こえていた。ガブリエラはあれからずっとマリアンを待っていたが、彼女はついに戻ってこなかった。ガブリエラはしょうがないと思った。不満を感じたり、相手を非難する気持ちはなかった。きっと忘れたのだろう。それでも彼女は、もう一度マリアンをひと目でも見たいと思って待ちつづけていた。そこへ母親が突然現われた。なにかを探しているらしく、キョロキョロしながら下の廊下をこちらに向かって歩いていた。母親はたちまちガブリエラがいることに気づいて、シャンデリア越しに階段の上をにらんだ。ガブリエラは息をのんで跳びあがり、あわてて自分の部屋に戻ろうとした。だが、いちばん上の階段で足をとられて尻もちをついた。どんな制裁が待っているのか、こちらをにらむ母親の顔に書いてあった。

なにも言わずにエロワは階段をのぼりはじめた。まるで足に羽の生えた悪魔の使いのように、足音もたてなかった。体にぴったりのサテンの黒いガウンは彼女のスタイルのよさを際だたせ、アップにした髪と一緒に黒光りしていた。両耳にはダイヤモンドのイヤリングがぶら下がり、ネックレスも高価そうなダイヤモンドだった。マリアンおばさんが身につけていた宝石は光り方もやわらかくて、いかにもやさしい彼女らしかったが、母親の装飾品はどぎつくて、まるで意地悪さを強調しているようで、宝石をつけているときの彼女はかえって怖く見えた。

「ここで何やってるの、おまえ？」

母親は吐きだすように言った。ささやき声が不気味だった。

「部屋から出ちゃいけないって言っておいたでしょ」

「ごめんなさい。わたしちょっと……」

言いわけの余地はなかった。これにもしマリアンおばさんと話したことがバレたら……もしティアラをかぶせてもらったことが知れたら……だが、幸いなことに、そこまではまだ知られていなかった。

「嘘つくんじゃないよ、ガブリエラ」

母親はそう言うなり、娘の腕をわしづかみにした。血行が止まって腕はみるみる青ざめた。

「声を出すんじゃないよ！」

母親は歯をカチカチさせてそう言うと、ガブリエラを、人に見られないように廊下の奥へ引きずっていった。こんなところをもし客の誰かが見たら、声も出せないほどショックを受けただろう。それが分かっているから、母親は毒のようなささやきを絶やさなかった。

「声を出すんじゃないよ。おまえは悪魔なんだから……ひと言でもなにか言ったら、腕をへし折るからね」

　ガブリエラは母親の言葉を疑わなかった。七歳にして彼女は身をもって知っていた。母親が警告した制裁はかならず実行されることを。こと折檻に関するかぎり、エロワの言葉は百パーセント当てにできた。

　母親に引きずられていたときのガブリエラの足は文字どおり床から浮いていた。ガブリエラが自分で歩こうとしても、足はただバタバタと空振りするだけだった。ドアは開いたままだった。母親はガブリエラを部屋に押しこんだ。ガブリエラはドンと音をたてて床に転げ、ひざを痛めた。それでも怖くて声をあげられず、暗いなかでじっと横になったままでいた。

「さあ、もうここから出るんじゃないよ！　分かったね？　二度と外に出たら承知しないからね。今度言うことを聞かなかったら、どんなことになるか覚悟しておきなさい。おまえが孤児みたいにあんなところから顔を出していたって、誰にも同情してもらえないよ。おまえは子供なんだから、部屋のなかでじっとしていればいいんだ。聞いてるのかい？」

　ガブリエラから答えはなかった。彼女はひざの痛みに耐えかねて、黙って泣いていた。どんなに痛くても、母親に訴えても無駄なことは知っていた。

「答えなさい！」

　母親の怒鳴り声が暗闇を切り裂いた。黙っていたらもっとひどいことをされそうで、ガブリエラはそれが怖かった。

「ごめんなさい、お母さん」

ガブリエラはべそをかきながらささやいた。

「泣くんじゃないよ。早くベッドに入って寝な。子供はみんなそうするんだよ！」

エロワはそう言い捨てて出ていくと、ドアを乱暴に閉めた。ぷりぷりしながら階段を下りる彼女だったが、下のフロアに着くころには娘の悪事も忘れ、何ごともなかったような表情に戻っていた。

客が三人、オーバーを着て帰ろうとしていた。エロワはひとりずつキスして三人を温かく見送った。それからリビングルームへ行って、ほかの客たちとしゃべったり踊ったりした。まるで娘など存在しないかのような態度とふるまいだった。実際、彼女はガブリエラなど可愛くもなんともなかった。

マリアン・マークスは帰るとき、ガブリエラによろしく、とその母親に言った。

「二階に行くって約束したんだけど、あの子はもう寝ているでしょうから」

マリアンが残念そうに言うのを、ガブリエラの母親はびっくりしたように顔をしかめて見ていた。

「もう寝ているわよ、あの子は」

母親は厳しい口調で言った。

「もしかして、今夜あの子に会ったの？」

母親はさりげなく訊いた。

「ええ、会ったわよ」

客に会うことを禁じられていると言ったガブリエラの言葉を忘れて、美女は恥ずかしそうに告白した。彼女の常識からして、天使のようなガブリエラが叱られて制裁を受けるなんて想像もできないことだった。だが、この母親にはマリアンの知りえない面がたくさんあった。

「かわいいお子さんね。玄関から入っていったら、ピンクのナイトガウンを着たあの子が二階の手すりからこっちをのぞいていたの。わたし、思わず階段を上がっていってあの子にキスしちゃったわ。そのとき少しおしゃべりしたのよ」

「ダメよ。あの子にはそんなことしないでちょうだい。悪かったわね」

エロワは迷惑そうな顔で答えた。

まるでガブリエラが悪いことでもしたような母親の言い方だった。実際、エロワの目には娘の行動は悪事と映っていた。客の前に姿を見せただけでも許しがたい罪だった。マリアン・マークスの常識とはずいぶんかけ離れていた。

「違うのよ。悪いのはわたしのほうよ。あの目を見たらがまんできなくなっちゃったの。あの子は何もしていないわ。ただわたしのティアラが見たかったみたい」

「まさか、あの子に触らせたりしなかったでしょうね？」

エロワの目の表情が、これ以上は言わないほうがいい、とマリアンに告げていた。マリアンはハリソン家を出てから、夫のロバートに話した。

「あの人、子供に厳しすぎるわよ。そう思わない、ボブ？　わたしがティアラをあの子にちょっとかぶせてあげただけなのに、あの子が盗んだような言い方をするのよ」

「子供のしつけに関して考え方が古いだけさ。あの子がきみに失礼でもしたんじゃないかって心配しただけだろう」

「あんな小さい子が客にどんな失礼ができるって言うの？」

運転手がハンドルを握る自家用車のなかで、マリアンが思ったままを言った。

「あんなかわいい子、めったにいないわよ。きれいな顔をして、まじめそうで。でも、あの目がとっても悲しそうだった……」

マリアンは残念そうにつけ加えた。

「わたしたちにもあんな子がいたらいいのにね」

「分かっているよ」

ロバートは妻の手をポンポンとたたき、視線を窓の外に移した。結婚して九年にもなるのに子供が持てない妻の嘆きは分かりすぎるほど分かった。だが、彼としてもこれだけはどうしようもなかった。ないものねだりするように、マリアンは、自分たちが持てない子供の顔をあれこれ想像してみた。それから、ついさっき言葉を交わしたかわいらしいガブリエラの顔を思い浮かべた。

「あの人、ジョンにもとっても厳しいのよ」

マリアンはそこまでは言いたくなかったが、あえて言った。

「誰のことを話しているんだい？」

ロバートは別のことを考えていた。オフィスでようやく難題を片づけて、ちょうど別の問題に考えを切り換えているときだった。ハリソン家のことはとっくに頭から払いのけていた。

「エロワのことよ」

マリアンの頭のなかはまだパーティーの会場を漂っていた。

「皇太子のオウロブスキーが連れてきた英国の女性がいたでしょ。ジョンが彼女と少し踊ったのよ。そしたらエロワったら、すごい顔してジョンのことにらみつけてね。まるで今にも飛びかかって殺しかねないほどだったわ」

ロバートは妻の人物評をニヤニヤしながら聞いていた。

「するときみは、ぼくがその英国女性と踊っても変な顔はしないんだな？」

マリアンは夫の話のうまさに声を出して笑った。

「あの人ったら、ほとんど裸同然だったじゃないの」

彼女が目にしたとき、英国女性は肌とも見える薄いサテンのガウンを着ているだけだった。〝モロ〟という言葉がぴったりの装いだった。そんな彼女と踊るジョン・ハリソンはとてもうれしそうだった。喜ばない男性などいるだろうか？

「でも、エロワの気持ちも分かるわ」

マリアンは恥ずかしそうにそう言ってから、大きくて無邪気な青い目を夫に向けた。

「あの英国人女性、あなたも綺麗だと思うでしょ？」

論外な質問にロバートは噴きだしそうになった。車はイースト七十九番通りの自宅近くまで来ていた。

「そういう誘導尋問はやめてもらいたいね。ぼくの感想を言うなら、はっきり言って彼女は醜い。自分のスタイルを知っていたら、あんな格好はできないはずだ。むしろ不気味だよ。オウロブスキーのやつ、どういうつもりであんな女を連れてきたんだ！」

妻を喜ばすための夫の見え透いた嘘にふたりは声を出して笑った。英国女性が目も覚めるような美人だったことは疑問の余地がなかった。だが、ロバート自身は自分の愛妻以外の女性に興味はなかった。子供のできない彼女でも、そんなことはまったく問題にしていなかった。ロバートは心の底から妻を愛していた。彼の目下の関心は早く彼女を二階の寝室へ連れていくことだった。オウロブスキーの新しい愛人が誰かなど、彼にはどうでもいいことだった。

しかし、寝室で同じ話題を話しあうジョン・ハリソンの場合は、事情がだいぶ違っていた。こちらのほうの会話ははるかに熱気がこもっていた。

「なにを遠慮しているの？　ウジウジしないであの人のドレスを脱がしちゃったらよかったのに」

エロワが皮肉たっぷりに言った。夫は露出狂の英国女性と何度も踊っていた。そのスキそうな踊り方はいやでも人目についた。エロワもオウロブスキー皇太子も、見ないでいるわけにはいかなかった。

「そんなにムキになるなよ、エロワ。ぼくはただつき合いで踊っただけなんだから。あの女性は酔っぱらっていて、自分が何をしているのか分からなくなっていたんだよ」

「それはあなたに好都合だったわね」

エロワの言い方に思いやりや温かみはなかった。

「ストラップが肩から落ちて、あの人の胸がはだけたとき、あなたが胸にしゃぶりついたのは偶然だったというわけ？」

エロワはタバコをふかしながら部屋を行ったり来たりしていた。夕方から飲みつづけていたふたりとも、だいぶ酔いがまわっていた。

「人聞きの悪いこと言わないでくれ。ぼくたちはただ踊っていただけだ」

「そうかしら？　あれが踊りって言える？　むしろセックスに近いんじゃない？　うちのフロアでそんなことをするなんて、わたしはみんなの前で侮辱されたわ」

夫にたっぷりお仕置きでもしなければ、エロワの気持ちはおさまりそうになかった。

「きみが夜の務めにもっと協力的なら、ぼくも見知らぬ女性とあんなふうに踊ることもないんだ」

妻に色気を感じなくなっていても、ジョンは一応そう言ってみた。娘への虐待を知ったあとで、どうしてそんな気になれる？

ジョンは妻の前で仁王立ちになり、ふたりの声は言いあうたびに大きくなっていた。しかし、ガブリエラの耳には届かなかった。そのころガブリエラは自分の部屋で熟睡していた。最後の客が帰ったのは午前二時で、それからもう一時間も経っていた。ふたりの言い合いはパーティーが終わってからずっと続いていた。声が大きくなるにつれ、投げあう言葉も汚なくなっていた。

「いやらしい男！」

エロワは負けずに夫の前に立ちはだかった。

怒鳴り声で言いわけを続けるジョンだったが、本当の気持ちはウラジミル・オウロブスキーの愛人を自分のものにしたかったし、これからなんとかしてそうするつもりだった。彼のエロワに対する純粋な気持ちはとっくに消えていた。子供に対する彼女の冷たさが、そっくり彼の妻に対する冷たさに変わっていた。それが彼女の当然の報いであり、ジョンのほうにそれについての負い目はなかった。

「あんたは色きちがいで、あの女は売女よ！」

エロワは夫を侮辱し、傷つけるつもりで言ったが、ジョンには響かなかった。もう彼女の言葉など問題にしないほど、夫婦のあいだは冷えきっていた。

「彼女が売女なら、おまえは売女のクズだ。みんな知ってるぞ。おまえと寝たい男など、街じゅう探してもひとりもいないだろう」

エロワは今度は言い返さず、いきなり手を上げたかと思うと、夫のほほを思いきりひっぱたいた。ちょうど娘のほほをたたくときのように憎々しげだった。

「エネルギーの無駄づかいをするな。おれはガブリエラじゃないんだ」

ジョンはカッとなって、そう言うなり、妻を突きとばした。エロワはうしろによろめいて椅子を倒した。

ドアを乱暴に閉めて部屋を出ていくときの彼女の足どりはまだしっかりしていた。ジョンは妻のほうをふり向きもしなかった。彼女がどうなろうと知っちゃいなかった。その瞬間は、ざまあみろと思っていた。怪我でもしていたらなおよかった。因果応報である。自分や娘を苦しめた報いは当然受けるべきなのだ。

ジョンはこのまま家で寝るつもりは毛頭なかった。どこへ行くと当てはなかったが、家を出られるのならどこでもよかった。あの英国女性はいまごろオウロブスキーと寝ているだろうから、住所は分かっているが彼女のところへは行けない。でも女ならほかに大勢いる。ときどき世話になっている商売女たちに、昼間の浮気相手の人妻たち、彼がいつかエロワと別れることを期待してつき合っている未婚女性たち。好男子は女に不自由しないのだ。ジョンも自分がもてることを存分に利用していた。妻を裏切ることにためらいを感じたことはない。そんな必要がどこにある？

階段をかけおりて外に出ると、ジョンは手を上げてタクシーを止めた。エロワは片方の靴を履いたままの足で窓に寄り、夫が立ち去るのを見ていた。彼女の顔には悲しみも後悔の表情もなかった。あるのは怒りと憎しみだけだった。さっき突きとばされたときにできた尻のアザをなでながら、彼女はただ激しく怒っていた。

ただではおさまりそうにないこの激しい怒りを静められる場所がひとつだけあった。エロワはすごい形相で靴を脱ぐと、それを部屋の向こうにたたきつけた。それから裸足のまま廊下に出た。いつものドアに向かって早足で歩く彼女の目には憎しみしかなかった。暗い部屋に足を踏みいれる彼女の胸には夫に対する復讐心しかなかった。

彼女はすばやい手つきで照明をつけた。これから自分がすることをよく見るためだ。照明がつくと、今度はベッドのカバーをひっぱがした。ベッドに盛り上がりがなかったから誰もいなさそうだったが、そんなことはかまわなかった。娘はいつものようにそこにいるにちがいなかった。父親そっくりの、憎たらしい娘が。

ベッドの端にうずくまり、人形を抱えているピンクのかたまりのつま先から頭のてっぺんまで、エロワは憎らしかった。夫の母親、あのうすのろババアからもらった人形だ。この子は四六時中、その人形を離さない。エロワは人形をひったくると、それを壁に投げつけた。人形の首が折れた音でガブリエラは眠りから覚めて、目をぱちくりさせた。

「やめて、お母さん！　わたしのメリディスよ、やめて……お願い、お母さん……」

何年もかわいがってきた人形を壊されてガブリエラは泣きだした。エロワは怒りのボルテージをさらに上げて娘に手を上げた。

「なによ、たかが人形じゃないの。バカバカしい……おまえは悪い子なんだよ……今夜、マリアンに声をかけて誘ったね⁉　彼女になにを話したんだい？……まさか、泣きついたんじゃないだろうね……お母さんにぶたれるって訴えたのかい？　だったら、自分が悪いことをしたとも言わなきゃダメじゃないか……おまえが悪い子だから、お父さんもお母さんもおまえのことが嫌いなんだ……彼女にちゃんとそう話したのかい？　どうなの？　どうなの？」

だが、母親の殴打に次ぐ殴打でガブリエラは悲鳴をあげていたから、答えたくても答えられなかった。最初は首のなくなった人形で、それからげんこつで、彼女の胸といわず背中といわず体じゅうを殴ると、今度は髪の毛をつかんで引き抜こうとした。最後は往復ビンタだった。ガブリエラは苦しくて息ができなかった。折檻は休みなくつづき、いつまでも終わらなかった。その残忍さは信じられないほどだった。夫に対する憎しみ、その夜のパーティーで味わわされた屈辱感。それらのすべてが子供に向かって仕返しされた。当のガブリエラは、自分がなぜ怒られるのかまるで分からなかった。ただ漠然と、こんなに怒られるのだから、きっとわたしは悪い子なのだろう、と思いこむしかなかった。

母親が部屋を出ていくとき、ガブリエラはほとんど意識を失いかけていた。呼吸するたびに胸がナイフで刺されるように痛み、ベッドには鮮血が垂れていた。ガブリエラの二本の肋骨にひびが入っていたのを母親も本人も気づいていなかった。彼女は息をすることも動くこともできなかった。なのに、おしっこをしたくてたまらなかった。でも、このままお漏らししたら、母親に本当に殺されてしまうだろう。

人形の残りもなくなっていた。部屋を出るときに母親が全部どこかに捨ててしまったからだ。これでエロワの夫に対する怒りはいくらかおさまった。エロワは自分の体にひそむ怪獣にエサを与えつづけなければならなかった。だが、食べられ役はガブリエラだった。かぶりつかれ、嚙み砕かれ、賞味されたあげくに、食べカスとして吐きだされた。ベッドに横たわる彼女の頭は血だらけで、髪の毛がべっとりとこびりついていた。今夜つけられたアザは今までのいちばんひどいものになるだろう。母親に骨まで折られたのは今回がはじめてだった。だが、これが最後ではないとガブリエラは小さな頭で戦慄した。

母親が立ち去ったあと、あまりの痛さに泣くこともできず、ガブリエラはベッドに横たわったままでいた。寒けから体が激しく震えて止まらなかった。唇は腫れあがり、頭はズキンズキンと痛んだ。しかし、最大の痛みは胸のあたりにあって、それが呼吸するたびにうずいた。自分は今夜中に死ぬのではないかと思った。むしろ彼女はそうなってほしいと願った。生きつづける理由はもう何もなかった。人形も死んでしまった。いつか自分も同じ運命にあうのだとガブリエラには分かっていた。母親の手で殺されるのは時間の問題でしかなかった。

その夜、エロワは着替えもできないほど疲れはてて、イブニングドレスのままベッドに横になって寝た。

　血だらけのガブリエラは、死の天使が迎えに来てくれるのを心待ちにしていた。マリアンと交わした会話を思いだそうとしたが、なかなか思いだせなかった。それだけでなく、もうなにも考えられなくなっていた。彼女の体に残っているのは、激しい痛みと母親に対する憎しみだけだった。憎しみに燃えていたからこそ、痛みにも耐えられた。彼女がベッドの中であえいでいたこの瞬間、父親はロアー・イーストサイドに住む、なじみのイタリア人売春婦と抱きあって寝ていた。父親がどこにいるかなど、幼いガブリエラが知るはずもなかった。知らないのはエロワも同じだった。夫のことなど、もうどうでもよかった。どこで誰と寝ようと、そんなことはくそ食らえだった。一方ガブリエラは、父親がどこにいるにしろ、助けてくれないのは分かっていた。彼女は世界中でたったひとりぼっちだった。守ってくれる人もなく、友達もなく、かわいがっていた人形すら取りあげられてしまった。彼女には何もなく、誰もいなかった。

　痛みで動けないガブリエラはとうとう耐えきれず、ベッドのなかでお漏らししてしまった。明日の朝、母親に見つかったら、間違いなく殺されるだろう。その瞬間が来るのを心待ちにしながら、ガブリエラは考えつづけた。命が終わるときって、どんなふうなんだろう？……いまよりもっと痛いのかしら……いや、ぜんぜん痛まないのかもしれない……そんなことを考えながら、ガブリエラはインクのようにまっ黒な眠りの世界に落ちていった。

第三章

　朝の八時すぎ、六十九番通りに建つ自宅の玄関がそっと開けられ、ジョン・ハリソンが敷居をまたいで階段を上がっていった。彼はガブリエラの部屋の前で立ち止まった。この時間、娘はもう起きているはずだった。部屋のなかを見まわす彼の目に動くものはなにも映らなかった。ガブリエラは目を閉じ、彼女にはめずらしくベッドのまん中で寝ていた。これはいい兆候だ、と父親は受けとった。ベッドの端にうずくまっているより、まん中で堂々と寝ていたほうがいいに決まっていた。前の晩に母親から虐待を受けていない証拠とも受けとれた。エロワはきっとパーティーで飲みすぎて、子供をいじめられないほど疲れきっていたのだろう。少なくとも、自分の罪で娘が罰せられなかったのはいいことだ、とジョンはホッと胸をなでおろし、廊下を歩いて自分の部屋へ向かった。

エロワはダイヤモンドのネックレスをつけたまま寝入っていた。彼女のイヤリングがベッドの上に散らばっていた。ジョンがベッドに入ってきたときも、彼女は目を覚まさなかった。

昨夜はあわてふためいて出かけたが、妻が夫の外出をとがめないのはいつものことだった。彼女は内なる怒りを夫にぶつけることは決してなかった。

ジョンがうとうとしていた十時に、エロワは目を覚まし、伸びをしてから横にいる夫に目をやった。彼のほうはロアー・イーストサイドのアパートで張りきった分、眠くてたまらなかった。ジョンにはなじみの行き場所がほかにも何か所かあった。エロワは夫の行動を疑ってはいたが、そのひとつひとつを知る由もなかったし、知るつもりもなかった。

起きたときエロワはなにも言わなかった。ベッドから出ると、身につけていた宝石類を化粧台の上に置き、のんびりとバスルームのなかに入っていった。昨夜なにがあったかはよく覚えていた。とくに、夫が出ていったあとのことは自分の一挙手一投足まで思いだせた。だがこれはいつものことだから、とりわけて話すことでもなかった。

エロワが朝食をつくりに階下に下りていったとき、ガブリエラはまだベッドのなかでじっとしていた。昨夜は遅くまで後片づけをしていた家政婦は、今日は日曜日だったので来ていなかった。長年一家に仕えている、おとなしくて従順な家政婦だった。彼女は女主人のことは大嫌いだったが、それを顔に表わさず、せっせと家事をこなしていた。彼女がおとなしくて口出ししないところがエロワには好都合だった。もちろん心の中ではいけないことだと思っていても、家政婦には、母親が娘を折檻するのを見て見ぬふりをしつづけるしか方法がなかった。

エロワはコーヒーポットを置き、テーブルにつくと、新聞を広げた。コーヒーをすすりながら記事を読んでいるときに、ジョンがようやくやって来て娘のことを訊いた。

「ガブリエラはどこなんだ？　まだ寝ているのか？」

「昨日遅かったたから、眠いんでしょ」

エロワは顔もあげずに冷たい声で言った。

「わたしが行って起こしてこようか？」

エロワはなにも言わずに肩をすぼめただけだった。ジョンは自分でコーヒーを注ぎ、エロワが決して手をつけないニューヨーク・タイムズの日曜ビジネス特集の別刷りを取りあげた。それを三十分ほど読んだところで、ふたたびガブリエラの不在が気になった。

「あの子はどこか悪いのか？」

ジョンは心配そうに訊いた。昨夜なにがあったかなど、なにも知らない彼だった。自分が出かけたあとで、妻がなにをやって憤まんを解消しているかなど知る由もないのだ。もうとっくに気づくべきなのに、いつもどおり彼は真相を知ろうとしなかった。ようやく十一時になったところで、娘を起こしに階段を上がっていった。

娘はさっきとは違って、ベッドの端にうずくまっていた。

「大丈夫か、おまえ？」

涙を涸らした目をぎょろりとさせてガブリエラはうなずいた。彼女はそのとき、人形のメリディスのことを考えていた。まるで身近な人に死なれたように寂しかった。事実、その夜、人形と一緒にガブリエラも死んでしまっていた。いままで母親から受けた折檻のなかでも昨日のが最悪だった。この家で生きていけるかもしれないわずかな希望さえ、昨日の夜の折檻でこなごなに打ち砕かれてしまった。もう期待できるものは何もなかった。母親に息の根を止められるのはもうすぐだった。ガブリエラはもはや幻想は抱かなかった。夢のたぐいはいっさいかき消された。残っているのは信じられない痛みの現実だった。頭に浮かぶのは、人形が壁にたたきつけられた場面だけだった。お母さんはわたしのこともああしたいにちがいない、とガブリエラは信じて疑わなかった。

「手を貸そうか？」

父親が毛布をめくろうとすると、ガブリエラは首を横にふった。そんなことが母親に知れたら、この場でなにをされるか分からなかった。父親をまたたらし込んでいるという母親のいやみな声が聞こえてくるようだった。

「早く起きて朝食を食べなさい」

ガブリエラは痛みよりもなによりも、母親の顔を見たくなかった。だから、空腹も感じなかった。これからも、お腹など永久にすかないだろう。食べずに死んでもかまわないとも思った。息をするたびに、胸が焼きごてを当てられるように痛んだ。この状態で階段を下りられるとはとても思えなかった。母親の横に座るなんて想像もできなかった。ましてや一緒に食べるなどありえないことだった。

「心配しないで、お父さん。わたしお腹すいていないから」

大きく見開く彼女の目はいつもより悲しげだった。娘は疲れているんだろう、とジョンは判断した。娘の動作がおかしいことには目をふさいだ。髪の毛が血で固まっていることも、唇がまだ腫れあがっていることにも、ジョンは気づかなかった。彼は初めからそうだった。現実を見ずに、おとぎ話のなかに自分を埋没させる男なのだ。

「さあ、いらっしゃい。父さんがパンケーキをつくってやるから」

ジョンはゆっくり部屋のなかへ入っていった。ガブリエラは部屋着の上にセーターを着せられていた。腕にアザができているときの彼女はたいがいこういう格好をさせられている。そのことに気づいていながら、なおもその先を見ようとしないジョンだった。七歳のガブリエラでさえ分かっていた。アザを見せたら、それはとりもなおさず自分の〝悪さ〟を見せることであり、それで家の中がさらにゴタゴタすることを。父親はセーターを着ている理由を問いただささなかった。セーターが長袖のときもあれば、ショールをはおらされるときもある。しかし、父親も家政婦もそれについて何か言うことはなかった。これは一家のなかの無言の掟だった。

「メリディスはどこへ行ったんだ？」

父親は部屋を見まわして、いつもはガブリエラに抱かれている人形がないのに初めて気づいた。

「行っちゃったの」

ガブリエラは泣きだしそうになるのをこらえながら、目を伏せて答えた。人形が壁にたたきつけられたあのときの音が彼女の耳から消えなかった。あの音も、あの場面も、生きているかぎり、一生忘れないだろう。メリディスは彼女の赤ちゃんだったのに。

「行っちゃったって、それはどういうことなんだ？」

ジョンは純粋な気持ちでそう訊いてから、ハッとなにかに気づいてそれ以上問いただすのをやめた。

「さあ、下に来てなにか食べなさい、教会へ行くまでまだ一時間あるから、ゆっくり食べられるよ」

ジョンは明るくそう言うと、階段を駆け下りていった。娘の目が訴えているものの、そこにある悲しみの深さを知らなくてすんで、ホッとしているかのような足どりだった。自分の留守中になにかあったことは勘で分かったが、そのことについて問い詰めたくなかったし、こまかいことを知ってうじうじしたくもなかった。いつに変わらぬ今日なのだ。無理にでも見せられないかぎり、自分のほうから真相を暴くつもりはなかった。今日も彼はなにもしようとしなかった。

ガブリエラは音をたてないように階段を這い下りていった。手すりにしがみつきながら、一歩進んでは小さな息であえいでいた。ひざも、腕も、頭のなかも痛かった。折れた二本だけでなく、肋骨のすべてがナイフでえぐられるように痛んだ。朝食のテーブルについたときは痛みでもどしそうだった。ベッドのシーツを新しいものに替え、汚れたものは部分的に洗い流してランドリーバッグのなかに入れてきた。こうしておけば、母親に〝お漏らし〟は見つからないはずだった。見つかりませんように、とガブリエラは全身で祈った。

「遅いわよ」

母親は新聞から顔もあげずに言った。

「ごめんなさい、お母さん」

ガブリエラは痛みをこらえて返事をした。もし返事をしなかったら、どんなことになるか分かりきっていた。

「食べたかったら自分でミルクを注いで、トーストをつくりな」

ガブリエラは痛くてすぐには動けなかった。だが、父親が黙って全部やってくれた。それに気づくや、母親は顔をあげて驚いた表情をつくった。

「そうやってあんたが甘やかすから、この子はどんどん悪くなるのよ。どういうつもりなの？」

娘の朝食をつくることと夫の不貞を混同して、エロワは夫をにらみつけた。彼女としては、夫が娘にサービスするのがとにかく気に入らなかった。

「今日は日曜日だからね」

ジョンの言葉は答えになっていなかった。

「きみももう一杯飲むかい？」

「けっこう」

彼女は冷たく言った。

「着替えないとね、教会に行くんだから。あなたたちもそうでしょ」

母親は憎々しげにガブリエラをにらんだ。これからまたセーターを脱いで着替えをするのかと思うと、ガブリエラはつらくて泣きだしそうになった。

「ピンクのワンピースに着替えて、それに合うセーターをはおりなさい」

命令は、それに従わなかったときの罰同様に明瞭だった。

「早く支度をして、お父さんとお母さんの用意ができるまで部屋で待っていなさい。出かける前にまた服を汚すんじゃないよ」

ガブリエラはうなずくとすぐ、食事には口をつけずにテーブルから離れた。母親の命令どおりにするには、今日はいつもより時間がかかると分かっていたからだ。父親は娘が立ち去っていくのを黙って見守った。これも一家の無言の掟だった。

階段をのぼるのは下りるときよりも大変だった。だが、彼女はなんとかして部屋にたどり着き、母親に言われたドレスを探した。すぐに見つかったが、着るのは大変だった。着替えを終えるまでにほぼ一時間かかってしまった。そのあいだ、ガブリエラは顔をしかめ、こらえてもこぼれてくる涙を何度もぬぐった。セーターに首を入れるときがいちばんつらかった。それでもなんとか着替えをすませると、父親が迎えにきてくれるまで部屋で待った。

父親のあとにつづいて階段を下りる彼女は、白いソックスに人工皮革の黒い靴を履き、ピンクのドレスにピンクのセーターを着て、いつもどおりの天使の装いに戻っていた。

「なんだっていうの、おまえ。フォークで頭をとかしたのかい？」

ガブリエラを見るなり、母親が腹立たしげに言った。実はガブリエラは、痛くて腕を頭まで上げられなかったのだ。それでも母親に気づかれまいと思ったのは、幼さゆえの浅はかさだった。

「とかすの忘れていたの」

ガブリエラはその言葉しか思いつかなかった。これなら少なくとも、嘘をつくんじゃないと母親から怒られることはないだろう。やらないことをやったとは言っていないのだから。

「部屋に戻って急いで髪をとかしてらっしゃい。それからピンクのリボンもするんだよ」

ガブリエラの目にみるみる涙があふれた。しかし、今度だけは父親が助け船を出してくれた。彼はポケットから櫛《くし》を取りだすと、それをガブリエラに渡さずに、自分で娘のカールした髪をすいてやった。ガブリエラの装いはあっという間にできあがった。髪についていた血はすでに乾いていたし、ジョンはそれに気づいたかもしれないが、〝見ざる言わざる〟を通した。

「リボンはいらないよ」

ジョンは妻に向かってそうひと言だけ言った。ガブリエラはうれしくなって父親を見上げた。ダークスーツに白いシャツ、青と赤のストライプのネクタイをした父親はいつもよりずっとハンサムに見えた。母親は首のまわりに毛皮のついたグレーのスーツを着ていた。それに、ヴェールのついた黒い帽子をかぶり、白い小羊革の手袋をはめていた。手袋にはいつもどおりシミひとつついていなかった。黒い靴はしゃれたスエードで、ハンドバッグは黒いワニ皮だった。雑誌に載っているモデルのようだわ、とガブリエラは思った。ただ違う点は、これはいつものことだが、とてもぷりぷりしていた。エロワは珍しいことに、リボンのことで夫と言い合わなかった。

タクシーで駆けつけて、教会には時間ぎりぎりに着いた。ガブリエラを中にはさんで、三人はベンチ椅子にすべり込んだ。両親にはさまれて座るということは、ちょっとでも行儀を悪くしたら、お尻を一ミリでもずらしたら、腕や足を、アザができるほど母親につねられることを意味していた。

ガブリエラはできるかぎり動かないようにしながら座りつづけた。実際は肋骨が痛んで、それで動くこともできなかったし、呼吸も浅くするしかなかった。牧師の説教のあいだじゅう、苦しみに耐えてボーッとしていた。母親は目を閉じ、祈りに集中しているようだった。それでもときどき目を開けては、ガブリエラのほうをちらちら見ていた。だが、今日のガブリエラは完璧に静かだった。

ミサが終わり、ガブリエラは両親のあとについて外に出た。外では知り合い同士があいさつを交わし、おしゃべりをはじめた。かわいらしいと言ってガブリエラを褒める人たちもいたが、母親はそんな言葉を受け流した。知っている人にしろ、知らない人にしろ、紹介されるたびにガブリエラは握手に手を差しださなければならなかった。そのたびに胸がズキンズキンと痛んだが、しないわけにはいかなかった。

「まあ、かわいらしいこと！」

誰かに言われてジョンはうなずいたが、エロワは聞こえないふりを通した。

一時間以上経ってから、ようやく教会の敷地を離れ、三人はプラザ・ホテルまで行って昼食をとった。音楽が演奏され、サンドイッチや紅茶をのせた銀のトレーが行き交っていた。父親が注文したホットチョコレートがボールにいっぱいのホイップクリームと一緒に運ばれてきた。ガブリエラはうれしくなって目を輝かせ、するとエロワは手をのばしてホットチョコレートとホイップクリームをテーブルのいちばん奥に押しやった。

「これはダメよ、ガブリエラ。体によくないわ。太った子ほど醜いものはありませんからね」

ガブリエラに太る可能性がないことは誰が見ても明らかだった。どちらかというと、彼女は欠食児童のように痩せていた。それなのにホイップクリームは決して口に入れさせてもらえなかった。わたしが悪い子だからだと、ガブリエラはそう理由づけて自分なりに納得していた。昨日の夜もあんなにお母さんを怒らせてしまったのだから、その罰がこれなのだろう。ガブリエラは幼い頭で解釈した。

プラザでは長居して、知り合いにあいさつしたり、見知らぬ客たちをながめたりしていた。昼食をとるには楽しい場所だった。ここに来ると、普通はガブリエラもうれしくなるのだが、今日の彼女は楽しめなかった。痛みに耐えかねていると、両親はようやく腰を上げた。

父親がタクシーをつかまえるために先に外へ出た。ガブリエラは母親のあとについてゆっくりとロビーを歩いた。ガブリエラはつんとすまして歩く母親を畏怖と憎しみの混じりあった目で見上げた。

〈あんなに綺麗なお母さんなのに、どうしてもっとやさしくしてくれないのかしら?〉

ガブリエラは分かっていた。これは決して解けない永遠の謎なのだと。そんなことを考えながらホテルの外に出かかったとき、ちょっとよろめいて母親のスエードの靴のつま先を軽く踏んでしまった。ガブリエラは踏んだ瞬間にゾッとなったが、母親の反応はそれよりも素早かった。母親はぴたりと足を止めると、怒りで顔を揺らしながら、軽蔑の目でガブリエラと靴のつま先を見比べた。

「直しなさい」

　無理に抑えたようなうめきは悪魔の声のようだった。ガブリエラにはそう聞こえた。母親は傲慢な態度で自分の靴を指さした。誰か通りがかりの人でも見たらあきれるような光景だった。だが、いつものようにそれに気づく人は誰もいなかった。

「ごめんなさい、お母さん」

　ガブリエラはびくついていた。目には悲しみと後悔の念がにじんでいた。

「どうしてくれるの！」

　母親ににらまれても、ガブリエラはどうしていいか分からなかった。できるのは、指でほこりを払うぐらいだった。彼女はあわててかがむと、母親の靴についた汚れを夢中になって払った。ドレスのすそを使って磨こうとも思ったが、そんなことをしたら母親をよけい怒らせるだけだろう……セーターを使ったらどうだろう……何かでどうにかしたかったが、運悪くハンカチもティッシュも持っていなかった。仕方なくガブリエラは、小さな指でできるかぎり表面についたほこりを払った。近くからよく見ても、彼女がつけた靴跡はなくなった。

「きれいになったわ、お母さん」

　エロワは娘の言葉を信じなかった。仕方なくガブリエラはホテルの外の歩道にひざまずいて、母親の靴を何度も何度も払った。

「二度とやったら承知しないからね、分かったかい⁉」

母親の厳しい言葉を聞きながら、ガブリエラはほこり跡が消えたことを口のなかで神に感謝した。もし踏んだ跡が消えなかったら、またぶたれるに決まっていた。いや、消えてもやはりぶたれるかもしれない。今日はまだ時間がたっぷりあるのだ。

三人はタクシーに乗って家へ向かった。ガブリエラの痛みは刻々と激しさを増していた。顔は紙のように白くなり、握っている手も震えていた。それを母親に気づかれませんようにとガブリエラは必死になって祈った。だが、この日のエロワはめずらしく機嫌がよかった。娘に対してはいつものように冷たかったが、昨日の夜いろいろあったわりには、夫に対しては驚くぐらい物分かりがよかった。昨日の夜のいさかいの原因は夫にあるのだ。エロワとしては謝る必要も説明する必要もなかった。

家につくと、すぐガブリエラは自室に追いやられた。母親は、娘がいつまでも起きて家のなかをうろつくのを嫌った。娘が自分の部屋に閉じこもり、面倒をかけなければそれでよかった。だからガブリエラもそうするつもりだった。なにかして母親にこれ以上叱られるのはいやだった。だから、ガブリエラはおとなしく自分の部屋へ行き、ドアを閉めてそのなかに閉じこもった。なにもすることはなかったし、たとえあったとしても、体が痛くてできなかっただろう。部屋に落ちついたガブリエラの頭によみがえるのは、昨日壊されたメリディスのことだった。ガブリエラは人形がなくなって本当に寂しかった。メリディスは心を開いて語りあえるただひとりの友達だった。その友達は壊されてもういなくなってしまった。

メリディスのことを考えつづけていると、廊下から笑い声が聞こえてきた。驚いたことに、両親の声だった。めったに笑わないはずの母親が女の子のようにはしゃいでいた。声はやがて遠ざかり、両親の寝室のドアの閉まる音が聞こえた。寝室のなかで両親がなにをしているのか、ガブリエラには知る由もなかった。けんかをしているのかとも思ったが、そういう物音は聞こえてこなかった。むしろクスクスと笑って、ふたりとも幸せそうだった。ガブリエラはじっと座っていつまでも待った。いずれ両親はやって来るだろう。食事の時間を知らせるために。

しかし、夜になっても、父親も母親もやって来なかった。かといって、ガブリエラにできることはなにもなかった。行って、両親の寝室のドアをノックするとか、夕食が遅れている理由を訊くなどは論外だった。

両親は一時的に仲直りして幸せな時を過ごしているらしかった。エロワは、なんの風の吹き回しか、昨夜のゴタゴタを忘れて夫を許し、ジョンのほうはそれを意外に思いつつも、その夜は妻の美しさに惚れ直していた。すべてはプラザ・ホテルで飲んだアルコールの成せる業だった。しかし、この予期しなかった甘い雰囲気も娘のところにまでは届かなかった。これがほんの気まぐれであることをジョンは知っていた。それでも快楽にはちがいなかった。エロワのほうは、久しぶりに燃えたこの甘い時間を一瞬も逃すまいと、夫をベッドから離さなかった。

キッチンには昨日の残り物があるはずだから、ひとりで行って食べることもできた。だがそんなことをしたら、なにをされるか分からなかった。部屋でじっと待っているのがいちばんだった。そんなに長引くはずはなかった。ただドアを閉めて話しあっているだけなのだろうから。

いつ来るかと待ちながら時計を見ると、六時だった。それが七時になり、やがて八時になった。ついに九時がすぎ、十時になってしまった。自分が忘れられているのは明らかだった。ガブリエラはあきらめてベッドにもぐりこんだ。今日一日、特にひどいことが起きなかったことを感謝しながら。

とはいえ、これから起きることもありうる。昨日の夜だって、最後の最後に始まったではないか。お父さんがもし出かけてしまったら、お母さんを置き去りにして彼女の好き勝手にさせてしまったら、また始まるかもしれないのだ。どんなことでも覚悟していなければならない。母親はささいなことに難癖をつけてガブリエラをいじめるのだから。だが、その夜に限ってはなにも起きなかった。父親は外出せず、ふたりは仲よく寝室に入ったままだった。ガブリエラは結局、夕食抜きで眠りの世界に落ちていった。

第四章

常軌を逸した両親のふるまいをさらに二年耐え忍んで、ガブリエラは九歳になった。そのころまでに、彼女は一時的にしろ逃避できる自分の世界をつくりあげていた。詩や物語や手紙を書いて空想の友達に送るのだ。これにふけっている一、二時間は母親の拷問も忘れることができた。

彼女が書くテーマはいつも美しい世界に住む幸せな人たちである。家族のことや、まだつづいている母親の折檻については決してふれない。書くことが、現実から逃避するための、そして生きのびるための唯一の手段なのだ。見かけは上流でも内実は地獄のような毎日から逃れるのに、ほかにどんな方法がありえようか。父親の収入がいくらあろうが、両親がどんな家柄の出だろうが、悪夢はやはり悪夢なのだ。母親がどんなに優雅でも、母親の身につける宝石や衣服がどんなに高価でも、そんなことはガブリエラにはなんの意味もないことである。

幼くしてガブリエラは人生の裏表を思い知らされていた。人間にとって大切なものはなにかを考えるようになっていた。彼女にとっては愛が至上だった。愛を夢見ては、愛について考え、愛を言葉にして書いた。愛がなければ彼女の幻想は成り立たなかった。

あいかわらず人からはよく誉められる。〝なんてかわいらしいんでしょう〟とか、〝口答えしなくていい子だ〟とか、〝素直で親の言うことをよくきく子だ〟などなど。学校の先生も、両親の友達も、彼女の髪の毛や大きな目がかわいいと言ってくれる。成績は抜群だが積極的に発言しないし、指されたときだけ答えるのが、先生たちの唯一不満な点である。ガブリエラはよく本を読み、覚えも速い。読書は彼女を別の世界にいざなってくれる。彼女が読書好きなのを知って、母親は折檻するとき、本や鉛筆をとりあげる。どうすればガブリエラにいちばん打撃を与えられるのか、そういうことになると母親はとくに勘がよかった。しかし、いざそれが始まると、ガブリエラはその瞬間から夢のなかに入っていき、その世界に閉じこもる。母親もガブリエラの精神世界だけには手が伸ばせなかった。

このころになると、ガブリエラは、はっきりした理由は自分でも分からなかったが、どんなことがあっても自分は生き延びられるという不思議な自信を身につけていた。

エロワはガブリエラをよくキッチンで働かせた。流しや皿を洗わせたり、銀食器を磨かせたり、〝この子は甘やかされている〟がまだ口ぐせの彼女は、それを理由にしてガブリエラを雑用にこき使った。衣服の洗濯はもちろん、シーツ替えから部屋の掃除まで、ガブリエラはすべて自分でやらなければならなかった。同じ年ごろの子供たちが外で遊んだり、家ではおもちゃや本を与えられているのに、ガブリエラは家に閉じこめられて指図ばかりされていた。

命の危険はいぜんとして付きまとっていた。成長するにしたがい、むしろそのための賭け金が大きくなっていた。家のなかの規則は母親の気まぐれで毎日変えられた。母親の機嫌を読みとるのが彼女の生き延びるコツになっていた。怪しいときは極力母親を怒らせないようにして身の危険を避けるしかなかった。

体にアザが残るような殴打はあいかわらず続いていたが、さいわいなことに学校へ行くようになったため、少なくともそのあいだだけは安全だった。しかし、けちをつけられる過ちの種類が増えるのは避けられなかった。やれ宿題を忘れただの、やれ装飾品をなくしただの、食事の後片づけをしているときに皿を割っただの、叱られる種は尽きなかった。言いわけをするとよけいぶたれた。だからガブリエラは甘んじて罰を受けることに決めていた。学校ではアザを隠すのがうまかった。級友たちに見つからないように、なるべく一緒に遊ばないようにしていた。放課後はいつもひとりだった。どうせ誰かと仲よくなれても、母親が友達を家に連れてくることを許さなかった。ガブリエラひとりでも家が汚れるのに、子供ふたりに来られたらたまったものではないというのがエロワの本音だった。

三年の通学期間のあいだに、先生がガブリエラの異変に気づいたことが二度ほどあった。一度は、縄跳びしているときに制服がまくれあがり、ももに大きなアザができているのを見たときだった。問いただされて、ガブリエラは自転車で転んだのだと言いわけした。アザの大きさから、ずいぶん痛かったでしょうと先生たちは同情しただけで、その件はそれですんでしまった。二度目は今学期の初めにあった。彼女の両腕にアザができていて、片方の手首がねんざしていた。いつもどおり顔にはかすり傷ひとつ負っていなかった。週末に落馬したのだと言いわけするときの彼女の目は無邪気そのものだった。心配した先生は、手首がよくなるまで宿題はしなくていいと言ってくれた。しかし、その特別な計らいを母親には説明できなかったので、ガブリエラはちゃんと宿題をやっていった。ただし、先生には提出しなかった。

父親はあいかわらず無干渉のままだった。この二年間、彼が家にいることはますます少なくなっていた。銀行の仕事で出張することが多く、父母のあいだにも何かよくないことがあった様子だった。半年前からふたりは寝室を別にしていたし、父親がいないときの母親はいままで以上に怒りっぽくなっていた。

母親が夜ひとりで外出することが多くなった。出かけるときは着飾って、ガブリエラを家に置いていく。このことを父親が知っているのかどうか、ガブリエラには分からなかった。父親は留守がちだったし、父親が家にいるときは母親も決して出かけなかった。だが、家のなかの雰囲気は険悪だった。エロワは汚ない言葉を平気で吐き、夫を面と向かって侮辱した。ガブリエラがそばにいようといまいと、母親の夫に対する非難はほかの女との浮気についてだった。〝売春婦〟とか、〝夜の女〟とかいう言葉がエロワの口からさかんに吐かれた。〝浮気〟という言葉もかならず出た。ガブリエラにその本当の意味は分からなくても、それについて訊くようなことはしなかった。

ここのところの父親はますます酔っぱらうようになり、酔っぱらうとかならず外出したし、父親が外出すると母親が怒りをぶつけにガブリエラのところにやってくる。ガブリエラは制裁を避けるためにいまでもベッドの端にうずくまって寝る。

こんな浅はかな居留守が成功したためしはなかったが、こうして寝るのが彼女の習慣になっていた。母親は、ベッドのどこをつつけばガブリエラがいるのかをちゃんと知っていた。だから、ガブリエラはもう隠れようとなどせず、罰を甘んじて受け、それに耐える勇気を持つよう自分を励ましていた。自分のこの世での役目は、耐え忍んで生き延びることだと彼女は心得ていた。

両親のあいだがうまく行かないのも自分のせいではないかとガブリエラは漠然と思うようになっていた。夫婦げんかのなかで彼女の名前が口にされることはなかったが、トラブルの責任は自分にあるような気がしてならなかった。だからこそガブリエラは母親の折檻を運命として受け入れていた。

その年のクリスマスのころには、父親はもうほとんど家に寄りつかなくなっていた。たまに家に帰ってくると、かならず夫婦げんかになった。母親の怒り方は半狂乱に近かった。彼女の怒鳴り声のなかで必ずくり返される名前があった。ガブリエラはそれが誰なのか分からなかったが、名前はバーバラだった。そういう名前の女性に会った記憶はガブリエラにはなかった。だから、なにがどうなっているのか分からなかった。しかし、そのことで父親の存在がますます遠く感じられたし、父親も母親とはいっさいかかわりたくないように見えた。たまに家に戻ってきたときの父親はかならず酔っぱらっていて、ガブリエラに話しかけることもめったになく、酔っぱらっていることを隠そうともしなくなっていた。

クリスマスの日、母親は部屋から一歩も外へ出なかった。前日から外出していた父親は深夜になるまで戻ってこなかった。その年のクリスマスはツリーも、飾りも、照明もなかった。父親も母親もいないクリスマスになった。クリスマスのごちそうとして彼女が食べたのは、前の晩に自分でつくったハムサンドイッチだけだった。それでも母親の部屋のドアをノックするのは怖くてできなかった。当たらず触らずにしておいたほうがどう見てもよさそうだった。クリスマスの日に父親がいないことで母親がどんなに腹を立てているか、容易に想像できた。そのとき九歳になっていたガブリエラは、両親が憎みあう本当の理由は分からなかったにしても、家庭内の空気はおおかた察しがつくようになっていた。両親の不仲にはバーバラという女性が関係しているらしかったし、自分にも原因があるらしかった。母親からずっとそう聞かされてきたから、ガブリエラは疑問を持つことなく自分の責任を事実として受け入れていた。

クリスマスの深夜に父親が帰るといきなり始まった夫婦げんかは、ふたりの寝室内だけにはとどまらなかった。ふたりは怒鳴りあい、物を投げあいながら、家じゅうの物をひっくり返した。父親がもうおしまいだと言うと、母親はふたりを殺してやると怒鳴り返した。母親にビンタを張られると、父親は殴り返した。彼が暴力をふるったのはこのときが初めてだった。結局、このすべてのお返しが自分に戻ってくることをガブリエラは本能的に理解していた。いままでそんなことを考えたことがない彼女だったが、このとき初めて、逃げる場所があればいいと思った。だが彼女には、隠れる場所も、頼れる人もいなかった。これからなにが起きるのか、ただ黙って待つのみだった。

そのうち父親は出かけてしまった。母親は待っていたようにガブリエラをつかまえた。すべては予想どおりだった。怒れる猛禽のように、髪をふり乱した母親が背後から彼女を襲った。母親のげんこつは強力で、疲れを知らなかった。一撃目は彼女の耳を痛打した。それから頭に、胸に、とげんこつの雨が降った。足には燭台が振りおろされた。次はその先端で顔をやられるとガブリエラは直感した。だが、奇跡的に顔は無事だった。最初の数発は痛かったが、あとはにぶい衝撃しか感じなかった。母親の今日の怒り方はいままでになく激しかった。口答えや抵抗でもしたら命にかかわりそうだった。

　今夜のガブリエラは、母親が振りおろすげんこつをいっさいよけようとしなかった。ただじっと耐えて、嵐がやむのを待った。折檻を終えると、母親は彼女を床に転がしたまま、さっさと部屋を出ていった。ガブリエラは力が出なくて、ベッドに這いあがることもできなかった。ただその場に転げたまま、意識と暗闇のあいだを漂っていた。どこも痛まないのが不思議だった。その夜はひと晩じゅう光輪のような明かりが自分のまわりを漂っていた。誰かの声も聞こえたような気がした。だが、なにを言っているかは聞きとれなかった。朝になって初めて、声がはっきり聞きとれるようになった。なじみのある声だったが、昨夜同様、言っていることの意味は不明だった。父親の声であることにも気づかなかった。娘がエロワに折檻されるのを見ても、涙を流したこともなければ、ため息をもらしたこともない父親だったが、今夜だけは違っていた。

　ガブリエラは血を流しながら床に横たわっていた。髪の毛は血で頭にこびりつき、目もうつろで、片方の足の内ももにゾッとするような傷を負っていた。彼はすぐ救急車を呼ぼうとしたが、エロワとごたごたするのがいやだったので、そうせずにガブリエラを毛布で包んで抱えると、大急ぎで外に出てタクシーをつかまえた。

　病院に着いたとき、彼は娘がまだ呼吸しているかどうかさえ自信がなかった。あいている寝台を見つけてとりあえず娘をそこに横たえると、泣きながら助けを呼んだ。医者には階段から落ちたのだと説明した。傷のひどさから想像して、大いにうなずける説明だった。彼の言いわけを疑う者はいなかった。医療チームはガブリエラの青ざめた顔に酸素マスクをかぶせると、彼女を大急ぎで救急治療室へ運んでいった。移動ベッドのまわりを心配そうな顔の看護婦たちがとり囲んでいた。ジョンはそれらを信じられない面持ちでながめていた。

数時間がすぎても、ジョンはまだ動転したままだった。午後の四時になって、ようやく医師たちが彼の前に現われ、お子さんは助かりましたと告げた。脳震盪《のうしんとう》に、肋骨《ろっこつ》が三本折れ、耳の鼓膜《こまく》破裂、片足に打撲傷、というのが診断だった。必要な縫合が終わり、肋骨はテープで補強され、二、三日入院すれば最悪の状態は脱するとのことだった。階段から落ちてから発見されるまでどのくらいの時間があったか訊かれたジョンは、はっきり分からなかったので、数時間だと思うとしか答えられなかった。自分が外出していたとは言わなかった。

「完全に回復しますよ」

若いインターンが保証した。看護婦たちも、よく面倒見ますからと言ってくれた。ジョンが病室をのぞいたとき、ガブリエラは眠っていた。彼は病室に入らずに、そのまま病院を去った。タクシーをつかまえて一応家に向かったものの、頭のなかは混乱していた。妻になんと言えばいいのか。こんな蛮行をどうしたらやめさせられるのか考えつづけたが、妙案は浮かばなかった。いっそのこと、このまま逃げだしてしまうのがいちばんいいようにも思えた。娘はようやく安全な場所に隔離できたし、あれほどの折檻でも死ななかったのはツイていたからにちがいなかった。

彼は不吉な予感に圧倒されながら家の敷居をまたいだ。だが、階段を上がってもエロワの姿が見えないのでホッと胸をなでおろした。妻がどこに行ったのかは分からなかったが、そんなことはもうどうでもよかった。彼は書斎に入ってアルコールのきついのを一杯あおった。それから、そこに座り、妻に面と向かったらなんと言おうか考えながらその時が来るのを待った。どういう言葉を使ったらあの女に通じるのだろう？　彼女はもしかしたら人間じゃないのかもしれない。ほかの惑星で生まれた、ぜんぜん違う生物なのではないか。手に触れたものすべてを壊してしまう機械のような女だ。あんな女をどうして愛してしまったのか、どうして妻にできるものと勘違いしてしまったのか、ジョンは後悔するばかりだった。いまの彼の頭には別れることしかなかった。今夜もバーバラと一緒にいるはずだったが、虫の知らせか、明け方になってもう一度家に戻ってきて、気を失いかけているガブリエラを見つけたのだった。こうなったからにはエロワと対決するしかなかった。今日こそ対決して、これ一回でかたを付けたかった。

エロワは深夜すぎに帰ってきた。濃紺のイブニングガウンを着た彼女は、ジョンの目には〝悪の女王〟としか映らなかった。彼女は書斎の長椅子にごろ寝しているジョンをちらりと見て言った。

「来てくれるなんてやさしいのね、ジョン」

エロワの口調は、酔っぱらっているジョンにも響くほどいやみたっぷりだった。

「元気そうじゃないの、あなた。どういう風の吹き回しなの？　バーバラにふられたの？　それともあの売女、ほかの客のサービスで忙しいのかしら？」

エロワは小型のハンドバッグをぐるぐる回しながら、彼のまわりをゆっくりと歩いた。ジョンはいまにも手を上げそうになる自分を抑えるのがやっとだった。彼女の顔にアルコールを引っかけてやるか、思いきり引っぱたいてやれたらいちばんよかった。だが思いとどまった。妻ほどの怪物には、なにを言っても、なにをしても通じないだろう。残忍さの競争になったら、彼は妻には遠く及ばないのだ。

「娘がいまどこにいるのか知っているのか、エロワ？」

ジョンはろれつが回らなかったが、自分の言いたいことは分かっていた。今夜こそ迷いはなかった。何年もかかってようやく頭の中をすっきりさせることができた。ここまでぐずぐずしていた自分がいまさらのように悔やまれた。だが、バーバラの存在がいいきっかけをつくってくれた。それに、今夜のガブリエラの惨状が問題の解決を早めてくれた。

「あの子がどこにいるのか、あなたが教えてくれるんでしょ、ジョン。どこかに捨ててきたの？　それとも誰かにあげちゃったの？」

エロワは心配どころか、おもしろがっている様子だった。このことからも彼女の怪物ぶりがうかがえた。こんな女にどうして今まで惑わされてきたのか、ジョンにはそれがむしろ不可解だった。自分でだまされることを願い出ていたのだ。本当の彼女を見ようとせず、幻想で自分をはぐらかしてきたのだ。

「それがおまえの望みなんだな？　あの子を人にあげちゃいたいんだろ？　だったら、生まれたときに孤児院に預けるとか、教会の入り口にでも捨てておくべきだったな。おまえにはそのほうがよかったんだろ？　あの子にとっても、そのほうがずっと幸せだったんだ」

ジョンは、寝台に乗せられたガブリエラのいたいけな姿を思いだしながら、ぐっと涙をこらえた。あの光景は一生忘れないだろう。

「お涙ちょうだいの話は勘弁してちょうだい、ジョン。あの子はバーバラのところなのね？あなたはあの子を誘拐するつもり？　もしそういうことなら警察に連絡するわ」

エロワはイブニングバッグをテーブルの上に置くと、優雅なしぐさで彼の前の椅子に座った。彼女はたしかに美人である。しかし、その性根は腐っている。魂というものがない、単なる氷の革袋だ。その残忍さは常人の想像をはるかに超えている。バーバラは見かけではるかに劣るが、感情はずっとこまやかだ。先祖に貴族の名前はないが、彼女にはハートがあり、なによりもジョンのことを愛している。いまのジョンの望みは、目の前の女とは早くきれいさっぱりに別れ、彼女のことを思いださないよう、できるだけ遠くに行ってしまうことである。そういうつもりは一年前からあったが、ガブリエラがいたため実行しきれないいまま今日になってしまった。だが、もう迷いはなかった。これ以上怪物をのさばらせるつもりはなかった。いまこそ自分自身を救うときだ。

「ガブリエラは病院に入っている」

ジョンは暗い声で言った。

「今朝見つけたとき、あの子は意識を失いかけていた」

エロワを見ているだけでジョンはむかっ腹が立った。体が震えるのをどうすることもできなかった。激しい怒りにもかかわらず、彼女にはかなわないというコンプレックスがまだ彼の体のどこかに生きていた。ここで彼女に変な動きをされることをジョンは恐れた。自分の怒りが爆発して、この瞬間にでも彼女を殺しかねなかったからだ。殺されて当然の女とはまさにエロワのことだった。

「タイミングよく家に帰ってきて運がよかったわね。あの子にとっても、なんていうお恵みだったんでしょう」

エロワはいやみたらしく言った。

「わたしが見つけなかったら、あの子は死んでいたかもしれないんだぞ。脳震盪《のうしんとう》を起こしていて、肋骨《ろっこつ》は折れていて……鼓膜《こまく》はやぶれて……」

ジョンの話を聞いても、エロワは表情を変えなかった。そんなことは心配するに足りないと彼女の顔に書いてあった。エロワは自分のしたことに良心の痛みなどまるで感じていない様子だった。

「わたしが泣くとでも思っているの？　あの子のために？」

エロワは落ちつきはらっていた。タバコをくわえると、それに火をつけてジョンを見つめた。

「おまえは狂っている」

そう言うジョンの声はかすれ、その手は神経質そうに髪をすいていた。別れ話は思っていたより難しそうだった。残忍な性格、痛まない良心、動じない態度。エロワは敵にまわしたら怖い女である。力は彼よりも上だ。ジョンは常日頃からそう感じていた。

「わたしは狂ってなんかいませんよ、ジョン。狂っているのはあなたのほうでしょ。最近、自分の顔を鏡で見た？　あなたよ、狂って見えるのは」

彼を見つめるエロワの目は笑っていた。ジョンは泣きだしたいくらいだった。

「あの子はおまえに殺されるところだったんだぞ」

激するあまりジョンの声はかれ、充血した目は異様に輝いていた。

「でも死ななかったんでしょ？　殺していればよかったのかしら？　わたしたちの問題はたいがいあの子が原因なのよ。あの子を叱るのも、あなたのことを思えばこそよ。あの子が生まれてこなければ、わたしたちもこんなふうにはならなかったと思うわ。あなたがあの子にあんなふうに溺れなければね」

エロワの口調や、話している様子からして、彼女は信念でそう言っているらしかった。なにをどう勘違いしているのか、ガブリエラは本当に悪い子で、折檻されるのは当然だと信じきっている様子だった。自分の話が狂っていることを彼女に分からせるのは不可能だろう。ジョンはそのことをいまさらのように認識した。

「わたしたち夫婦に起きたことはあの子には関係ない。おかしいのはおまえだ。異常に嫉妬深くて、あんな無邪気な子を憎んで。腹を立てるなら、どうしてわたしに向かってぶつかってこないんだ。わたしに裏切られたと思うなら、わたしを憎めばいいじゃないか。わたしは弱い人間だ。誘惑に負けることもある。だからといって……娘を痛めつけるなんて……なんていう可哀そうなこと……」

ジョンはこらえきれなくなって泣きだした。

「あの子にあたらないでくれ」

真実の言葉に耳を傾けてくれるよう、彼は妻に訴えていた。

「あなたのほうこそ目を覚ましたらどう？　あの子がわたしたちに何をしたか、まだ分からないの？　あの子のために、あなたはわたしから完全にそっぽを向いてしまったわ。あの子が生まれる前のあなたはあんなにやさしかったのに。わたしたちは愛しあっていたのよ……それなのに、今のこのざまを見てごらんなさい……」

驚いたことに、彼女の目にも涙がにじんでいた。何年ぶりかで見せる涙だった。

「すべてはあの子に原因があるのよ……」

夫がほかの女を愛するようになったことまでも、彼女はガブリエラのせいにした。彼女が本気でそう思っているらしいところが、ジョンにはどうしても理解できなかった。

「いや、違う。責任はきみにあるんだ」

エロワの涙に惑わされることなく、ジョンは妻を非難した。

「おまえが娘につらくあたるのを見て、わたしは冷めてしまったんだ。子供を殴る母親にどうしてやさしくなんかできる？……あの子はそのうちきっと両親を恨むことになるんだ。ああ、なんということだ！」

「いいじゃないの、そうなったって。折檻しなきゃ分からない子なんだから」

エロワは元のふてぶてしさを取りもどして言った。

「あの子には当然の罰を与えただけよ。わたしたちの愛や結婚生活までめちゃめちゃにしたんですからね……」

「おまえはあの子を生まれたときからずっと憎んできたんだ。どうしてそんなことができるんだ？」

「生まれたときから、こうなるって分かっていたからよ」

「いいかげんにしないと、あの子を殺してしまうことになるぞ」

ジョンは妻を分からせようと必死だった。

「折檻はやめるんだ。じゃないと、一生を刑務所のなかで過ごすことになるぞ」

「あの子のために刑務所へ行くなんて、それだけはごめんだわ」

エロワはきっぱりと言った。そのへんのことは彼女はとっくに計算していた。だからこそ、やりすぎないよう気をつけてきたのだ。子供のためではなく、自分のために。ただ、昨日の夜は危ないところまで行ってしまった。エロワはそれほどと思っていなかったが、病院の医師から話を聞いているジョンは詳しく知っていた。さいわい、虐待であるとは誰にも気づかれなかった。彼の紳士的なマナーや、ちょっとは知られた家名や、着ていた高価そうな服から、家庭内暴力だとは思われなくてすんだ。医師たちがそんな疑いを彼にいだくのは場違いだったし、そんなことを問いただすのは彼のような紳士に対して失礼というものである。

「あの子を殺したりはしないわよ、ジョン」

魂のない女の言葉は空約束にしか聞こえなかった。

「殺す必要なんてないもの。あの子に、していいことと悪いことを教えたいだけよ」

「問題は、していいことと悪いことをおまえ自身が分かっていないことだ」

「ああ、もう疲れた」

そう言うなり、彼女はいきなり立ちあがった。

「そんな話、もううんざりよ。どうなの、家で寝るの？　それとも、これからあの女のところに戻るの？　あの女との関係はいつまで続けるつもりなの？」

永久にだ、と彼は自分に向かって言った。バーバラと別れるつもりはまったくなかった。千年経っても一緒にいるだろう。手を切らなければならないのは、目の前にいるこの女とだ。だが、ガブリエラが戻ってくるまでは、家にとどまって妻をなだめなければならない。エロワに対する憎しみがどんなに強くても、ガブリエラのためにはそのくらいはがまんしなければならない。余生をささげるほど娘の犠牲にはなれないにしても、少なくとも彼女が戻ってくるまでがまんして妻をなだめるぐらいはできる。

「もう少ししたら、わたしも行って寝るよ」

ジョンは静かな口調でそう言うと、アルコールをもう一杯注いだ。それにしても、寝室が一緒でないことは幸いだった。こんな状態で同じベッドに寝たら、殺されないかと心配でおちおち眠ることもできないだろう。ジョンは妻を知っていたからよけい怖かった。エロワがどんなに危険な女かをバーバラにも何度か警告していた。しかし、バーバラは彼女なんて怖くないと言って強がっていたが、それは間違いだ。この怪物が暴れだしたら何をしでかすか分からない。それが身にしみて分かっているのは、彼と、ガブリエラだけである。

「あなたは自分の部屋で寝るんでしょ？」

部屋を出ながら彼女が言った。ジョンは床を引きずっていくイブニングガウンを見送った。妻の問いかけには答えなかった。ガブリエラのことを考えていて、口から言葉が出てこなかった。ただ黙って彼女が階段を上がっていくのを見つめるだけだった。

〈ここはどこなの？〉

その夜、病院で目を覚ましたガブリエラは自分がどこにいるのか分からなかった。何もかもがまっ白で、清潔で、整然としていた。部屋のすみに明かりが灯り、天井には影ができていた。糊のきいた帽子をかぶった看護婦が彼女を見下ろしていた。ガブリエラが目をぱっちり開けると、若い看護婦はにっこり笑った。ガブリエラには見慣れない光景だった。看護婦の目はとてもやさしそうだった。

「ここは天国なの？」

小さな声で訊くガブリエラはそう信じて疑わなかった。ようやく死ねたことがうれしかった。

「いいえ、ここはセント・マシュー病院ですよ。心配しないでね。お父さんはちょっと前に帰ったところよ。あなたの様子を見に、明日また戻ってくるそうよ」

わたしが病院に連れてこられて、お母さんが怒っていないかどうか、ガブリエラはそれをまず看護婦に訊きたかった。それから、治ったら家に戻らなければならないのか、永久に治らないで病院に居つくことはできないのか、それも訊きたかった。ほかにも訊きたいことが山ほどあった。だが、母親が怖くて何もできなかった。だから、看護婦の質問にはただうなずいて答えた。うなずくと体じゅうが痛んだ。

「あまり動いちゃダメよ」

ガブリエラが顔をしかめるのを見て看護婦が言った。脳震盪のあとだから頭痛が激しいはずだった。耳からはまだ出血がつづいていた。

「階段から落ちたんだってね。お父さんに早く見つけてもらってラッキーだったわ。でももう大丈夫よ。わたしたちがちゃんと面倒を見てあげますからね」

ガブリエラは痛いので顔を動かしたくなかったが、うれしくてもう一度うなずいた。それから両目を閉じた。

眠りのなかでガブリエラは声を出して泣いた。看護婦が交代して、今度は歳をとったベテランの看護婦がガブリエラの世話をすることになった。看護婦はガブリエラの脈拍を調べ、体温を測った。それから足に巻かれた包帯を替えてやった。看護婦は傷口と少女の顔を何度も見くらべていた。彼女の頭には疑問が次々とわいていた。見すごしてはいけない疑問だった。こういう傷を負った子供を彼女は何例も見ていた。だが普通そういう子は、たいがい貧しい家の子供である。そして子供たちは治ると家に戻り、また病院に戻ってくる。この子もやはりそうなのかしら、と看護婦は心配になった。でも、きっと両親は事の深刻さに気づいて、いまごろはあわてているのかもしれない。だとしたら、もう二度とこんなことはしないだろう。でも、そのへんのことは第三者にはよく分からない。

ガブリエラは朝までぐっすり眠った。それからの二、三日はだいたいそういう状態だった。父親が二度ほど見舞いにきて、母親は病気で来られないと医師や看護婦たちに説明した。みんなは理解して父親に同情した。少女のかわいらしさを褒めるのも忘れなかった。かわいらしいだけでなく、彼女は性格もよくて、マナーも完璧だった。看護婦たちを困らせるようなことは一度もなかった。何かねだったりすることもなく、何をしてもらうにも感謝の言葉を忘れなかった。ただ、口数は少なかった。黙って横になり、目を向けられるたびにほほえむだけだった。

新年を迎える日に、父親が着替えを持って迎えにきた。ガブリエラは白い靴下に赤い靴、グレーのドレスにネービーブルーのコートをはおって病院をあとにした。帽子と手袋は父親が忘れてきたので、していなかった。別れぎわ、看護婦たちに感謝の言葉を述べるガブリエラは小さくてとても顔色が悪かった。エレベーターのドアが閉じる直前、彼女は看護婦たちに手を振ってにっこりした。なんていい子でしょうというのが看護婦たちの一致した意見だった。退院する前の晩などは、家に帰りたくないと言って、ガブリエラは看護婦たちをホロッとさせていた。

家につくと、母親が顔をこわばらせて待ちかまえていた。病院に一度も見舞いにこなかった彼女は、そんなことをしたらあの子をのぼせ上がらせるだけだとジョンにくり返し言っていた。ジョンはいっさい言い争わなかった。だが、家に戻ってきたときのガブリエラの顔色を見れば、彼女の容体がどれほどひどかったか、誰にでも分かることだった。耳の傷がもとで、彼女はまだ足もとがふらついていた。

「病院でもドジをして看護婦や先生たちに迷惑をかけてたんじゃないのかい？」

父親が彼女のベッドをつくりに行ったすきにエロワが意地悪く訊いた。

「ごめんなさい、お母さん」

「まったく世話のやける子だよ。ドブネズミだね」

そう言うと、エロワはくるりと背を向けてどこかへ行ってしまった。

その夜、ガブリエラは両親と三人で夕食をとった。会話のない、息苦しい食卓になった。嫌悪感をあらわにする母親に対して、父親は別の世界への思いにふけっていた。それに彼は食卓につく前に充分すぎるほどアルコールを飲んでいた。ガブリエラは水を少しテーブルの上にこぼした。あわてて拭こうとする彼女の手はぶるぶると震えていた。

「あなたの行儀はぜんぜん直ってないのね。一週間、病院でどんな食べ方をしてきたの？ 赤ん坊みたいに食べ物を口に入れられていたの？」

エロワに言われて、ガブリエラはうつむいた。この場はなにも言わないほうがいいと思って口をつぐんだ。食事のあいだじゅう、彼女はひと言も発しなかった。彼女がデザートの最後のひと切れを食べおえるや、部屋に引きこもるよう母親に命令された。ガブリエラは両親のあいだの険悪な空気を察して、食卓を早く離れられるのがむしろうれしかった。

部屋に入ると、すぐベッドにもぐり込み、両親の言い合いに耳を澄ませた。だいぶ経ってから足音が近づいてきた。いつものことだから驚かなかった。ガブリエラは覚悟を決めて来るべきものを待った。今回は毛布のめくり方がゆっくりだった。ガブリエラは身を硬くして両目をしっかり閉じ、いつもの一撃を待った。だが、いつまで経ってもげんこつは飛んでこなかった。

横に誰か立っているのは分かったが、香水の匂いはしなかった。声もしないし、なにごとも起きなかった。長い不安に耐えられなくなって、彼女は目を開けた。

「ハーイ……眠っていたのかい？……」

そこにいたのは父親だった。ささやく彼の息はウイスキー臭かった。

「おまえが大丈夫かどうか見に来たんだよ」

ガブリエラはうなずいたが、困惑していた。こんなふうに父親が自分の部屋に入ってくるのは初めてだった。

「お母さんはどこにいるの？」

「寝ているよ」

ガブリエラはゆっくりと安堵のため息をもらした。だが、母親がいずれは目を覚ますことをふたりとも知っていた。

「おまえの顔をちょっと見ておきたかったんだ……」

父親はベッドの端にそっと腰をおろした。

「大変だったね……怪我なんかして……おまえのことを勇気があるって看護婦さんたちが褒めていたよ……」

彼女がどれほど勇敢か、ジョン自身がいちばんよく知っていた。

「みんないい人たちだったわ」

暗いなかで、ガブリエラは父親の顔を見ながらささやいた。月明かりで父親の顔がよく見えた。

「気分はどうだ？」

「大丈夫……耳がまだ痛いけど……でも、わたしは大丈夫よ」

頭痛は二日前から消えていた。肋骨にはまだギブスがはめられ、あと二週間ほどそのままの状態でいなければならないだろう。

「気をつけるんだぞ、ガブリエラ……いつも勇気を持ってな。おまえは本当に強い子だ」

父親がなぜそんなことを言うのか、ガブリエラは不思議だった。自分のどこが強いのか、ガブリエラは自問した。自分が強いなんて、思ったことも感じたこともない。むしろ逆で、悪いことをして、いつもびくびくしているではないか。

ジョンは自分が娘をどれほど愛しているかを当人に伝えたかったのだ。だがうまく言えなかった。娘を心から愛していても、母親の暴行をやめさせられなかった負い目が彼の口をにぶらせていた。しかしガブリエラは父親の胸の内が読めなかった。父親は彼女をしげしげと見つめながら毛布をかけなおすと、それ以上はなにも言わずに部屋を出ていった。

彼女が見ていると、父親はドア口で一瞬立ち止まるそぶりを見せたが、思いなおしたようにドアをそっと閉めて行ってしまった。エロワを起こしたくなかったためか、彼はガブリエラにも足音が聞こえないほどそっと歩いていった。ガブリエラはもう一度ベッドにもぐり直し、朝までぐっすりと眠った。目を覚ましたのは、母親の怒鳴り声でだった。

「ベッドから出なさい！」

聞きなれた金切り声に、ガブリエラは寝ぼけまなこでベッドから飛びおりた。急に動いたため、頭痛が戻ってしまった。肋骨も痛んだし、耳はガンガンと鳴った。

「おまえは知っていたんだね？　そうだろ！　おまえに言って行ったんだね？　そうなんだろ！」

エロワは娘の両肩をつかんで揺らした。彼女が二週間の入院から戻ったばかりであることも、その原因をつくったのは自分であることも、エロワはまるで忘れていた。

「知っているって、なんのことをですか、お母さん。わたし何も知りません……」

ガブリエラは何がなんだか分からなくて泣きだしてしまった。母親の形相からして、なにか大変なことが起こったらしいのだが、ガブリエラにはまるで見当がつかなかった。母親がこれほど取り乱すのを見るのは初めてだった。

「おまえは知っているはずだよ……病院にいるときに聞いていたんだろ？　そうなんだね？ジョンはなんて言っていたの？」

あまり激しく揺らされるので、ガブリエラはなかなか答えられなかった。

「別になにも聞いていません……お父さんはなにも言いませんでした……お父さんになにがあったんですか？」

お父さんが怪我でもしたのだろうか、それとも、なにかもっと悪いことが起きたのか？　ガブリエラには想像できなかったが、訊く前に、母親が娘の顔に向かって吐いた。

「おまえの父さんは出ていったんだよ。知っていたくせに。みんなおまえの責任なんだ……わたしたちに面倒ばかりかけて。だから彼は出ていっちゃったじゃないか。おまえはお父さんにかわいがられていると思っていたらしいが、そんなのは嘘だからね。おまえをこうして置き去りにしていったところを見れば分かるだろ。おまえもわたしも捨てられたんだよ……しょうのない子だ……おまえのせいだよ。分かっているんだろ、みんなおまえのせいなんだよ！　おまえのことが嫌いだから父さんは出ていっちゃったんだよ」

そう言うなり、エロワは娘のほほにビンタを張った。ピシャッという音が大きかった。

「もうおまえを守ってくれる人なんていないよ」

母親の制裁を受けてガブリエラはようやく理解した。父親は出ていったのだ。だから、昨日の夜あんなふうにして自分を訪ねてきたのだ。最後にもうひと目見るために……さよならを言うために……父親はいなくなってしまった。母親の終わることのない折檻を残して。昨日の夜、おまえは強いとか、勇気があるとか言ったのはそのことだったのか。父親の言葉を思いだしているまさにそのとき、母親の力いっぱいのこぶしが振ってきた。いままでにないほどの痛さだった。ガブリエラは黙って耐えようとしたが、できなかった。父親が残していったのは、母親の殴打と、それに耐える〝おまえは強い〟という慰めだけだった。父親は娘を嫌って出ていったのだと母親は言うが、それは嘘だとガブリエラは思った。

〈でも、もしかしたらそうなのかしら〉

そういえば、いままで一度も母親を止めたこともなければ、自分を助けてくれたこともなかった。怪我に気づいてくれたのはこの前が初めてだった。いずれにしても、彼が家出してしまったことは事実である。母親とふたりきりになった今、ガブリエラが感じるのは背すじの寒くなるような恐怖だった。

第五章

ガブリエラが十歳になるまでのその年の残りは暗闇の万華鏡だった。パターンや色は変わっても、恐怖というテーマはいつも同じだった。

父親は地上から消えてしまったかのように、完全に姿を見せなくなってしまった。電話もしてこなければ、手紙もよこさなかったし、なぜ家出したのか、いま何をしているかなど、いっさい説明されないままだった。

弁護士から最初の通知を受けた日、母親は怒りまくり、ガブリエラはもう少しで気を失うほど殴られた。母親が暴行をやめたのは、ただ単に疲れたからだった。それから日にちが経っても、母親はガブリエラを容赦しなかった。あらゆることをあげつらっては、彼女を責めたてた。そのたびに、おまえを嫌って父さんは家出したんだとつけ加えるのを忘れなかった。父親が再婚する相手には幼いふたりの娘がいるから、おまえよりはそっちのほうがましなんだろうとさえ言った。

「おまえに比べたら、どんな子でもかわいらしく見えるよ」

バーバラのことを口にするたびに、母親は恨めしそうに怒りのボルテージを上げた。

「おまえよりずっとかわいくて、行儀もいいんだよ。だからおまえの父さんはあっちのほうがかわいいんだろうさ」

母親は残酷なことをずけずけと言った。

一度、ガブリエラは愚かにも父親を弁護するつもりで口答えをしてしまった。すると、母親は歯ブラシに洗濯用の洗剤を盛り、ガブリエラの口を無理やり開かせて、それで彼女の歯を磨きはじめた。ガブリエラがもどしたのは、石けんの味からばかりではなく、悲しみと孤独感のにがい味からだった。

父親には愛されていると思っていた。しかしそれは、自分がそう信じたくて……勝手にそう思っていただけなのかもしれない……ガブリエラはあれこれ考えて、何がなんだか分からなくなっていた。

　家にいるときのガブリエラはたいがい本を読むか、自分で物語を書くかして過ごしていた。父親宛に手紙を書くこともあった。しかし、送り先が分からなかったので、みんな破って捨てた。母親が留守のとき、父親の住所を求めてあちこち探しても、結局見つからなかった。母親に訊けるはずもなかった。勤めていた銀行の名前は知っていたからそこに電話してみると、ボストンに移ったとのことだった。まだ十歳になっていないガブリエラにとって、ボストンはほかの惑星ほどに遠く思えた。十歳の誕生日を迎えても父親からの連絡はなく、彼女はようやく捨てられたことを心の底から悟った。

　月明かりのなかで父親とささやき合った夜のことを思いだすとき、ガブリエラはいまでも後悔の念にさいなまれる。父親には話したいことが山ほどあった……もし、それを素直に伝えていたら……彼女がどれほど愛しているかをはっきり言っていたら、父親は家出なんかしなかったかもしれない。母親が言う、行儀のいいふたりの子のところへなんか行かなかったかもしれない……もし、もっと努力して、いま以上は無理にしても、もうちょっとでも成績がよかったら……もし、病院に連れていかれるほど怪我などしていなければ……両親のあいだもそれほど険悪にならずに、父親も出ていかなくてすんだのでは……。

〈それとも、家出したなんてみんな嘘で、お父さんはなにかの事故に巻きこまれて死んでしまったのかしら〉

そう考えただけでガブリエラは息が苦しくなった。父親にはもう二度と会えないのだろうか？　どんな顔をしていたのか忘れたらどうしよう？　ガブリエラはときどき父親の写真に見とれて立ち尽くすことがあった。父親の写真はまだピアノの上にふたつと書斎の壁にいくつか飾ってあった。ガブリエラが見つめているのを見つけた母親は、父親の写真をすべて額からはずし、こまかく切り裂いてしまった。ガブリエラの部屋にもひとつ飾ってあった。五歳の夏にイーストハンプトンで撮ったものだ。母親はそれすらも取りあげて捨ててしまった。

「いつまでもくよくよしているんじゃないよ、未練たらしい子だね。おまえを嫌って出ていったお父さんなんだから、早く忘れちゃいな！　どうせもうおまえを助けてくれないんだから」

涙をにじませているガブリエラの目を見て母親は笑った。母親のげんこつ以上にガブリエラの胸を痛めつけるのは、父親にはもう会えないという事実と、母親がくり返し言う〝おまえを嫌って父さんは出ていったんだ〟という言葉だった。そんな言葉は最初は信じていなかったが、時が経つにつれ、本当かもしれないと思うようになっていた。父親から音沙汰ないことがそれを証明していた。もし父親が愛してくれていたら、かならず連絡してくるはずだとガブリエラは思った。すべてに耐えて待つしか方策はなかった。

父親が出ていってから一年目のクリスマス、ガブリエラは六十九番通りの家で独りぼっちだった。その日、母親は友達に会いに出かけ、夜はカリフォルニアの男と過ごすことになっていた。ハンサムなその男は背が高く、色黒で、父親とはまるで違ったタイプだった。エロワを迎えにきたおり、男は何度かガブリエラと言葉を交わしていたが、そのたびにエロワは、子供におべっかを使う必要はないし、自分の子供に話しかけられるのは迷惑であると男にはっきり分からせていた。あの子はとんでもない子なのだと、エロワはあれやこれやの例を出して男に説明していた。男は事情を理解して、以後はガブリエラを無視するようになった。母親を迎えにくる男は数限りなくいたが、いちばん頻繁なのがカリフォルニアの男だった。名前はフランク、フランクリン・ウォーターフォード。サンフランシスコからやってきて冬のあいだだけニューヨークにいる、というのが男についてガブリエラが知っている事実のすべてだった。

なぜなのか理由は分からなかったが、男はカリフォルニアの様子をよく母親に話していた。来たらかならず好きになるとも言っていた。

やがて母親は六週間ほどリノに出かけると言いだした。リノがどこなのか、母親がどうして出かけるのか、ガブリエラにはいっさいの知識がなかった。母親からの説明もなかった。ただふたりが廊下でおしゃべりしたことや書斎で酔っぱらいながら話していたのを漏れ聞いて知っていただけだった。六週間も母親についてリノに行っているあいだ学校はどうするのだろう、とガブリエラはそのことが心配だった。しかし、母親に訊くわけにはいかなかった。そんなことをしたら、また叱られるに決まっていた。

父親から手紙が来ていないかと、学校から帰るとかならず郵便受けを調べるガブリエラの毎日がつづいた。だが、手紙があったためしはなかった。それよりも、配達された郵便物を調べていたある日、その現場を母親に見つかり、またまた制裁を受けることになってしまった。

最近の殴打は回数も少し減り、以前ほどエネルギッシュではなくなっていた。エロワの私生活が忙しくなったからだ。制裁よりも、〝どうしようもない子だ〟と口汚くののしるだけのことが多くなった。父親もそう思って家出したのだろうか？　いずれにしても母親は、しつける価値もない子だと言わんばかりにガブリエラを放ったらかしがちになっていた。だが、最近の制裁のひとつは、ガブリエラのために食事をつくらず、自分で勝手に空腹を満たさせることだった。家に食料の買い置きがあればいいのだが、だいたいはないのが普通だった。

家政婦のジニーは五時きっかりに帰ってしまう。彼女はできるかぎりガブリエラのために何かつくってストーブの上に置くようにしていたが、ガブリエラの世話を焼きすぎると、そのつけは必ず子供が払わされる。それを知っていたから、家政婦は意識して無関心を装い、自分が帰ったあとガブリエラがどうなるかについてはできるだけ考えないようにしていた。

家政婦はガブリエラほど悲しそうな目をしている子供を見たことがなかった。だから、ガブリエラを見るたびに胸が痛んだ。しかし、自分にしてやれることは何もないと分かっていた。あとは野となれとばかりに父親は蒸発してしまったし、母親は手に負えない乱暴者だ。しかも、ガブリエラとエロワは実の母娘なのだ。家政婦のジニーにできることは、スープをつくってストーブの上に置いておいてやるか、ガブリエラが学校で転んでつけたというアザに湿布をしてやるのが関の山だった。だが、傷の場所も大きさも、学校で負ったにしてはちょっと変だと家政婦は気づいていた。あるときなど、ガブリエラの背中にはっきりと爪をくい込ませた痕がついていた。それを問いただしてトラブルに巻き込まれるようなことはしないほうがよかった。この子はいっそのこと家出して街をうろついていたほうがよっぽど幸せなのではないかと思うこともあった。ガブリエラがここで得られるのは、衣服と、雨風をしのぐための屋根と壁だけである。しかし、愛もぬくもりもなく、食べ物もかろうじて生き長らえる程度にしかない。こんな状態からガブリエラが逃げだしたとしても、警察が捜してすぐ連れ戻してしまうだろう。親子関係に立ち入れる人間はいないのだ。そのことをいちばん分かっているのはガブリエラ本人だった。白馬にまたがり、いじめられっ子を助けに来てくれる王子さまはいないのだ。いやなものには目を閉じ、そっぽを向いて見て見ぬふりをするのが近所の人たちというものである。ちょうど彼女の父親のように。

冬が過ぎ、春になると、エロワの〝怒り〟は〝無視〟に形を変えていた。ガブリエラがする細かいことにはあまり構わなくなっていた。ガブリエラは最近一度だけ制裁を受けたが、それは、聞こえないふりをしたと責められたときだった。母親がいきり立つガブリエラの〝聞こえないふり〟は彼女の聴覚障害からくるものだった。以前に受けた折檻の後遺症である。特定の方角から来た音はよく聞こえないし、部屋に雑音があると言葉の聞き分けができなくなってしまうのだ。学校の授業にも差しさわりがあったのだが、ガブリエラがそのことについて誰かに訴えたことはなかった。

「言われたらちゃんと答えなさい、ガブリエラ！」

母親のわめき声と一緒に力のこもったげんこつが振りおろされる。しかし、最近はフランクのいることが多く、エロワは彼の前では決して娘に手を下さなかった。ガブリエラにあれこれケチをつけるのは必ずふたりきりになったときだった。

「フランクもおまえのことが大嫌いなんだよ。だからあの人は今日、来なくなっちゃったじゃないか！」

ガブリエラは母親の言葉を真に受けた。そして、あの人がもう来なくなったらどうしようかと心配した。しかし当分のあいだはそれはなさそうだった。もっとも、最近のフランクは四月になったらサンフランシスコに戻る話をよくする。そのたびに母親のいらいらするのがガブリエラにも感じとれた。母親のいらいらはガブリエラにとっては危険信号なのだ。

三月の母親は、フランクが来るたびに、書斎を閉めきって彼と長話したり、彼と二階の寝室に入りこんでは何時間も出てこなかった。ふたりが何のためにこもっているのか、十歳のガブリエラには想像できなかった。彼女の部屋の前を通りかかるとき、フランクはよくガブリエラに目を向けてにっこりする。だが、立ち止まっておしゃべりすることもなければ、〝ハロー〟と呼びかけることもない。家のなかの禁止事項をよく心得ている彼だった。ガブリエラは自分の家にいながら疫病患者のように扱われていたわけである。

四月になると、フランクは予定どおりにサンフランシスコへ戻っていった。エロワがそれほど落ちこんでいないのがガブリエラにはむしろ驚きだった。それよりも、最近のエロワは、やることがいろいろあって幸せそうだった。あまり話しかけられなくなったのはガブリエラにとっては幸いだった。母親は会合が多いらしく、よく電話でも長話していた。ガブリエラが通りかかると、まるで秘密の連絡でもしているかのように母親は電話口に向かって声を潜めるのだが、そんなことをしなくても、耳の悪いガブリエラに聞こえるはずもなかった。

フランクがいなくなってから三週間後だった。母親が地下の物置からスーツケースを探しだすと、家政婦に言って、それを二階に上げさせた。どうやら母親は荷づくりを始めたようだった。ガブリエラは自分も荷づくりするよう、いつ言われるのかと待っていたが、なかなか言われなかった。数日してから、ようやく荷づくりの命令が下された。

「わたしたち、これからどこへ行くの？」

ガブリエラは用心しながら訊いた。彼女が質問することはめったにないのだが、どんな服を持っていったらいいのか分からなかったし、見当違いの服を詰めこんだら怒られるに決まっていたからだ。

「リノへ行くのよ」

母親はそうひと言答えただけだった。それだけではガブリエラにはなんの情報にもならなかった。しかし、リノがどこにあるのかも、いつまでそこに滞在するのかも聞けなかった。自分の選ぶ服が見当違いでないことを祈るだけだった。

ガブリエラは黙って部屋へ行き、荷づくりを始めた。荷づくりしながら考えないわけにはいかなかった。リノではあの男の人が待っているのだろうか。彼女はフランクのことを好きでも嫌いでもなかった。どんな人間なのかも分からなかった。知っているのは、背が高くて、ハンサムで、母親にとてもやさしいということだけだった。

母親は、父親としたようないがみ合いをフランクとしたことはなかった。ガブリエラはフランクにも嫌われはしないかとそのことが心配だった。彼女が心から誰かを好きになっても、結局は嫌われるのが今までだった。父親にも見放されたくらいなのだから。赤の他人にどうして好かれようか？　しかし、フランクは違うかもしれなかった。なにが起きるか予測は不可能だった。その心配を紛らわすために、フランクを王子さまに見立てた物語を書いていると、その現場を母親に見つかってしまった。母親は作文を取りあげてズタズタに破いたあげく、おまえはあの男に惚れていると言ってガブリエラを責めたてた。〝惚れている〟という言葉の意味も知らないガブリエラは、母親がどうしてそんなに腹を立てるのかも分からずに、ただ戸惑うばかりだった。

イースターから二週間経ったよく晴れた土曜日の朝、朝食のテーブルで母親はガブリエラを見下ろしてにっこりした。母親にほほえまれるなんて、ガブリエラが覚えているかぎり生まれてはじめてだった。ガブリエラはむしろ怖かった。そのときの母親の目の輝きもガブリエラに警報を発していた。だが、エロワはこう言っただけだった。

「明日、リノに出発よ」

エロワはうれしそうだった。

「荷づくりはできているね、ガブリエラ？」

ガブリエラは黙ってうなずいた。

朝食後、母親はガブリエラの部屋とスーツケースを調べてうなずいた。ガブリエラはそれを見てホッと胸をなでおろした。それでも母親が部屋中を見まわしたときは、なにか間違いをしでかしていないかとハラハラのしっぱなしだった。壁にはもう父親の写真もかかっていなかった。部屋には装飾品はいっさいなく、あるのは、ベッドと、化粧台と、椅子と、窓にかかっている無地の白いカーテンと、毎週火曜日に家政婦に手伝ってもらって磨くリノリウムの床だけだった。

「おしゃれな服は必要ないよ、ガブリエラ。ピンクのドレスは置いていきなさい」

母親の注文はそれだけだった。ガブリエラは彼女を怒らせないために急いでピンクのドレスをスーツケースから取りだし、クローゼットに戻した。

「通学服はちゃんと持っていきなさい」

なぜか指示はこまかかった。しかし、着心地がいいので、通学服の何着かはスーツケースに入れてあった。母親はふり向くと、見たことのないような皮肉っぽい顔をしてこう言った。

「おまえのお父さんは六月に結婚することになったよ。おまえもうれしいだろ？」

ガブリエラは胸のつかえがとれるのと同時に、父親はもう帰ってこないのだという失望に打ちのめされた。前からうすうす感じていたことが決定的になったわけである。しかし、父親が生きているのを知って、ガブリエラはホッとできた。父親の死について彼女は何度も作文を書いていた。作文を書くにしたがい、父親の死を現実のものと思うようになっていた。

「おまえの父さんからの連絡はないからね」

母親は何千回も同じ言葉をくりかえした。

「おまえの父さんは、わたしたちなんてどうなったっていいんだよ。昔からずっとそうだった。おまえのことなんてひとつもかわいいと思っていないんだ。そのことをよく覚えておきなさい、ガブリエラ。おまえは父親に嫌われたんだからね」

そう言って娘を見下ろす母親の目には怒りの炎が燃えていた。ねっとりしたその目は、立ちあがるガブリエラをなおも追って、彼女の反応を見守った。

「分かったね、おまえ？」

ガブリエラは黙ってうなずいた。だが、頭の中ではそんなことは嘘だと言っていた。もしそれを口に出して言ったら、命を危険にさらすことになるだろう。いまさら命をかけて父親を弁護してもはじまらないと考えるほどガブリエラは生き抜く知恵を身につけていた。

その夜、母親は友達に会いに出かけた。ガブリエラはひとりでサンドイッチをつくって食べた。ガブリエラは静まりかえった家のなかで、明日出発する予定の謎の旅行に思いを馳せた。

リノではどんなことが待っているのだろう。なんの目的でリノにまで出かけるのだろう。いろいろ考えたが、やはり着いてみなければ分からないことだった。なにも知らずに出かけるのは不安だったし、子供らしく、家をあとにするのはやはり悲しかった。

なんと言っても、ここは父親と過ごした家なのだ。家を歩くと、いまでも父親の姿を思い浮かべることができる。階段をゆっくり上がるときなど、父親がひげそり後に漂わせていた化粧水の匂いを思いだすこともできる。

しかし、旅行はそんなに長くならないはずだ。楽しいことがあるかもしれない。きっとフランクが待っているのだろう。もし自分が一生懸命いい子にしていれば、今度は彼もやさしくしてくれるかもしれない。かならずいい子にしていようと自分に誓いながらガブリエラはゆっくり階段を上がっていった。

母親が帰宅したとき、ガブリエラは眠っていた。だから、部屋に近づいてくる足音も聞こえなかった。エロワは着替えをしながら一人でほくそ笑んでいた。これから希望に満ちた新しい生活がはじまるのだ。これで、これまでの暗かった生活にきっちりしたけじめをつけられる。明日出発できるのが待ち遠しくてしかたなかった。夕方の列車に乗る予定だった。そのことはまだガブリエラに教えていなかった。

出発時間に遅れないよう、また、遅れて母親を怒らせないよう、ガブリエラは次の朝、夜明け前に目を覚ました。九時に母親が朝食をとりにキッチンに下りると、ガブリエラがコーヒーを用意して待っていた。ガブリエラは注いだコーヒーをこぼさないよう、細心の注意を払ってカップを母親の前に置いた。最近はめったにこぼさなくなっていたが、これもすべては生き長らえるための知恵と訓練のたまものだった。エロワはなにも言わなかった。これは少なくとも、母親が怒っていないというサインだった。だが、夏の天気のように突然変わるのが母親の機嫌である。それから一時間も経ってから母親がようやく口を開き、用意はできているかとガブリエラに訊いた。ガブリエラの用意はできていた。階下に下りてくる前にスーツケースのふたを閉めてきたところだった。いまはグレーのスカートに白いセーターを着て、ネービーブルーのジャケットはきちんとたたんで、ベレー帽と白い手袋と一緒に寝室の椅子の上に置いてある。履いている黒い人工皮革の靴はぴかぴかに磨かれ、ほこり一つついていない。靴下も母親好みに折り返してある。かわいいポニーテールに結んだブロンドの髪、潤んだ青い大きな目。こんな姿を見たら誰でも心が溶けそうなものだが、彼女の母親だけは違っていた。十歳のガブリエラはまだ生意気なところがなく、かといって赤ん坊のように甘えたところもなく、これから咲く美しい花を予感させるかわいらしい盛りなのに、それでも母親の関心だけは買えなかった。

エロワは娘が支度を整えて下りてくるのをドア口で待っていた。しかし、ガブリエラが下に下りていってみると、母親はまだ自分のスーツケースを持ちだしてきていなかった。ガブリエラは自分がやらなければならないのかと即座に理解して階段を引き返した。

「どこへ行くんだい、おまえ？」

エロワはうんざりしたような口調で声をかけた。用事が山ほどたまっている彼女は一刻も時間を無駄にしたくなかった。

「お母さんのバッグを取ってこようと思って」

ガブリエラはふり返りざまに答えた。

「それはあとでわたしがやるわよ。さあ、急いで」

どういうことなのかわけが分からなかったが、家を発とうとしている今、母親に向かって質問などできなかった。そのときガブリエラは、母親が家にいるときにしか着ないグレーのスカートに、着古しの黒いセーターしか着ていないことに気づいた。よそ行きの支度をしているのはガブリエラだけだった。母親は帽子もかぶっていなかった。外出するときの彼女にしては珍しいことだった。しかしガブリエラはなにも言わずにスーツケースをぶら下げて家を出た。そしてふと、住み慣れた家をふり返ったとき、ナイフのひと突きのようなゾクッとするような恐怖を胸に感じた。何かが変だった。ガブリエラは家のなかに駆け戻って廊下の奥のクローゼットのなかに隠れてしまいたい衝動に駆られた。だが、そんなことはこの二年間、一度もしていない。隠れてもどうにもならないことを身をもって学んでいた。それよりも母親の言いなりになっていたほうが被害は少ないのだ。だが、今日のこの場に関するかぎり、母親の言いなりに動いたらとんでもないことになりそうだった。

「もたもたするんじゃないよ、ガブリエラ。わたしは忙しいんだから」

母親はぷりぷりした口調でそう言うと、早足で歩道を横切り、手をあげてタクシーを呼んだ。母親は小さな手さげカバンしか持っていなかった。様子から判断して、母親が一緒に行かないことはガブリエラの目にもはっきり分かった。土曜日の朝、手さげカバン一つでどこに出かけられると言うのだ。ガブリエラは不思議だったが、母親からはなにも聞かされていなかった。

母親は、イースト四十番通りのどこそこと、ガブリエラが聞いたこともないような住所を運転手に教えた。ガブリエラは胸がドキドキしてきた。

車内は無言だった。車はダウンタウンを二十ブロックほど進んでいた。行き先の分からない恐怖にガブリエラは身を硬くした。だが、ここでなにか質問したら、あとでそのつけをたっぷり払わされるに決まっていた。タクシーの窓から外を眺めっぱなしの母親はなにか考えごとをしているらしく、とても話しかけられるような雰囲気ではなかった。一、二度腕の時計に目を落とした彼女は、スケジュールの進行に満足している様子だった。イーストリバーを越え、四十八番通りに建つ大きな灰色の建物が見えてきたとき、ガブリエラはなぜかもどしそうになり、手も震えだした。

〈わたしは何かとんでもない悪いことでも仕出かしたのかしら？〉

誰かに罰してもらうために母はわたしを警察署かそれに類するところへ連れていくのだろうか？　彼女が送っているような悲惨な人生では、どんな事態でもありえた。ガブリエラに安全な場所のあった例がなかったではないか。

母親はタクシー料金を払い、ガブリエラの前に立って歩きはじめた。ガブリエラは持ちづらそうにスーツケースをぶら下げ、その遅さに自分でもいらいらしながら母親のあとを進んだ。なぜここに連れてこられたのか、ビルの周囲にはそのヒントすらなかった。母親は玄関のベルを押し、重そうな真鍮のノッカーをガンガンとたたいた。建物はとてもいかめしかった。誰かがドアを開けてくれるのを待つガブリエラの目にはとくにそう見えた。とがめるようなガブリエラの目が母親の様子を探った。ガブリエラはしかし、すぐにうつむいてしまった。こみあげてくる涙を見られたくなかったからだ。足がガタガタ震えていた。

不安のなかでずいぶん待たされてから、ようやくドアが動いた。ドアは、やせ細った顔がこちらをのぞける分しか開けられなかった。

「はい？」

母親の影からだったので、こちらを見ている顔が男性のものなのか女性のものなのかガブリエラには分からなかった。顔も体つきもその一部しか見えなくて、年齢不詳、性別不詳だった。

「ハリソンです。予約はしてありますけど」

エロワは相手のスローペースにいらいらしている様子だった。

「それに、わたしは急いでいるんですの」

エロワがそうつけ加えると、ドアはドンと響く音をたてて閉められた。性別不詳の顔は話を取り次ぐために建物の奥に入っていった。

「お母さん……」

無言でいたほうが安全だとは分かっていたが、ガブリエラは恐怖にかられて口を開いた。だが、その先が言えなかった。

「お母さん……」

ささやくようなガブリエラの声は震えていた。エロワがふり向いてキッとにらんだ。

「静かにしなさい、ガブリエラ！　行儀よくしていないと母さんは怒るよ。ここはそういう場所じゃないんだから。ここの人たちは母さんみたいに我慢してくれないからね」

やはりそうだったんだ……警察か刑務所に連れてこられたんだ……ここでこの十年間の悪事を清算されるんだ。父親に逃げられるほどの積もり積もった悪事の清算を。

母親の口調の厳しさにガブリエラは涙ぐんだ。リノへの旅行の件はどうなってしまったのだろう。ガブリエラは先行きのことが分からず、死刑の宣告を待つような気分で立ちつづけた。それとも、ここがリノなのだろうか？　もしここがリノなら、彼女はここでどんな罰を受けるのだろう？

ガブリエラがサスペンスの恐怖にこれ以上耐えられなくなったころ、目の前の重いドアが動いた。開いたドアの向こうは洞窟のような暗闇だった。その暗闇のなかに黒い服を着た背の低いしわだらけの老女が立っていた。老女の姿はガブリエラの目には魔女としか映らなかった。黒い服の上には古くさい、やはり黒のショールをはおり、杖まで持っていた。その杖を使って、老女は母娘に暗闇のなかに入るよう指図した。老女がうなずくのを見てガブリエラは息をのんだ。こらえてきた涙が目からどっと流れだした。動けずにいると、母親に腕をつかまれ、門のなかに押しこまれた。うしろで門が音をたてて閉まった。暗闇のなかで聞こえるのはガブリエラのすすり泣きだけだった。

「マザー・グレゴリアがもうすぐ来てくれます」

老女はガブリエラを見ようともせずに、エロワに言った。ガブリエラが母親の腕をつかんで揺らすと、エロワは怒った顔で娘をにらみつけた。

「やめなさい！」

エロワは命令を強調するためにガブリエラの肩をつかんで揺すった。しかし場所を考えたのか、それ以上の手には出なかった。

「いくら泣いたって無駄だよ。泣きたいなら母さんがいなくなってから好きなだけ泣きな。ま、どうせそうするんだろうけどね。だけど今は無駄だからやめな。わたしは父さんと違っておまえの泣き声を聞くとむかつくんだよ。ここのシスターたちだってきっと同じさ。行儀の悪い子にシスターたちがどんなに意地悪かおまえは知らないだけなんだ」

ガブリエラは最前からの疑問に対する回答をひとつも得られていなかった。こわごわ目を上げると、壁には巨大な十字架が掛かり、その上に血を流すキリスト像がぶらさがっていた。その雰囲気の不気味さにガブリエラはさらに泣き声を強めた。彼女の短い人生のなかで、まさに最悪の一日だった。ガブリエラは罰を受ける前に一刻も早く死んでしまいたかった。どうしてここに連れてこられたのか、いつまでここにいなければならないのか、ガブリエラにはまるで見当がつかなかった。だが、スーツケースを持ってきたことはあきらかに悪い兆候だった。

初めはしくしく泣いていただけだったが、それがだんだん激しくなり、母親にどんなに脅されてもガブリエラは泣きやめなくなっていた。自分で止めようとしても止められなかった。老女が戻ってきて、院長がお会いになると告げたときもまだ泣いていた。母娘は老女のあとについて暗くて長い廊下を歩いた。廊下を照らすのは中途半端な照明とロウソクの炎だけだった。建物の内側の印象は、呪われた地下廊といった感じだった。遠くからは悲しげな歌声まで聞こえてきた。歌う声の音響も怖かったが、伴奏の音楽も不気味で心臓に悪そうだった。そのときのガブリエラの気持ちは、〝この場にいるよりも死んだほうがずっとまし〟だった。

老女は小さなドアの前で止まり、ふたりにその中に入るようジェスチャーで示すと、杖をつきつき廊下を引き返していった。ヨボヨボなのに、老女の足は音もたてず、まるで石の廊下をすべっていくように見えた。老女のうしろ姿を見送るガブリエラは冷凍室にでも入れられたようにブルッと震えた。母親はガブリエラの腕をつかんで、彼女を院長が待っているはずの部屋に押しこんだ。周囲をキョロキョロ見まわして、ガブリエラはさらに大きな声で泣いた。小さいおんぼろ机の向こうには、石のように無表情な顔に、氷のように冷たい目をした修道女がいた。修道女は立ちあがって母娘にあいさつした。彼女の額は糊の効いた白地の帽子で隠れていた。顔以外のほかの部分はすべて黒ずくめだった。立ちあがったときの彼女の背が高いのにガブリエラはびっくりした。もっとびっくりしたのは、こちらを見おろす修道女に両手がまったくないらしいことだった。彼女は腕を前に組み、手全体を黒い制服のなかに入れたままだった。身につけている装飾品は、腰にぶらさげている重そうな木のロザリオだけだった。彼女が重要な僧位にあることも証明するものは何もなかった。だが、すでにガブリエラの件で二度彼女に会っていたエロワは、もちろん彼女がここの修道院長であることを知っていた。

子供は事前に母親に言い聞かされて来るとばかり思っていた修道院長は、泣きじゃくるガブリエラを見て戸惑った。

「こんにちは、ガブリエラ」

院長は威厳のある声で言った。

「わたしは修道院長のマザー・グレゴリアです。あなたはこれからしばらくここで暮らすんですよ。そのことはお母さんから聞いていますね？」

院長の口もとは引き締まっていて冷たかった。だが、ガブリエラが気づかなかっただけで、目はやさしそうだった。ガブリエラはそんなことは聞いていないと言いたくて、ただ首を激しく振って泣きつづけた。

「母さんがリノに行っているあいだ、あんたはここで過ごすのよ」

エロワは抑揚のない声で言った。院長は、そうだったのかという顔で母娘のやりとりを見守った。子供になにも説明せずにいきなりここに連れてきた母親の態度は感心できなかったが、それについて横やりを入れるようなことはしなかった。

ガブリエラは恐れおののきながら母親を見上げた。

「いつまで行っているの？」

大嫌いな母親でもガブリエラには彼女しかいないのだ。ガブリエラは、これも自分の行儀の悪さに対する罰の一種なのかと思った。

〈これはきっと、いままでのわたしの悪さ全部に対する罰なんだわ。わたしはここで拷問されて罰を受けるのね〉

「お母さんは六週間リノに行ってくるのよ」

泣きじゃくる娘から離れて立ち、エロワはなぐさめるような言葉はひと言も発しなかった。ふたりの様子をマザー・グレゴリアは意外な思いで見つめていた。

「わたし、学校には行くの？」

ガブリエラがしゃくり上げながら訊いた。泣き声にはひゃっくりが混ざって呼吸が苦しそうだった。

「勉強はここでします」

マザー・グレゴリアに言われて、ガブリエラはますます不安になった。なにも知らないこんなところに入れられているよりも、母親に折檻されながらの家のほうがまだましだった。もし、このときガブリエラに選択権が与えられていたなら、彼女は間違いなく帰宅を選び、母親からの制裁を甘んじて受けたことだろう。しかし母親は、リノというどことも知らぬ場所へ行ってしまうのだ。

「あなたのようなお友達がここにふたりいますよ」

修道院長が説明した。

「ふたりはあなたより年上の姉妹です。ひとりは十四歳で、もうひとりは十七歳です。きっと仲よしになれますよ。とても活発な子供たちです」

修道院長は姉妹がここに入ってきた事情までは説明しなかった。

両親を飛行機事故で亡くしたふたりは唯一の肉親である祖母に引きとられたのだが、その祖母にもこのクリスマスに急死されて、完全に身寄りをなくしてしまっていた。ふたりの遠縁のひとりが修道女をしていた関係でここに連れてこられたのだが、姉妹にとってはこれが唯一の解決法だった。

それに比べてガブリエラのほうはあくまでも一時的な預かり依頼だった。二か月、長くても三か月、とエロワは先の院長との話し合いのなかで約束していた。だが、そのことを娘にはいっさい説明していなかった。

母娘にしては異常なほどぎくしゃくして見えるふたりを老練なマザー・グレゴリアは興味をもって見つめていた。子供は母親におびえている、と経験豊かな彼女の目が見抜いていた。母娘を捨てた父親がちかぢか再婚する件は母親から説明されて知っていたが、エロワ自身の計画についてはなにも聞かされていなかった。ただ離婚のためにリノに出かけるあいだだけ子供は預かってもらいたいとの話だった。もちろん身勝手な依頼で、院長としてはホイホイと引き受けるわけにはいかなかったが、その母親のモラルがどうあれ、子供の保護は修道院長としての神聖な義務なのである。

ガブリエラは泣きやまず、三人はまだ立ったままだった。エロワが時計に目を落として驚いた顔をした。

「わたし、もう時間がありませんの」

そう言ったときエロワは、小さな手にしがみつかれた。ガブリエラは力いっぱい母親のスカートの端をつかみ、行かないでくれと懇願した。

「お願い、お母さん……かならずいい子にしますから……一緒に連れていってください」

「バカ言うんじゃないよ！」

エロワは嫌悪感を隠そうともせずに彼女を引き離そうとした。それでもガブリエラにしがみつかれて、子供を突きとばしてでも出ていきそうな構えだった。そのままいったら母親が爆発するのは目に見えていた。

「リノは子供が行くような場所ではありませんよ」

院長がとりなした。

「大人にも勧められませんけどね」

院長の言葉にはエロワに対する非難がこめられていた。それでも、エロワと相手のフランクがこれから送ろうとしている甘い生活のことなど、そのときの院長には知る由もなかった。カリフォルニアの男、フランクはしゃれた牧場を借りて彼女の到着を待っていた。彼は、ここでエロワに乗馬をはじめとするテキサス流の生活スタイルを教え、気が変わるまでこの地に居つくつもりだった。

「あなたのお母さんはすぐ戻ってきますからね、ガブリエラ。時間なんかあっという間に過ぎますよ」

院長は諭すようにやさしく言ったが、パニックにのみこまれているガブリエラには効き目がなかった。母親のほうを見ると、彼女は無神経なのか、娘の哀願などまるで気にしていないようだった。院長が子供に気づかれないように母親に向かって軽くうなずいた。エロワは待っていましたとばかりにハンドバッグを持ちあげ、そそくさと院長の手を握り、最後に一度だけ娘を見下ろした。出かける喜びを隠しきれないのか、このときになってようやくエロワの唇から笑みがもれた。それでもなお、悲しみに打ちひしがれる娘に向かって慰めのひと言も言わなかった。エロワが欲しいのは自分の自由と幸せだけだった。

「行儀よくしているんだよ」

母親はそのことしか言わなかった。

「ここの人たちに迷惑をかけたら承知しないからね」

〝承知しない〟がどのくらい深刻かを知りすぎるほど知っているガブリエラだが、彼女はかまわずに母親の腰にしがみついて泣きつづけた。まるで、母のない子が幻の母親をつかまえて放すまいとしているような激しさだった。子供が見せる恐怖と孤独感には、院長の広い知識をもってしてもどんな言葉もあてはまらないような深刻さがあった。にもかかわらず、母親はいけしゃあしゃあとしていた。院長は子供の目のいじらしさにウッとなった。はたしてこの母親は娘にキスするのだろうか、それとも何かなぐさめる言葉でもかけていくのだろうかと思って見ていると、母親は小さな手を腰から払いのけ、娘を遠くに押しやった。

「グッバイ、ガブリエラ」

エロワは見上げる娘に向かって冷たく言い放った。

ガブリエラは〝グッバイ〟の意味を正確に理解した。これで母親からも捨てられるのだ。彼女はまだしゃくりあげていたが、急におとなしくなり、黙って母親を見上げた。それから、ふり返りもせずにドアを閉めて出ていくエロワを見送った。

ガブリエラは独りぼっちになったことを即座に理解した。もしかしたら、これからもずっとそうなのだろう。老院長と視線が合ったときにそう確信した。

若年と老年の差はあったが、ふたつの魂は似た者同士だった。人の行かない遠くを旅して、人の見ない不幸をたくさん見てきた。泣くまいとしながらも泣きつづけるガブリエラに院長がそっと近寄った。そして、なにも言わずに両手を広げて小さな体を抱きしめた。

院長は、小さな命を修復不可能なほど傷つけた世界からガブリエラを救ってやりたかった。マザー・グレゴリアが体験から信じるのは、抱擁の力と効用である。ガブリエラを抱きしめるその力のなかに院長の願いが表われていた。ガブリエラはびっくりして院長を見上げた。その瞬間、言葉はなくても二人のあいだに通じあったものを理解して彼女は目を閉じた。院長の温かい抱擁のなかで、ガブリエラの胸の奥のせきが切れた。彼女はふたたびワッと泣きだした。これまでの苦しみ、痛み、悲しみ、彼女を襲ったすべての恐怖と失望を洗い流す涙だった。

それから何があったかは別にして、彼女の十歳の知恵がたどり着いたのは、家にいるよりもここのほうが安全ではないかという考えだった。

第六章

セント・マシューズ女子修道院でガブリエラがとった最初の食事は、修道女たちの一日の儀式の一環の中でだった。ガブリエラにとってはとても妙な食事会だったが、なぜか不思議に気持ちが落ちつく機会になった。修道女たちは一日のうち、わずかなあいだだけ自由な会話を許される。全員が教会でマザー・グレゴリアと合流したあと、食事前のこの一時間を勝手なおしゃべりをしながら和気あいあいと過ごすのである。ガブリエラはまず修道女の数の多さと、礼拝堂に座り無言で祈る彼女たちの敬虔さに圧倒された。

顔のない黒衣の集団にしか見えなかった彼女たちだが、ダイニングルームに入るや、急に顔をほころばせ、おしゃべりをはじめて、普通の幸せな女性に変身する。修道女たちのなかに若い女性が大勢いるのを知ってガブリエラは驚いた。修道院には約二百名の修道女がいて、そのうち五十人はまだ入信もしていない新参者であり、彼女たちの大半は二十代そこそこだった。ガブリエラの母親と同世代ぐらいの修道女もいたし、修道院長と同じぐらい歳をとっている修道女も何人かいた。そして、数は少なかったが、何人かはとても歳をとっていそうな老女だった。

たいがいの修道女たちは近くにあるセント・ステファン小学校で教鞭をとっているか、やはり近くにあるマーシー病院で看護婦として働いている。食事中の彼女たちのおしゃべりは政治から医療問題、学校でのできごと、家事のコツなど、あらゆることに及ぶ。ジョークも言うし、ニックネームで呼びあい、からかいあったりもする。

みんな意外に明るくて、気さくで、食事が終わるまでにガブリエラのところに来て何か言葉をかけない修道女はひとりもいないくらいだった。今朝、門を開けてくれた薄気味の悪い老修道女もガブリエラにやさしい言葉をかけてくれた。老女の名前はシスター・メアリー・マーガレットだった。若い日々をアフリカでの奉仕活動にささげた彼女は、セント・マシューズ修道院に来てからすでに四十年以上経つという。顔をくちゃくちゃにして笑う彼女の口には歯が一本も残っていなかった。

「シスター・メアリー。ダメでしょ、また入れ歯をつけ忘れて」

その場に居合わせたグレゴリア院長がやさしい言葉で老女に注意した。

「このおばあちゃんは入れ歯をするのが大嫌いなのよ」

ひとりの若い修道女がけらけらと笑いながらガブリエラに説明した。

ガブリエラは二百人もの姉妹がいる大家族の一員になったような不思議な気分になった。意地悪そうな人はひとりもいなかった。幸せそうな人たちがこんなに大勢いるのを見るのは初めてだった。この十年間は地雷源を歩いているようなものだった。母親の怒りがどこで爆発するのかといつもビクビクしていた。それに比べれば、修道院に来たことは、柔らかい真綿の雲の上に落ちたようなものだった。

「わたしはシスター・ティモシー。よろしくね……」

修道女たちは明るい声で自己紹介していったが、あまりにも大勢で十歳のガブリエラにはとても覚えきれなかった。シスター・レギナに……シスター・ジョセフ……シスター・ジョーン……みんなが〝アンディー〟と呼ぶシスター・アンドリュー……若々しくて、はつらつとしているシスター・エリザベス……ガブリエラの記憶にまず残ったのは、このシスター・エリザベスの名前だった……シスター・リジーと皆に呼ばれていた彼女はクリーム色のきれいな肌をした美人だった。緑色の大きな目を細めて彼女はガブリエラを見るなり、にっこりした。

「修道女になるにはあなたはまだ小さすぎるわよ、ギャビー。そう思うでしょ？　でも神さまは手を差しのべてくれるから大丈夫よ」

ガブリエラは〝ギャビー〟などと呼ばれるのも初めてだったし、こんなにやさしそうな目で見つめられるのも、こんなに幸せそうな笑みを見るのも初めてだった。できたらこの人のそばにいていつまでも話していたい、と彼女は思った。シスター・エリザベスはまだ新参者で、十四歳のときから神のお告げをたびたび受け、ごく最近、はしかを患ったときに聖母マリアが夢枕に立ったのだという。

「こんな話をするとあなたは変に思うかもしれないけど、でも、わたしにはときどき本当に起きるの」

マーシー病院の小児棟で看護婦助手をしている二十一歳の彼女は、大きな目に悲しみをたたえたこの少女にたちまち心を奪われてしまった。少女のかもしだす雰囲気と顔の表情が深い事情を物語っていた。

しかし、ガブリエラの運命を決定的に変えることになったのは、その朝のマザー・グレゴリアとの出会いだった。言葉ではよく説明できないのだが、グレゴリア院長に会ったとき、なぜかガブリエラはまだ見ぬ母にようやく出会えたような気がしていた。この修道院に大勢の若い女性が入ってくる理由も分かるような気がした。

院長はガブリエラが修道女たちと接する様子を注意深く観察していた。内気な少女だし、おどおどしていてどこか頼りなげなのははた目にも明らかなのだが、同時に、歳には似合わない深い魂と芯の強さも感じられた。それにしても目立つのは、人と接触するときの慎重すぎる態度だった。少女の心がなにか重大なことで深く傷ついているのが修道院長にはやすやすと見てとれた。今朝の母親の口調からして、少女の悲しみの原因はそのあたりにあるのでは、とも見当がついた。少女はその悲しみをヴェールのようにまとって自分の姿を他人に見せないようにしている。きっと地獄のような苦しみのなかを生き、神のみぞ知る理由でそれを乗りこえてきたのだろう。マザー・グレゴリアが興味を引かれたのは、もしかしてこの子は大勢の心を救う運命を担い、魂を磨く試練を受けてきたのでは、と、そのあたりの可能性についてだった。彼女のように深く傷ついて連れてこられる少女は何人もいる。だが、ガブリエラにはそんな子供たちにはない特別な何かがあった。まだ十歳なのに、その存在感は強烈だった。

ふたりの〝寄宿者〟も紹介された。クリスマスに孤児になった例の姉妹である。妹のほうは十四歳でとてもかわいらしく、修道院の規則がいやで早く外に出たがっていた。彼女の名前はナタリーで、外の世界と、男の子たちと、服装のことしか目になかった。目下のところはエルヴィスという名の人気歌手に夢中だった。十七歳の姉のジュリーはまるで正反対で、冷たい世間から逃れられてホッとしていた。だから修道院のなかの安全な生活に浸りきっていた。救えないぐらい内気で、身寄りがなくなってしまった自分の不幸にまだ打ちのめされていた。いつか自分も修道女になるつもりで、院長にはよそに出すようなことはしないでと、たびたび懇願していた。ガブリエラにはじめて会ったときのジュリーはほとんど何も話さなかったが、妹のナタリーのほうは、ガブリエラがまだ幼いのも気にせず、早く秘密の話をしたくてしょうがない様子だった。しばらくガブリエラと話したあとで、妹のナタリーはシスター・リジーに耳打ちした。

「あの子はまだ赤ちゃんよ」

その夜、ガブリエラが考えていたのは修道女たちのことでも姉妹のことでもなかった。彼女の頭のなかを占めていたのは、今朝、自分を抱きしめ慰めてくれた女性のことだった。院長の力強い腕が思いだされた。あの抱擁のなかで、ようやく十年の苦しみから解放されたような不思議な安堵感に浸れた。マザー・グレゴリアのような人を見るのは初めてだった。姉妹の姉のジュリーのように、ここにいつまでもいられないかとガブリエラはその日から思いはじめていた。

彼女は姉妹と一緒の部屋をあてがわれていた。修道院の庭に面した小さな窓があるだけの、なんの飾りもない狭い部屋だった。ガブリエラは音をたてないようにベッドの上でじっとしていた。窓からは月がよく見えた。

ガブリエラは月を見上げながら母親のことを思った。

〈お母さんは今夜はどこにいるのだろう。まだ家にいるのかしら？　それとも、もう列車に乗っているのだろうか？　リノと呼ばれる不思議な場所からいつ帰ってくるのだろう？〉

母親の帰りがいつになるにしろ、ガブリエラがはっきり感じていたのは、家よりもここのほうが安全だということだった。ここでこれから自分がどんな生活を送るのか、見当はまるでつかなかったが、十年間おびえてきた制裁の恐怖がないことだけは確かだった。今朝、修道院の門の前に立ったとき、罰を受けるために連れてこられたのだと思ったのは、あれは間違いだった。ここに来たのはむしろ祝福だった。

眠りに落ちるころのガブリエラは、食堂でやさしい小鳥たちのように彼女をとり巻いた修道女たちのことを考えていた……シスター・リジー……シスター・ティモシー……シスター・メアリー・マーガレット……シスター・ジョーン……そして、理知的な目をした背の高い女性のことを。彼女はお説教のひとつも垂れずにガブリエラのおびえる心を静めてしまった。羽の折れた小鳥はいつものようにベッドの端にうずくまりながら、傷ついた心を少しずつだが癒しはじめていた。

次の朝、ガブリエラは四時に起こされた。四時の起床は修道女たちの日課である。三人の少女は一日のはじめの二時間を修道女たちと一緒に無言の祈りをささげながら教会内で過ごした。それが終わると、修道女たち全員そろっての夜明け前の合唱がはじまる。神を賛美してハーモニーを奏でる修道女たちの声を聞いて、ガブリエラはこんな美しいコーラスは聞いたことがないと思った。ガブリエラ自身は神に哀願することはあれ、聞き届けてもらえると思ったことは一度もなかった。しかし、この修道院のなかでは、彼女たちの強い信仰心と愛ゆえか、修道女たちを守るために差しのべられる神の手が実在のものとして感じられた。その日の最初の食事をとるためにふたたび食堂に足を踏み入れたときのガブリエラは、いつもの彼女らしくない、すっかり落ちついた気分になっていた。

朝食のテーブルでは全員が無言だった。瞑想と、今日一日の心の準備をする時間なのだ。それぞれが病院や学校へ奉仕に出かける。外の世界で出会う人たちに神の祝福と心の安らぎを運ぶのが彼女たちの役目である。食事を終えると、修道女たちはうなずきあい、ほほえみあいながら自分たちの小部屋へ散っていく。彼女たちにあてがわれている部屋は修道院内での地位によってさまざまだ。歳をとった修道女たちには個室が与えられている。新参者たちはガブリエラや孤児姉妹のようにせまい部屋で何人かと同居しなければならない。

元教師の修道女がふたりいて、ガブリエラは姉妹と一緒にその修道女たちから勉強を教わることになった。三人には小さな教室が用意されていた。勉強は七時半にはじまり、十二時までつづいた。それぞれに適した教材を使ってのかなり厳しい勉強だった。昼食は修道院内にとどまっている少数の修道女たちと一緒に食堂でとった。

その日一日、院長の姿を一度も見かけなかった。ようやく夕食にやってきた院長を目にしたとき、ガブリエラは思わず目を輝かせた。彼女は恥ずかしそうにしながら院長の前に歩み出た。院長は温かい笑みを浮かべて、最初の日の感想を彼女に尋ねた。

「勉強はまじめにやりましたか？」

ガブリエラは控えめにほほえみながらうなずいた。勉強は学校での授業よりもずっと難しかったし、休み時間も遊ぶゲームもなかったにもかかわらず、なぜかとても楽しかった。ここにいて修道女たちと一緒に何かしていると、なんでもどうしてこんなに楽しくなるのだろう。

修道女たちには仕事があり、目標があるように見える。現世からの逃避などではなく、人から奪い生き長らえることしかない現世よりもはるかに真剣な何かがここにはある。少なくともここにいる人たちは、奪うよりも、人に何かを与えようと一生懸命だ。女性たちがここに入ってくる理由はさまざまだが、おのおのは他人の喜びのなかに自分の魂を満たそうとしている。彼女たちは与えることによって枯れるのではなく、むしろ新しい命を得ている。そのことはジュリーやナタリーのような子供でさえ感じとれた。修道女たちの半数にすでに〝ギャビー〟と呼ばれているガブリエラにしても同じだった。彼女はこういう世界が好きな自分を知って驚いていた。

修道院のなかの生活はガブリエラが知っている社会とはあまりにも違っていた。

ここにいる女性たちは彼女の母親とは正反対の人たちである。ふくれっ面もしなければ、投げやりでもなく、怒りもエゴもない。愛とハーモニーと他人に対する奉仕に生命をささげながら、修道女たちは幸せに浸りきっている。ガブリエラも生まれてはじめて幸せがどんなものかを体で感じはじめていた。

その夜、告白を聞くためにふたりの神父がやってきていた。神父に告白を聞いてもらう機会は週四回ある。修道女たちは夕食をすませたあとで無言のまま礼拝堂に並ぶ。シスター・リジーが告白の行列に並ばないかとガブリエラを誘った。

修道女たちの告白は、例外を除けばほとんどは他愛もないことで、短時間で終わる。そのあと彼女たちは自分の犯した失敗や罪を悔やみ、与えられた罰を瞑想のなかで甘受するのである。

ガブリエラの告白も短くて簡単なものだったが、聞いていた神父は大いに興味をそそられた。告白するのは久しぶりだと言ったあと、ガブリエラは母親を憎む罪を神父に告白した。

「どうしてお母さんのことが嫌いなのかな、マイ　チャイルド？」

神父はやさしく尋ねた。訪れていたふたりの神父のうち、ガブリエラの告白を聞いたのは老齢のほうの神父だった。四十年間も現職にある彼は無類の子供好きでもあった。格子窓から聞こえてくる幼い声を聞いて、神父は、顔は見えなかったがさてはマザー・グレゴリアが言っていた新入りの子供だなと推測した。

「お母さんを憎ませる悪魔の誘惑にどうして引っかかってしまうのかな？」

ガブリエラが答えるまでに長い沈黙があった。

「お母さんがわたしを嫌っているからです」

少女の声はようやく聞こえるくらいか細かった。が、口調はきっぱりしていた。

「自分の子供が嫌いなお母さんなんて世の中にいないはずだよ。そんなことは神さまが許さないからね」

しかし神はすでにさまざまなことを母親に許してきた。神さまはそんなことに関心がないか、それとも彼女が神さまにも嫌われるほど悪い子かのどっちかだった。

「お母さんはわたしのことを嫌いなんです。それは確かです」

神父はそのことを再度否定してからこう言った。

「あとでゆっくり〝聖母マリアさま〟と十回唱えなさい。唱えるたびにお母さんのことを思い浮かべるんです。お母さんの愛を理解しなくちゃダメですよ」

ガブリエラはなにも言い返せなかった。告白した結果、かえって罪の意識を持つことになってしまった。彼女の母親を憎む気持ちがどれほど強いか、神父さまには分からないのだ。神父は彼女の番をそこで切りあげ、次の修道女の告白に耳を傾けた。

ガブリエラは修道女たちと一緒に無言で懺悔をしてから自室に戻った。部屋ではナタリーが内緒で買った雑誌を読んでいた。エルヴィスを特集した雑誌だった。横で姉のジュリーが、シスター・ティミーに言いつけてやると妹を脅していた。ガブリエラはそれどころではなかった。母親を憎んだ罪で永久に地獄に入れられるのではないかと、そのことばかりが気になって落ちつけなかった。

彼女のいままでの人生がすでに地獄であることに、ガブリエラ本人も周囲の者も気づいていなかった。もし母親の実態を知っている者がいたら、迷うことなく彼女の天国行きを保証したにちがいない。

ガブリエラはその夜もいつもどおりベッドの端にうずくまって寝た。朝、教会に行くために着替えているとき、寝相を姉妹にからかわれた。しかし姉妹に悪意はなかった。ただベッドに誰も寝ていないように見えて、それがおかしかったと言っただけだった。

その日もガブリエラは姉妹と一緒に教室へ行った。セント・マシューズ修道院の日課にも慣れるころだった。修道女や姉妹と一緒の毎日、教会に出でてから教室へ行く。讃美歌も覚え、朝、昼、晩と鐘が鳴るたびに、黙って石の床にひざまずく修道女たちの習慣も身につけた。

五月の半ばまでには、修道女たち全員の名前も覚え、彼女たちの好きなことや、ひとりひとりの仕事の内容まで知るようになっていた。ガブリエラは常に笑みを絶やさず、夕食のときなどは誰とでも気軽に会話を楽しんだ。マザー・グレゴリアがいるのを見つけると、とくに言葉を交わさなくても、そばにいられるだけでとてもうれしかった。

グレゴリア院長の小さな執務室に来るよう言われたのは五月の末だった。院長の姿を執務室で見るのはとても妙な気がした。母親に連れてこられた最初の日を思いだすからだ。ずいぶん前のような気がするが、来てからまだ六週間しか経っていなかった。そのあいだ、母親からは一度も連絡がなかった。はがきの一枚も届いていなかった。それでもガブリエラは、母親がもうじき帰ってくるものと信じきっていた。

院長室に足を踏み入れたときのガブリエラは、自分がなにか悪いことをして、そのことで叱られるのかとビクビクしていた。シスター・メアリー・マーガレットに呼びだされたのも授業中だったし、その口調もどこか警告めいていた。

「ここは楽しい、マイ　チャイルド？」

開口一番にそう尋ねる院長は、意外やにこやかだった。ガブリエラのつぶらな瞳は抱きしめたくなるほど愛しかった。そこにあった苦難の影はなくなり、あるのは無邪気さだけだった。最近ではよく笑うようになった彼女だが、他人に心を閉ざしている印象はあいかわらずだった。彼女がたびたび告白に行っていることを院長は知っていた。そのことで彼女がまだうち明けていない悪夢に悩まされているのではと心配していたときだった。

「ここでちゃんと落ちつけていますか？」

「はい、マザー」

ガブリエラは即答したが、彼女の目には心配そうな表情があった。

「何かあったんでしょうか？　わたしが何かいけないことでもしたんでしょうか？」

ガブリエラはどうせ罰せられるなら早くしてもらいたかった。どんな罰を受けるのかとビクビクしているほうが怖かった。

「そんなに怖がらないで、ギャビー。あなたは何も悪いことなんてしていませんよ。どうしてそんなに心配なの？」

尋ねたいことをたくさん抱えている院長だったが、少女が修道院に来てからまだ六週間しか経っていないことを考慮して、いろいろ問いただすのはまだ早いと判断していた。たとえ十歳でも、個人には秘密を守る権利があり、悲しみや苦しみを口外しない自由があるのだ。

「シスター・メアリー・マーガレットにここに来るよう呼びだされたとき、院長に叱られるためかと思ったんです……」

「いいえ、あなたを呼んだのは、あなたのお母さんのことで話があったからです」

震えがガブリエラの全身に走った。母親の名前を聞いただけでガブリエラは耳をふさぎたくなった。それなのに、母親がもうすぐ戻ってくることに期待感を持つ自分が不思議だった。

母親に対する憎しみを静めるために祈りつづけてきた彼女だった。神父に言われた〝聖母マリアさま〟もかぞえきれないほど唱えた。もしかしたら告白の件をマザー・グレゴリアに告げ口されたのかな、とまたガブリエラは心配になった。院長は少女の表情によぎる影を見て、その恐怖の理由を推測するだけに押しとどめた。

「あなたのお母さんから昨日連絡がありました。いまカリフォルニアにいるそうです」

「そこがリノなんですか?」

「いいえ、違います」

院長はにっこりしてつづけた。

「あなたには地理をもっと教えなくてはいけないわね。リノがあるのはネヴァダ州です。カリフォルニアというのはネヴァダのとなりの州です」

ガブリエラは困ったような顔をした。

「お母さんはリノに行っているんじゃなかったんですか？」

「リノに行って離婚の手続きをすませてからカリフォルニアへ行ったんです。あなたのお母さんはいまサンフランシスコにいます」

「そこはフランクが住んでいる場所です」

ガブリエラが説明するような口調で言った。しかし、グレゴリア院長はそのことをすでに知っていた。院長としてはこんな説明は母親からしてもらいたかったが、ぜひ院長の口から伝えてほしいというのがエロワの頼みだった。

「まあ、簡単に言うと、こういうことです……」

院長はフーとため息をつくと、ガブリエラに無用なショックを与えないよう、言葉を選びつつ話しはじめた。

「あなたのお母さんと、あなたも知っているフランクという男性は……」

院長は温かくほほえみながら、少女の目のなかに疑念や不快感がないかを探った。しかし、あるのは、前から見せていた恐れの表情だけだった。

「あなたのお母さんとフランクは明日結婚するそうです」

「はあ……」

ガブリエラは最初きょとんとしていたが、すぐに驚きの表情を見せた。いままで十語と言葉を交わしたことのない男の人。彼女をいつも無視していた男の人。母親はそんな見知らぬ男性と結婚するのだという。そして実の父親は、神のみぞ知るどこかへ蒸発してしまっている。いつか連絡があるだろうとまだ希望を捨てていないガブリエラだが、父親がいなくなったのはもうずっと前だ。いよいよ独りぼっちになったことを知って、ガブリエラの気持ちは沈むばかりだった。

話のつらい部分はむしろそのあとだった。

「今後お二人はサンフランシスコに住むそうです」

そんな大切なことを娘に伝えるのに、エロワは言づけで済ませようというのだ。その言葉を聞いて、ガブリエラは胸をナイフでひと突きされたような痛みを感じた。ということは、修道院を出て知らない場所に行かなければならないのだ。彼女にとってはまたまた苦難の日々のはじまりを意味する。新しい学校に、新しい友達、いや、友達なんてひとりもできないかもしれない。義理の父親になる見知らぬ他人だけでなく、彼女が恐れ憎む母親と一緒に住まなければならないのだ。好きになった修道女たちと別れて。

「わたし、いつそこに行かなければならないんですか？」

ガブリエラがあきらめたような口調で訊いた。少女の目の表情が死んでいるのにグレゴリア院長は気づいていた。最初に修道院に連れてこられたときも彼女はこんな目をしていた。

院長は言うべき言葉をおもんばかって沈黙した。そのあいだ、少女から一度も視線をそらさなかった。

「あなたはここにいたほうが幸せなんじゃないかってお母さんは思っているようですよ、ギャビー」

院長はエロワに言われたことをやさしい言葉に置きかえて少女に説明した。実際の母親は、これ以上養育できないだの、自分の幸せを犠牲にしたくないだの、自分を好きになれないような子供のことで新しい夫に負担をかけたくないだのと、言いたい放題を言って子供を捨てる理由を並べ立てたのだった。電話でのエロワは実にあけすけで現金だった。修道院に置いてくれる期間の食費だけは払うと言っていたが、その期間とは永遠を意味する、とグレゴリア院長は解釈した。院長の読みに誤りはなかった。エロワには子供を呼び戻すつもりはまったくなかったし、そのことについての良心の呵責もなかった。実の父親がガブリエラを引きとる可能性はないのかと院長が尋ねると、エロワは、彼も逃げているのだとはっきりした言葉で言った。少女の目にある悲しみの表情の理由はこれなのか、と院長はそのとき初めて分かったような気がした。母親が子供を愛していないことは母親本人の言葉で充分に伝わっていた。

「お母さんはわたしを引きとりたくないんです。そうなんですね？」

ガブリエラはボーッとした表情で言った。少女の目には、苦悩と同時に安堵の表情があった。

院長はその矛盾に戸惑った。

「そんなふうに考えてはいけませんよ、ガブリエラ。お父さんに出ていかれてお母さんも困っているんです。そしていま出直すチャンスを得て、はたしてこれが本当の幸せかどうか、あなたを呼ぶ前に確かめたいんだと思います。これもお母さんのあなたに対する思いやりと言えないこともありません。ここであなたはやさしいお姉さんたちに囲まれているんですから」

たしかにガブリエラにとってはそのほうがよくても、母親の都合が別のところにあることは幼い彼女にも分かった。

「お父さんとお母さんは仲が悪くて、お母さんはわたしのことを嫌いだっていつも言っていました」

「まさか！　あなたは本気でそう思っているの？」

院長はそんなことが本当にないようにと祈りながらやさしい口調で言った。だが、電話でのエロワの口調からして、ありえないことではないと思った。そのときの母親は「あの子はいりません」とはっきり言っていた。そんな言葉をガブリエラに伝えるぐらいなら、院長は自分の舌を抜いていただろう。

「お父さんはわたしをかわいがってくれていました……と、思います……お父さんは決して……わたしに……」

ガブリエラは、なにも口出しできなくていつもドア口に立っておろおろしていた父親を思いだして涙ぐんだ。そんな父親にかわいがってもらったと言えるだろうか？　しかも彼は娘を捨てて家出してしまったではないか。以来、電話もしてこなければ、手紙もくれない。まだ自分を愛してくれているとはとても思えない。はたして、かわいがってもらったかさえ疑わしくなってきた。そしていま、母親が同じことをしようとしている。しかし、今度の場合、ガブリエラはある意味でうれしかった。それは折檻の終わりを意味していたからだ。もう隠れて祈る必要もないし、ぶたないでと懇願したり、怪我を治療してもらうために病院へ行く必要もなくなるのだ。何よりもうれしいのは、おびえながら母親に殺されるのを待つ必要がなくなることだ。悪夢の終わりである。だが、これは同時に、母親に愛されていないことを思い知らされることでもある。院長がなんと慰めてくれようと、母親はもう戻ってこないだろう。闘いは終わった。努力していい子になれば母親に愛されるという夢も一緒に消えた。

「お母さんはもう来ないんでしょ、そうなんですね?」

院長の目をのぞく少女の目がいじらしかった。質問があまりにもストレートなのに院長は嘘がつけなくなった。

「それはわたしにも分かりません、ガブリエラ。お母さんにも分からないことではないでしょうか。そのうちいつか、ということはあるかもしれませんけど、当分はなさそうですね」

正直に言うにもそこまでが精いっぱいだった。真実を話したら少女を傷つけることになる。ガブリエラは両親に捨てられて孤児になったのだ。はっきり言えばそういうことだ。マザー・グレゴリアがどんな言葉を使おうと、その意味するところはガブリエラにも分かった。

「お母さんはもう戻ってこないんだと思います……お父さんもそうでしたから。お父さんはほかの女の人と結婚して、いまは新しい子供たちと暮らしているとお母さんから聞きました」

「だからといって、お父さんのあなたに対する愛が薄れたわけではありませんよ」

しかし、父親からの連絡がいっさいないという事実は否定できない。今後、母親が連絡してこなくなることは大いにありうるだろう。いずれにしても感心できない両親だ。こんなかわいらしい子を捨てるなんて。院長にはその薄情さが理解できなかった。しかし、こういう例はいままでにもたくさんあった。マザー・グレゴリアは可哀そうな子供たちに涙を流しこそすれ、神に感謝することを忘れなかった。薄情な親たちがいて自分の存在があるのだということを神のご意思と受けとめていた。ガブリエラがここに連れてこられたのも神のご意思と解釈すれば、憐れみも喜びに変わる。やがて少女自身が神の声を聞く日があるかもしれない。院長はそのことを言葉を選びながら言った。

「ここにずっといるかどうかは、先へ行ってからあなた自身で決めなさい。考えるのはもっと大人になってからでいいんですよ。あなたがここに連れてこられたのも神のご意思かもしれませんね」

「ジュリーみたいにですか?」

ガブリエラは院長の言葉に戸惑っていた。自分が修道女になるなんて、彼女にはまるでイメージできなかった。そのときの彼女の頭のなかは、母親に捨てられたことのショックを吸収するのが精いっぱいだった。彼女をここに連れてきたときから母親はそう決めていたのだろうか?　しかし別れぎわの母親は、父親がしたような、なごり惜しむ様子も、特別なやさしさも見せなかった。いつもどおり不機嫌だった母親は、彼女を置いてすたすたと出ていってしまった。

「いつかあなたも信仰の道に入ったら分かりますよ。静かに耳を傾ければ、神さまの声がはっきり聞けるのです。その必要があるとき、神さまは大声でわたしたちに呼びかけてくれます」

「でもわたし、ちょっと耳が悪いんです」

ガブリエラは恥ずかしそうに口をゆがめて言った。院長は思わず笑った。

「神さまの声を聞くのに耳の善し悪しは関係ありません」

そう言ってから、院長は急に悲しそうな顔をした。両親に捨てられたと知ってからも、ガブリエラは一度も涙を見せていない。

「あなたは強い子ね」

院長に突然そう言われて、ガブリエラは首を横に振った。人にはよくそう言われるが、ガブリエラは自分で強い子だとはひとつも思っていなかった。だからなぜそう言われるのか分からなかった。家出する前の晩の父親も同じことを言っていた。だがガブリエラは、自分が強いと感じたことなど一度もなかった。いつもびくびくして寂しがってばかりいた。いまでも、これからのことについておびえている。ここにいられなくなったらどこに行けばいいのだろう？　自分を引きとってくれる人などいるのだろうか？　彼女のいまの唯一の望みは安定した住処を得ることだった。隠れる必要のない場所。誰にも傷つけられることのない、誰にも捨てられない安住の地を得ることだった。グレゴリア院長には少女の気持ちがよく分かった。最初の日にそうしたように、彼女は立ちあがると、机の横をまわり、黙って腕を広げてガブリエラを抱きしめた。強くて、勇敢で、小さな威厳をもった少女は彼女の腕のなかで震えていた。今日のガブリエラは泣きわめいたりせず、自分の運命に憤ってもいなかった。しかし、救いの手を差しのべてくれるただひとりの人を放すまいと、院長の胸にしっかりしがみついていた。老院長を見上げる少女の目から大粒の涙がひとつこぼれて落ちた。その訴えかけるものの強烈さに、院長は身震いしそうになった。

「わたしを捨てないでください」

ガブリエラのささやき声は院長に聞こえないぐらい小さかった。

「わたしをここから放りださないでください……」

涙がもうひとつ、少女のほほに伝って落ちた。だが、ガブリエラは泣き崩れたりはせず、院長の腕のなかで少女らしい威厳を保ちつづけた。

「あなたを追いだしたりはしませんよ、ギャビー」

院長はやさしく言った。本当はもっとはっきりした言葉でなぐさめてやりたかったのだが、その言葉が思いつかなかった。

「ここはあなたの家です。出ていく必要なんてありませんからね」

ガブリエラは黙ってうなずき、院長の黒衣に顔をうずめた。

「大好きです」

ガブリエラがそうささやくと、院長自身も涙ぐんで少女を抱く腕に力をこめた。

「わたしもあなたのことが大好きよ、ギャビー……ここにいるみんながあなたのことを好いていますよ」

それからふたりは手を取りあいながら、ガブリエラの母親のこと、彼女がどうして行ってしまったかなどについてゆっくりと話しあった。どんなに理屈をつけても、子供を捨てていく母親の気持ちがふたりには分からなかった。結局、そんなことは気にしないほうがいいということでふたりの意見は一致した。母親は行ってしまい、ガブリエラはここに家を得たのだ。そのあとで院長はゆっくりした足どりでガブリエラを部屋まで送っていった。ひとりになったガブリエラは母親の思い出に耽った。しかし頭をよぎるのは、いやなことばかりだった。家のなかの隠れ場所……隠れきれなかったときの制裁……痛み……アザ……もうあんな目にあわなくてすむのがガブリエラはうれしかった。それがもう終わりだなんて信じられないくらいだった。いちばんうれしいのは、ここでやり直すチャンスが与えられたことだ。今度こそいい子になろう。そうすればお母さんの愛を取り戻せるかもしれない。お母さんに捨てられたのは自分がいけなかったのだ。自分が悪い子だったから、お父さんにもお母さんにも捨てられたのだ。ガブリエラはそのことだけは院長にも話せないと思った。自分がどんなに悪い子だったかを院長に知られたら、いろいろまずいのだ。両親に嫌われるほど悪い子を、誰が引きとってくれよう。

ここの修道女たちはやさしくしてくれるが、神さまは知っているのだ。彼女が母親を恨むような悪い子であることを。ベッドの上に横になり、いろいろ考えているうちに、ガブリエラはしくしくと泣きだした。もう会えないのかと思うと、両親のことが無性に懐かしかった。やはり、捨てられたのは自分が悪いのだ……両親に愛されなかったという事実から身を隠す場所はない。ガブリエラは泣きじゃくった。わたしみたいな悪い子を誰が愛してくれるはずがある……こうなったのは彼女の運命であり、長年悪いことをしてきたことに対する罰なのだ。ガブリエラは心の底からそう思った。ゆめゆめ本当の自分をさらけ出してはいけない、そんなことをしたら誰からも嫌われてしまう。いくら〝聖母マリアさま〟と唱えても、いくらロザリオを握って懺悔しても、この事実は変えられない。

その日一日なにをしても、院長に言われたことと、カリフォルニアにいる母親のことがガブリエラの頭から離れなかった。彼女は静かな夕食をとったあとで、いつものように告白に行き、それから、ナタリーとジュリーと一緒の自室に戻った。姉妹より先にベッドにもぐり込むと、やはりいつものようにベッドの脚もとのほうにうずくまって昼間のつづきを考えた。父親も母親も別の人たちと結婚し、父親には新しい子供たちがいる……子供をつくりたがらなかった母親も今度はつくるかもしれない……今度生まれてくる子供たちはきっといい子たちなのだろう……お父さんもお母さんも新しい家庭をつくって幸せに暮らしていくんだ……それに対して、わたしは悪い子だからこうして独りぼっちで生きていかなければならないんだ……でも、もしこれからわたしが努力して自分の悪いところを直したら……これから一生かけて、神さまにも仕えて自分の悪い点を悔い改めたら……。今夜の告白のときも、責任は自分にあるのだから、これからは努力して許すことを覚えなさい、と神父に言われた。ガブリエラは眠りに落ちながら同じ言葉をくり返した……許すこと……許すこと……両親のことを許さなければならないのだ……みんな自分の責任なのだから……両親のことは許すのだ……お父さんを許し……お母さんを許し……。

その夜中、叫び声が長い廊下にまで響きわたった。三人がかりでもガブリエラを静められなかった。みんなはやむをえず院長を呼びに行った……折檻の記憶がガブリエラの脳裏に生々しくよみがえっていた。ガブリエラは顔に血が流れるのが分かった。横面を殴られて耳が聞こえなくなった。肋骨が折れるのが分かった。蹴られた内腿が痛くてがまんできなかった……グレゴリア院長の腕のなかで、ガブリエラは同じ言葉をくり返していた。

「わたしは許さなければいけないんです……わたしは許さなければいけないんです……」

グレゴリア院長は、少女が眠りに戻り、小さな顔に安らかな表情が表われるまで彼女を抱きつづけた。両親を許したがっているガブリエラの意思がどんなに強いかが院長の胸にも伝わった。

〈なんて一途な子なんでしょう〉

第七章

静かで安全なセント・マシューズ修道院のなかで平和な四年間が過ぎていった。ガブリエラは修道女の先生に従って学習をつづけていた。姉妹の姉のジュリーは正式に修道女になり、妹のナタリーは奨学金を得て大学へ進学した。ナタリーはエルヴィスを卒業して、いまはビートルズと呼ばれる四人組に夢中になっていた。姉のところには男の子たちとのデートの様子をつづった彼女からの幸せな便りがよく届いた。

修道院にはふたりの新しい寄宿者が連れてこられていた。ラオスで奉仕活動をつづける修道女たちから送られてきたふたりの幼い少女たちだった。自分よりずっと年下だったが、ガブリエラは彼女たちと同室になった。

四年のあいだ母親からは一度も連絡がなかったが、ガブリエラは父親のことも母親のことも忘れたことがなかった。父親について彼女が知っているのは、彼がボストンへ移ったことと、ふたりの子持ちの女性と結婚する予定だったことだけだ。以来どうなったかはまったく知らなかったし、調べるすべもなかった。母親のほうはまだサンフランシスコにいるらしかった。院長のもとには寄宿代が毎月きちんと届いていた。しかし、手紙や、ガブリエラの様子を尋ねるたぐいのメモが添えられていた例はなかった。クリスマスカードも誕生日の贈りものも来なかった。ガブリエラの生活のいっさいは修道院のなかに限られるようになっていた。ガブリエラはみんなに好かれていた。仕事ぶりは誰よりも熱心だった。床拭き、テーブル磨き、トイレの掃除、雑用。ほかの修道女たちが嫌がることをなんでも進んでやった。得意だった物語や詩の創作もつづけていた。彼女の才能を認めない先生はひとりもいなかった。

あいかわらず寝るときはベッドのすみにうずくまり、夜中にうなされて叫び声をあげることもしばしばだったが、悪夢の内容について誰かにうち明けたことはなかった。

グレゴリア院長はそんな彼女を心配しながらも温かい目で見守っていた。あの悲しそうな目の表情もいまは穏やかになり、ガブリエラは日増しに美しくなっていた。もっとも、自分がどう見えるかについて彼女自身はまったく関心を持っていないようだった。彼女は虚栄とは無縁の世界に生きていた。鏡のない修道院の中だったから、ガブリエラはいつでも新入りの修道女がくれる古着を着ていて、それをいやがったことは一度もなかった。十歳のときに決意したとおり、彼女の生活は他人に尽くす自己犠牲に徹していた。かといって彼女に使命感があるわけでは決してなかった。ほかの若い修道女たち、たとえばジュリーのような新参修道女に比べると、自分はずいぶん違うとガブリエラは身をもって感じていた。ほかの修道女たちが神への奉仕に迷いなく邁進するのに対して、ガブリエラの場合は、自分の欠点や失敗ばかりが気になり、他人を傷つけまいとすることに意識過剰になっていた。というのも実は、それはすべて彼女の自分を卑下する気持ちが強すぎるためだった。修道女たちは〝使命〟をトロフィーのように掲げるが、ガブリエラにはそれができなかった。マザー・グレゴリアは何度となく彼女を使命に目覚めさせようとするのだが、そのたびにガブリエラは、自分にそんな資格はないと言いつづけた。かといって、彼女にはセント・マシューズ修道院を出るつもりもなかった。ガブリエラは修道女たちの愛と炎のぬくもりの中から抜けだせなくなっていた。彼女たちなしには生きていけそうもなかった。

「わたし、ずっとここにいて死ぬまで床拭きをやっていたいわ」

十五歳の誕生日の日に、ガブリエラが半分本気でシスター・リジーにそう言った。

「誰もやりたがらないけど、わたしはこれが好きなの。床を掃除していると、創作のアイデアがいろいろ浮かんでくるの」

「修道女になったって小説は書けるのよ、ギャビー」

シスター・リジーもみんなと同じように彼女を信仰の道に誘った。修道院内にガブリエラの献身ぶりを知らない者はいなかった。気づいていないのは本人だけだった。修道女たちは彼女の無邪気なジョークを笑って受けとめ、いずれは自分たちの仲間になるものとガブリエラをやさしく見守っていた。ガブリエラは知識をどんどん吸収して日増しに利口になっていった。

十六歳でガブリエラは高校の学業をすべて履修し終えていた。仲間に迎え入れたいと思っていた修道女たちも、彼女の進学を認めなければならない時がきた。ガブリエラ自身は修道院から出ることを拒み、雑用をつづけると言い張ったのだが、彼女の文才を見抜いていたマザー・グレゴリアは彼女の伸びるチャンスを無駄にさせたくなかった。彼女は胸にグサリとくるような文章を書く。最近書いた物語はペーソスと示唆に富み、読む者の胸を打たずにはおかないものだった。彼女の叙述は、修道院で青春時代を過ごしている若者が書いたとは思えないほど完全なものだった。

「進学はどうするつもり？」

十六歳になったガブリエラを呼んで修道院長が尋ねた。院長は事前に彼女の先生たちの意見を聞いてあった。先生たちは彼女を進学させるべきだという点で意見が一致していた。

「進学はしません」

ガブリエラの気持ちは変わらなかった。彼女は修道院から出るのが怖かった。自分をあれほど傷つけた外の生活に興味が持てなかった。セント・マシューズ修道院は彼女にとっては天国だった。だから、歯の治療や診察のため外に出るたびにぶつぶつ言う彼女を、修道女たちは老人みたいだと言ってからかっていた。若い修道女ほど外に出る機会を楽しみにしている。しかし、ギャビーは違っていた。部屋にこもり、小説を書いているほうが彼女にとってはずっと楽しかった。

「わたしたちは世間を避ける目的で修道院にいるわけではありませんよ、ガブリエラ」

マザー・グレゴリアはきっぱりした口調で言った。

「わたしたちが修道院にいるのは、わたしたちの力を神さまに使ってもらうためです。神さまの声に従って、わたしたちの力を、それを必要としている世界で役立てるためです。修道院の外に出るのを怖がっていたら力は役立てられません。マーシー病院で毎日奉仕活動をしているシスターたちのことを考えてごらんなさい。男性患者を見るのが怖いからといって修道院の部屋に閉じこもっていたら、病院での看護などできなくなります。わたしたちの奉仕活動は臆病者にはできないことなんです」

院長を見つめる目は恐怖と無言の不満を訴えていた。ガブリエラには大学へ行くために修道院を出るつもりはまったくなかった。イサカで学生生活を送っているナタリーから熱烈な手紙が来ても、ガブリエラの気持ちは揺らがなかった。

「わたしは進学しません」

修道院に来てからガブリエラが院長に逆らうのは今回がはじめてだった。しかも彼女は驚くほど頑固だった。

「でもその時がきたら、ほかに道はありませんよ」

そう言うグレゴリア院長の唇がキッと締まった。何ごとも強制するのが嫌いな院長だったが、それしか道がないのなら今度だけは迷わずにそうするつもりだった。

「あなたは集団生活を送っているんですよ、ガブリエラ。わたしの言うとおりにしなくてはいけません。こういうことを自分で決めるにはあなたはまだ若すぎます。あなたの主張はとても子供じみています」

ガブリエラの抵抗が強いのに戸惑いながら、院長はその話題をそこで切りあげた。院長は彼女が進学したがらない理由をよく理解していた。だが、外の世界を怖がっている彼女をそのままにしておくつもりはなかった。ガブリエラのほうは院長に逆らうのは悪いと分かっていたが、ここを譲ったら大変なことになると頭から信じきっていた。精神的にも肉体的にも傷つけられることのないセント・マシューズ修道院での隠棲はどんな抵抗をしてでも守る価値のある宝物だった。

グレゴリア院長はコロンビア大学に申しこませるよう彼女の先生たちに指示した。先生たちは申込用紙をガブリエラに渡して必要事項を記入しておくように言った。書くの書かないのとせめぎ合いがつづいたあとで、ガブリエラは、どうせ絶対に行きませんからね、と念を押したうえでようやく書類にサインした。入学は即座に認められ、奨学金が全額支給されることになった。関係者全員が喜んだが、当人のギャビーだけは沈んだままだった。ほかにいい大学がたくさんあるなかでコロンビア大学を選んだ理由は、そこなら修道院から通学できるからだった。

「それがどうしたんですか?」

奨学金についてグレゴリア院長から説明を受けたとき、ガブリエラは不満顔で訊きかえした。彼女が十七歳になるのももうじきの六月のことだった。修道院に入ってきてはじめてガブリエラは分からず屋の甘えん坊のように振るまっていた。

「ぐずぐず言えるのも九月までですよ、マイ　チャイルド。学校に行っているあいだ修道院にいてかまいませんからね。でも、授業にはちゃんと出席しなさい」

「では、わたしが断わったら?」

珍しいほどの反抗心を見せてガブリエラが訊きかえした。院長は思わず手を上げそうになるほどイライラを募らせていた。

「あなたが断わったら、修道院中の者たちが九月一日に行列をつくってあなたをここからたたき出します。本当にやりますよ。最近のあなたの態度はまったく感心できません。これは誰もが欲しがる名誉ある奨学金なんです。これを使ってあなたは自分の文才に磨きをかけ、それを世の中のために役立てることができるんです」

院長の熱弁もギャビーにはまるでピンとこなかった。

「修道院のなかでも勉強はできるし、役立つこともできます」

ガブリエラは暗い声で言った。彼女の目のなかの怯《おび》えはいままで以上に歴然としていた。もっとも、その原因が何なのか、グレゴリア院長にはいまもって謎だった。

「するとあなたは、自分は頭がよくて、才能に恵まれているから、大学で勉強する必要はないと思っているわけですね？　大変なことになったわ。人間教育をやり直さなくちゃね。あなたには瞑想を命じる必要がありそうだわ」

言い合いは三か月間延々とつづいた。しかし、二百人の修道女たちに突き上げられるかたちで、ガブリエラは九月になると泣く泣く大学へ赴いた。

通学をはじめてから一週間後、ガブリエラは悔しかったが学生生活の楽しさを認めないわけにはいかなかった。三か月すると、彼女は完全に勉強の虫になっていた。

四年間、彼女が授業をさぼるようなことは一度もなかった。創作にかかわる授業は取れるだけ取り、教授たちの言葉をスポンジのように吸収していった。だが、指されたとき以外に発言することはなく、ほかの学生とはいつも距離を置いていた。男女にかかわらず友達づき合いは避け、授業が終わると飛ぶようにして修道院に戻った。社交や遊びの面から見ると彼女の学生生活は完全に無駄だった。ガブリエラはひたすら書きまくった。自分でテーマを決め、白い紙を見つけては文章をつづった。三年生になると短編小説を書きはじめた。卒業するときの彼女には〝最優秀学生〟の称号が与えられた。

修道院の中でくじ引きが行なわれた。二十人のシスターたちがグレゴリア院長とともにガブリエラの卒業式に出席する栄誉を引き当てた。

二十一歳になろうとしていたガブリエラは、修道院が借りた二台のバンの先頭の車に乗せられて卒業式会場から意気揚々と修道院に戻ってきた。ガブリエラ自身はそれほどのことと思っていなかったが、〝最優秀学生〟という称号に修道院中が大騒ぎになった。大学での彼女はいつも輝いていた。いつの日か彼女が大作家になるのを疑う者はいなかった。むしろ懐疑的だったのは当のガブリエラ自身だった。自分の才能にもっと自信を持ちなさいと教授たちから言われることさえあった。

卒業式があった日の六月の暖かい夜、ガブリエラはグレゴリア院長と一緒に修道院の庭を散歩しながら、遠慮がちに作家になる夢を口にした。

「本当はまだ自信がないんですけど」

ガブリエラはいつものように卑下して言った。幼年時代の負い目がしこりになって、彼女は大人としてどうしても自信が持てずにいた。そのことに気づいていたグレゴリア院長は何度となく彼女の心のしこりを取りのぞこうとした。

「あなたの力をもってすれば、できないことなんてありません。あなたの書いた短編集はすばらしい作品です。じゃなかったら、〝最優秀学生〟の称号がもらえるはずないでしょ」

「それも院長のおかげかもしれません」

ガブリエラは目でいたずらっぽく笑ってつづけた。

「学長がカトリック教徒ですから、院長にごますったのかもしれませんよ」

ガブリエラの冗談に修道院長も声をあげて笑った。

「下手な冗談を言ってもダメですよ。彼はユダヤ人ですからね。カトリック教徒のはずありません。どうして称号がもらえたか、その理由はあなたがいちばんよく知っているはずです。称号は慈善で与えられるものではなくて、努力に対して与えられるものです。問題は、これからあなたがどこから始めるかです。すぐ本を書く自信がなかったら、フリーの記者になって雑誌や新聞の記事を書くこともできます。あるいは、セント・ステファン高校で文学を教えながら自分の作品に取り組むこともできます」

強く押さなければやらない臆病な彼女の性格を知っていたから、院長としては、ガブリエラにスタートのための機会をつくってやりたかった。

「そのどれをやるにしても、わたしは修道院にいていいんですね?」

心配そうに尋ねるガブリエラに向かって院長は顔をしかめた。ガブリエラがどうしてこうまでも俗世間から遠ざかりたがっているのか、院長にはそこのところがまだよく分からなかった。ガブリエラはいまだに友達もつくらず、ボーイフレンドのひとりもいなかった。人目を忍んで何かをやりたがる様子はまるでなかった。この子は世間をもっと知る必要がある。最近の院長はガブリエラを見るたびにそう思うようになっていた。

ガブリエラのほうは、修道院を出たら生きていけないような気すらしていた。

「働いて、寄宿代は自分で払います」

ガブリエラは決意に満ちた表情で言った。

「まあ、稼げるまでには時間がかかるかもしれませんけど、収入を得しだい自分で寄宿代を払います」

この話を持ちだされるのではないかとガブリエラはずっと恐れてきた。ここに来てからすでに十年以上が経ち、自分の人生の半分以上を修道院のなかで暮らしてきた彼女である。いまさら修道院を離れることなどまったく考えられなかった。また、考えたくもなかった。それについてガブリエラには妥協案があった。実は、それを出すタイミングを見はからっているところだった。グレゴリア院長の話がつづいていた。

「あなたの質問に答えましょう、ガブリエラ。もちろんここに住みつづけていてもかまいません。寄宿代はあなたにゆとりができてからでけっこうです。あなたがここでしてくれている仕事だけで寄宿代はカバーしています」

母親から修道院への支払い小切手は彼女が十八歳になった時点で打ち切られていた。それに関する説明の手紙も連絡もいっさいなかった。支払いが止まって、それで終わりだった。〝わたしは最低の義務を果たした、以後、娘との接触を望まない〞エロワ・ハリソン・ウォーターフォードはそう言いたかったにちがいない。ガブリエラを修道院に置いてから、母親は、結局一度も連絡してこなかった。

〈お父さんはきっとわたしがどこにいるか知らないんだわ〉

最近の彼女はずっとそう思いつづけてきた。しかし、彼女が母親のもとにいたときも、父親は訪ねてきてくれなかった。ガブリエラはそこのところが引っかかった。大学時代は誰かに両親のことを訊かれると、彼女は、わたしは孤児です、と答えたものである。クラスメートからは引っこみ思案の恥ずかしがり屋と見られていた。出会う男性たちからかわいらしいと思われても、誘いに応じたことはなかった。彼女は好んで孤独の道を選んでいた。だから学生時代ですら、セント・マシューズでの修道女たちとの交わりが彼女の唯一の社交だった。若い女性にしては決して健康的な生活とは言えなかったが、無理強いの嫌いなグレゴリア院長は黙って彼女を見守ることに徹していた。人に言われてからでなく自分で道を見つけなければならないというのが院長の変わらぬ信念だった。だから、ガブリエラからこう言われたときも、ひとつも驚かなかった。

「最近考えているんですけど」

そう言ってガブリエラは恥ずかしそうに話しはじめた。先をつづける前にガブリエラが深いため息をつくのを見て、マザー・グレゴリアは彼女がなにを言おうとしているのか直感で分かった。ガブリエラは母親代わりの院長に向かってぎこちなく言った。

「最近、神さまのお告げを聞くような気がするんです……夢に見るんです……最初は自分だけでそう思いこんでいるのかと思ったんですけど、お告げが最近になってだんだんはっきりしてきたんです」

「どんな夢なの？」

マザー・グレゴリアは興味ありげに身を乗りだした。

「そこのところがはっきりしないんですけど、いままで自分でできなかったようなことを誰かにしなさいって言われている夢です……ただ、それが何なのか、まだはっきりしないのが……」

修道院長を見上げたときのガブリエラの目は涙で濡れていた。

「なにをしろと言われているのか、そこまでは分からないんですけど」

マザー・グレゴリアには彼女がなにを言いたいのかよく分かった。神のお告げを聞いて、自分の使命をすぐに理解する人間もいれば、いまのガブリエラのように漠然としか分からない人間もいる。そういう人間のほうがかえって大きな使命を帯び、それをなし遂げることが多いのだ。

「自分の胸に耳を傾けるのです、マイ　チャイルド。自分を信じなさい。そうすれば、聞こえてくる言葉も信じられるはずです。自分が何をすればいいのか分かるはずです。もしかしたらあなたはもうずっと前から分かっているんじゃないかしら」

「分かったと思ったこともあったんですけど」

ガブリエラはふっとため息をついた。院長の反応が好意的だったのでひと安心したところだった。彼女としては、進むべき道を間違えたくないというのが本音だった。

「去年の夏は自分でも確信を持っていました。それで院長にも言おうとしたんですが、そのままになってしまいました。それからクリスマスにもお告げを聞きました。でも、自分で勝手にそう思いこんでいるような気もして、院長には言えませんでした。なんて言われるのか怖かったのもありますけど」

「それで、いまはどう思っているの？」

マザー・グレゴリアは静かに尋ねた。ふたりは夕闇の迫る庭を歩きつづけた。院長は袖のなかで両腕を組んでいた。

「いまのあなたの気持ちは、ギャビー？」

院長はガブリエラの口からその言葉が出るのを待った。この瞬間を彼女から奪ってはいけない。他人の口出しは許されない、人生の重要な岐路なのだ。

ギャビーの声はほとんど聞こえないくらい小さかった。ふたりは足を止めて互いを見つめあった。

「わたしも神さまに仕えようと思います」

心配そうなガブリエラの目が院長の確認を求めていた。

「わたしを修道女にしてくれますね？」

ガブリエラの気持ちは澄みきっていた。打算や利己心はひとかけらもなかった。自分に愛と、自由と、安全を与えてくれた人たちに対する感謝の気持ちでいっぱいだった。その気持ちが彼女の決意の基礎になっていた。

「決めるのはわたくしではありません」

グレゴリア院長はやさしく言った。

「決めるのはあなた自身と神さまです。わたしはその手助けをするだけです。あなたは何年ものあいだ苦しんできましたね。わたしはずっと見てきましたよ。だから、いつかきっとこういう気持ちになってくれると思っていました」

院長の言葉は温かかった。

「前から分かっていたんですか？」

ガブリエラが驚いて院長を見上げると、院長はにっこりほほえんでガブリエラの腕をとり、さらに散歩をつづけた。

「ええ、もしかしたら、あなたよりもわたしのほうが先に分かっていたのかもしれませんね」

「それで院長はどう思われるんですか？」

ガブリエラは修道院長としてのマザー・グレゴリアの意見を求めた。

「八月から志願者のクラスがはじまります。タイミングとしては申し分ありません」

ふたりはまた足を止めて笑みを交わした。ガブリエラは腕を広げて院長に抱きついた。

「ありがとうございます……何から何まで……院長がいなかったら……わたしがここに連れてこられたときどれほど助かったか、誰にも分かってもらえないでしょう」

いまでもそのことになると口を閉ざしてしまうガブリエラだった。惨めすぎて、とても他人には話せないからだ。

「なにか深い事情がありそうだと初めから思っていました」

そう言ったあとで、院長は常々訊きたいと思っていたことを口にする誘惑に人間として抗しきれなかった。

「ご両親のことはいまでも想っているの？」

育ての親なら誰でも一度は子供に訊いてみたくなる質問だった。

「ときどき、両親がこうであってくれたら、ああであってくれたらって思うんですけど。でも、現実は違っていましたから……今ごろどこにいるのかなとか、子供ができたのかしらなんて思うこともありますけど、深刻な問題ではぜんぜんありません」

深刻でないというのは嘘だった。

「最近ではもう、どうでもいいことなんです」

ギャビーは院長に対してよりも、自分に対して嘘をついた。

「わたしには家族がありますから……八月に一緒になる家族が」

「あなたがここに来たときから、修道院のみんながあなたの家族なんですよ、ギャビー」

「分かっています」

ギャビーは小さな声でそう言い、院長と腕を組み直してみんなが住む修道院のほうへ足を向けた。いよいよそこが彼女の永遠の住まいになるのだ。彼女にとっては重要な決断だった。これで修道院から出る必要もなくなったし、みんなと離れなければならない理由もなくなった。追いだされることは永久になくなったのだ。彼女のささやかな望みがかなえられた。

「あなたなら、すばらしいシスターになれますよ」

グレゴリア院長はにっこりしてガブリエラを見下ろした。

「ええ、一生懸命やります」

ガブリエラも笑みを返した。彼女の顔は幸せで輝いていた。

「それがわたしの望みのすべてですから」

ふたりの女性は腕を組んだまま廊下を歩いていった。ガブリエラは安心の波に体が洗われるのを感じていた。いよいよ望みどおり永遠の住まいを得たのだ。

次の日、夕食の席で院長がガブリエラの決意を全員に伝えた。喜びの声がいっせいに上がった。みんなはおめでとうと言ってガブリエラを抱き、お祝い気分の夕食会になった。自分の部屋に戻ったときのガブリエラは安堵感に浸りきっていた。彼女を修道院から引き離すものは死以外になくなった。その夜、彼女は幸せな気分で寝に就くことができた。

しかし、安眠は夜中の悪夢で打ち破られた。母親の顔が生々しくよみがえった。こぶしの嵐に憎々しげな顔……病院の臭い、なにもできずにドア口に立つ父親の姿まで夢のなかに現われた。夢も昔のままなら、ベッドの端にうずくまる彼女の姿も昔のままだった。

目を覚ましたガブリエラは息を弾ませながら周囲を見まわし、修道院内にいることを知ってようやく安心できた。

シスターがひとり、心配そうに彼女の部屋をのぞいた。ガブリエラが夜中にうなされるのにみんなは慣れていたから特に心配はしていなかったが、うなされつづける彼女のことが気の毒でならなかった。

「あなた、大丈夫？」

シスターは、上半身を起こしているガブリエラにささやいた。ガブリエラは涙を浮かべながらにっこりしてうなずいた。

「起こしてしまってごめんなさい」

しかしシスターたちは彼女の叫び声に慣れていた。ガブリエラは修道院に来て以来、ずっと同じ悪夢を見つづけてきた。しかし、その内容について誰かに話したことも相談したこともなかった。みんなはただ、彼女のうなされ方を見て、どんなにひどい体験をしたのかと推測するだけだった。

ガブリエラはベッドに上半身を起こしたまま、両親のことを考えつづけた。前の日に院長に訊かれたことも気になっていた。

〈わたしはまだ両親のことを想っているのかしら?〉

両親を思いだすことはあっても、いなくて寂しいと思うようなことはもはやなかった。ただ、こういう夜になると決まって考えさせられることがある。

〈わたしはどうして愛されなかったの?〉

自分はそんなに悪い子だったのだろうか? 責任は自分にあるのか、それとも、いけないのは両親だったのか? 被害者は自分なのか? 父母なのか?

〈父母の生活を壊したのはわたしなの?〉

それとも、彼女こそ両親のエゴの犠牲者なのか? 彼女は長い時間考えたが、今夜もその解答は得られなかった。

第八章

ガブリエラは八月にはじまったセント・マシューズ修道院の〝ポスチュラント〟クラスに参加した。いままで見てきたから、やり方はよく分かっていた。服装は質素なものに徹し、髪の毛を短く切った。〝ポスチュラント〟の修行期間は一年間で、それが過ぎると〝ノヴィス〟という見習い僧になる。これからの長い道のりに対する心の準備はできていた。二年間の〝ノヴィス〟の期間を過ぎると、さらに二年間の尼僧としての修行がある。最終的な誓いを立てるのはそれからである。つまり、見習い期間が五年間あるということだ。彼女にとっても一緒にはじめたほかの若い女性たちにとっても、これは決してうんざりするような体験ではなかった。ガブリエラは大学へ進学したときとは比べものにならないほど胸を弾ませていた。長年夢に見てきたことがこれからはじまるのだ。

彼女に与えられる雑用は際限がなかった。しかし、そんなことに慣れていたガブリエラは決して自尊心を傷つけられるようなことはなかった。いままで何年間も人のいやがるような仕事を進んでやってきた彼女だったから、急にやらなくなるのはむしろ気持ちが悪かった。ガブリエラこそシスターになるべくしてなった人だと修道院中でささやかれた。ガブリエラが自分のシスター名を〝バーナデット〟に決めると、さっそくほかのシスターたちは彼女のことをシスター・バーニーと呼びはじめた。

同僚との生活はおおむね楽しかった。ポスチュラントクラスには計八名いて、そのうちの六人は明らかにシスター・バーニーを畏敬の目で見つめていた。バーモント州から来た八番目の女性だけは陰気で口うるさくて、なにかにつけてガブリエラにケチをつけた。ガブリエラが傲慢で先輩修道女たちを敬わないといってポスチュラントクラスの担当部長に訴えたこともあった。

「いいえ、あの子はここにもう十年以上もいて慣れているから、あなたにはそう見えるんでしょう」

部長がそう説明すると、バーモントから来た女性は、あの人は虚栄心のかたまりですと言って訴えを取り下げなかった。

「誓ってもいいです。わたしは見たんです。あの人が窓ガラスに映る自分の顔に見とれているのを」

修道院には鏡はなかった。

「なにか考えごとをしていたのではないかしら？」

「自分の見かけについて考えていたんじゃないですか」

バーモントの女性は不機嫌そうに言った。彼女は魅力のひとかけらもない女性で、六か月前に婚約を破棄されたのが修道院にやってくる動機だった。ポスチュラント指導部長は彼女の決意に少なからず疑念をいだいていた。その点、みんなから認められているガブリエラとは正反対の立場にいた。その年の暮れ、ガブリエラは、前からとりかかっていた〝クリスマス物語〟を完成させた。それを、夜遅く院長のオフィスを借りてひとりで印刷した。

シスターたちがクリスマスの朝ダイニングホールへ行ってみると、おのおのの席に新しい本が一冊ずつ置かれていた。内容のあまりのすばらしさに、〝ノヴィス〟の指導部長は正式に出版すべきだとガブリエラに熱心に勧めるほどだった。

「また自慢したいのね、あの人」

バーモントの女性はまたしてもケチをつけた。他人の気持ちもクリスマス精神も分からない心の狭い女だった。彼女は席を立って自分の部屋に戻るとき、ガブリエラの手づくりの本をこれ見よがしにごみ箱のなかに投げ捨てた。その日の午後、ガブリエラは話しあうためにバーモントの女性の部屋を訪れた。シスターの仲間になれるのがうれしくてたまらないのだとガブリエラが自分の気持ちを話すと、彼女はこう言って因縁をふっかけてきた。

「あなたはみんなに好かれていると自惚れているようだけど、なにか勘違いしてるんじゃない？　ほかの人たちとあなたと、どう違うというの？　文学かなんだか知らないけど、自分の才能を自慢してる時間があったら、もっとまじめに修行したらどう？」

顔につばをかけるような彼女の言葉に、ガブリエラは母親のことを思いだした。母親も口が汚ないだけでなく見当違いなことを言って彼女を苦しめた。ガブリエラは部屋に戻る足で院長室へ行き、マザー・グレゴリアの裁断を仰いだ。

「あの人の言うとおりなのかもしれません。わたしは傲慢で……自惚れているのを自分で気づいていないんです」

院長は言下に否定した。バーモントから来た彼女があなたに嫉妬しているんです、と明瞭に答えた。

それからの三か月間、ふたりの女性の張り合いは〝ポスチュラント〟クラスの名物になった。バーモントの女性は好機を見つけてはガブリエラをやり玉にあげ、彼女と対峙した。どちらかというと気が弱いガブリエラは少しずつ参っていった。彼女が恐れたのは、自分の人間としての本当の欠点が暴かれ、そのために、神に仕えようとしている今の純粋な気持ちが損なわれてしまうことだった。そのことでガブリエラは何度も告白に行き、そのうちに自分の信仰心にも疑問を持つようにさえなった。

〈あの人はわたしの人間としての欠陥を見抜いているのかもしれない〉

春になるころ、ガブリエラは、自分がこの道を選んだのは間違いだったと思うようになっていた。だから、最終的な誓いを立てる前になんとかしなければと、あせりは日を追うごとに増大していった。

バーモントの女性の言動にガブリエラは心から傷ついていた。彼女の薄情なところと、人の好意をねじ曲げるその意地悪さは母親そっくりだった。そこのところがガブリエラの魂を騒がせた。ある夜、彼女は、自分の信仰心に自信が持てないと、格子窓の向こうの神父にはっきりと告白した。

「どうしてそう思うんですか？」

格子窓から聞こえてきたのがいつもの神父の声でないのを知ってガブリエラはびっくりした。

「シスター・アンにいつも非難されるんです。わたしが見栄っ張りで、傲慢で、自己中心主義者だって。わたしは本当にそうなのかもしれません。そんなわたしが清貧を装っても偽善になります。神さまの使いになれるはずがありません。それればかりではなく——」

暗いなかで告白しながら、彼女は顔を赤らめていた。知らない神父だし、どうせ見えないのだからかまわないと思いながら彼女はつづけた。

「はっきり言って、わたしはあの人が憎らしくてたまらないんです」

窓の向こうの神父はしばらく沈黙してから、訊き返してきた。

「いままでも誰かを憎らしいと思ったことはありますか？」

思いがけないやさしい声に、ガブリエラは、どんな顔の人なのか、神父の顔を見てみたいような気がした。

「わたしの両親を憎みました」

ガブリエラが答えるのにためらいはなかった。

「いままでにそのことを告白したことはありますか？」

神父は話の意外さに興味を持ったようだった。

「ええ。修道院に来てから同じことを何度も告白しています」

「どうして両親が憎らしいんですか？」

「わたしをぶつからです」

あっさり言う彼女は、意外なほど単純で正直そうな印象を神父に与えた。修道院に告白を受けに来たのがこれで二度目の神父は、ガブリエラのことを〝ポスチュラント〟であるということ以外なにも知らなかった。

「わたしを実際にぶったのはお母さんのほうですけどね」

ガブリエラは説明をつづけた。

「父はそれを見て見ぬふりをしていたわけですから……やはり大人になってから考えてみて、父のことも憎むようになりました」

ガブリエラがこれほど大胆に告白するのは初めてだった。なぜいまそんなことをするのか自分でも理解できなかったが、底にバーモントの女との暗闘があるのは確かだった。彼女にさんざん苦しめられてはいたが、他人を憎らしいと思う自分がガブリエラは恥ずかしかった。

「自分の気持ちをご両親にうち明けたことはありますか？」

神父の声はとても理知的だった。ただ告白を聞くというよりは、彼女の心の傷を癒してやろうとの気持ちがそこにこもっていた。

「父はわたしが九歳のときに家出して、それ以来、姿を見せていません。ボストンに引っ越したそうです。それから何か月かして、母がわたしを修道院に預けました。彼女もそれっきりです。彼女は六週間リノに行き、再婚したんですけど、新しい生活にわたしがなじまないと思ったようです。でも、それはいろんな意味でわたしにとっては幸せでした。もし、母のもとに戻ったら、いずれ殺されてしまうでしょうから」

格子窓の向こうがショックを受けて沈黙した。

「なるほど」

ガブリエラはそれからのことを洗いざらい告白してしまうことにした。

「シスター・アンの性格はわたしの母にそっくりなんです。だからわたしは彼女が憎らしいんだと思います。あの人はわたしの悪口ばかり言いまわっています……その点も母と同じです……でも、わたしは本当に彼女の言うとおりなんじゃないかと思えてきて」

「あなたはそんな中傷を信じるんですか？」

告白が長くなって、ガブリエラは足が痛みだした。それに、告白室のなかは狭くてとても暑苦しかった。それは神父にとっても同じだった。暗さが暑苦しさを増幅させていた。

「そんな悪口を言いふらすシスター・アンの言葉をあなたは信じるんですか？」

神父はガブリエラの問題に大いに興味を持ったようだった。

「ええ。信じないようにしても、たまにはそうなんだと思ってしまいます。母に非難されたときはいつも母の言うとおりだと思っていました。悪い子じゃなかったら親に捨てられるはずなんてありませんもの。両親に捨てられたんですから、わたしはよっぽど悪い子だったんです」

「親が悪かったということもありえますよ」

神父の低い声はやさしかった。いったいどんな顔をした神父さんなのだろう、とガブリエラは想像せずにはいられなかった。

「罪はあなたじゃなくて、ご両親にあるのかもしれません。同じことがシスター・アンについても言えるのではないでしょうか。わたしは彼女のことを知りませんが、単にあなたを嫉妬してそんな意地悪をしているのかもしれませんよ。あなたが修道院に長くいて、ここの生活に慣れているのが気に食わないんでしょう」

「だとしたら、わたしはどうすればいいんですか？」

ガブリエラは絶望して訊いた。この質問に、神父はハハハと笑った。

「勝手にしろって言ってやりなさい。取っ組み合いをするのもいいんじゃないですか。わたしが神学校で学んでいたとき、どうしても意見の合わなかった同級生とボクシングの試合で決着をつけたことがあります。そうでもしないと解決できないことってあるんですよ」

「それで、試合はどうなったんですか？」

ガブリエラはにわかに興味を持って訊いた。精神分析医のセラピーを受けているような〝告白〟になった。姿は見えなかったが、ガブリエラは神父に好感を持った。神父と対話してガブリエラは心がずいぶん軽くなった。ユーモラスで、思いやりがあって、頭の回転の速い神父だった。

「ボクシングの試合は役に立ったんですか？」

ガブリエラはにっこりして訊いた。

「ええ、大ありでした。わたしはあやうくあの世送りになるところでした。目のまわりにまっ黒いアザをもらってね。でも、それ以来わたしたちは無二の親友になれました。彼からはいまでもクリスマスカードが届きます。彼はいまケニアで伝道しながらハンセン氏病患者の世話をしています」

「シスター・アンの修行期間を短縮して、彼女をその人のところへ追っ払ってしまえればいいんだけど」

ガブリエラは独り言のようにささやいた。こんな軽口をたたき合うなんて大学の学友や教授たちともしたことがなかった。若々しい声の神父はクスクスと笑った。

「あなたから直接彼女に提案してみたらどうです？　でもいけませんね、そんなことを考えるなんて。〝聖母マリアさま〟を三回、心をこめて唱えなさい」

神父はそれまでの軽口から急にまじめな口調になって言った。ガブリエラは罰があまりにも軽いのでびっくりした。

「ちょっと軽すぎるんじゃないですか、ファーザー？」

「文句があるんですか？」

神父はまた軽口に戻った。

「いいえ。ただちょっと驚いただけです。こんな軽い罰は初めてですから」

「あなたには少し休息が必要です、シスター。なにも思い悩まずに、しばらく、あるがままに任せたらどうです？　聞いたかぎりでは、問題はあなたにではなく彼女のほうにあるようです。くれぐれもお母さんと彼女を混同してはいけません。ふたりは違う人間なんですから。他人の言動にわずらわされるのは、もうよしなさい。〝汝、隣人を愛せよ〟です、シスター。では次の告白までその心がけで」

「ありがとうございます、ファーザー」

「あなたに安らぎを、シスター」

ガブリエラは告白室を出ると、懺悔するためにチャペルの奥のベンチ椅子にすべりこんだ。ふと目を開けると、告白室に入っていくシスター・アンの姿が見えた。シスター・アンは長い時間告白室に入っていた。出てきたときの彼女は顔を赤らめ、泣いているように見えた。神父にきついことを言われたのでは、とガブリエラは彼女について言いすぎたことを悔いた。

ポスチュラント指導部長に呼び止められ、ふたりで立ち話をしていたとき、告白室のなかに明かりがつくのが見えた。見ていると、さっきまで話しあっていた神父がドアから出てきた。ガブリエラはその姿にびっくりした。神父はとても背が高く、スポーツ選手のような引き締まった体型をしていた。肩幅が広く、灰色がかった金髪はガブリエラの髪の毛の色とほぼ同じだった。神父は、おしゃべりしているふたりを見るとにっこりした。

「こんばんわ、シスターズ」

神父は足を止めて気軽に話しかけてきた。

「ここのチャペルはなんてきれいなんでしょう」

神父は周囲を見まわしながら修道女たちが誇りにしている教会を褒めた。ポスチュラント指導部長は笑顔で応えていたが、ガブリエラは神父を見ないようにしていた。見まいとしても見ずにはいられない強力なオーラが神父を包んでいた。彼女が幼かったころ、朝鮮から帰ってきたばかりの父親に少し似ているような気がした。

「ここにお見えになるのは初めてなんですか、ファーザー？」

ポスチュラント指導部長が訊いた。

「二度目です。オブライアン神父の代理を務めています。オブライアン神父はいま、大司教に呼ばれてバチカンに出張しています。申し遅れました、わたしはコナーズ神父です。ジョー・コナーズです、よろしく」

彼はそう言って二人にほほえみかけた。

「それはすばらしいことですわ」

指導部長が、オブライアン神父のバチカン出張を指してそう言った。そのあいだ、ガブリエラはひと言も発しなかった。

「あなたは〝ポスチュラント〟ですね？」

ついにガブリエラにお鉢が回ってきた。いま告白した人間であることが声からばれるのを恐れた彼女は黙ってうなずいた。そして、目のまわりを黒くしながら論敵と果たし合いをする青年の姿を神父に重ねあわせた。

「こちらはシスター・バーナデットです」

指導部長はいかにも誇らしげにガブリエラを紹介した。小さいときから可愛がってきたガブリエラは、いまでは指導部長の自慢の生徒になっていた。

「この子は子供のときから修道院にいるんですよ」

指導部長は説明した。

「正式にシスターになることになったんです。この子はわたしたちみんなの誇りです」

握手の手を差しのべてきた神父の目には疑惑の表情があった。にっこりしてその手をとったガブリエラに向かって神父が言った。

「お会いできてうれしいです、シスター」

ふたりは温かい笑みを交わした。

「ありがとうございます、ファーザー。わたしたち、神父さまを引き止めすぎてしまいました」

神父が彼女の声に気づいているのがその目に表われていた。しかし、彼はそのことについてはなにも言わなかった。「ああ、あなたがシスター・アンを憎んでいるポスチュラント」などと言われたら、ガブリエラの立場がなくなる。神父に向けた彼女の笑みはこわばっていた。

「いま長い告白を受けてきましてね」

神父はそれだけ言ってにっこりした。違う場所だったら、どんな女性の心をも溶かしそうな甘い笑みだった。世事にうといガブリエラだったが、だいたい三十歳ぐらいかな、と神父の年齢を推測した。

「でも、罰は軽くしておきました」

神父がそう言ってウインクすると、ガブリエラの顔がみるみる赤くなった。神父にバレバレなのが分かって、ガブリエラはいまにも噴きだしそうだった。

「それはよかったですね。こんな暑い日に長い時間ひざまずいて懺悔するのはつらいですからね。自分がどれほど罪深いか、誰にも分かることです。わたしも罰は短いほうが好きです」

「覚えておきましょう。今度お邪魔できるのは週末です。わたしは大司教が来るときボストンに行かなければならないので、そのあいだはジョージ神父が来てくれます」

「どうぞ、よいご旅行を、ファーザー」

指導部長がにこやかに言うと、神父は礼を言ってその場を去っていった。

「なんていい青年なんでしょう」

指導部長はガブリエラと一緒にチャペルを出ながら軽い口調で言った。

「オブライアン神父がローマへ行ったなんて知らなかったわ。あなたたちの世話で忙しくて、最近わたしの耳にぜんぜん情報が入らないのよ」

ふたりはおやすみなさいを言いあって別れた。ガブリエラはシスター・アンに待ち伏せされていないことを願いながら寄宿舎へ向かった。しかしシスター・アンの姿はどこにもなかった。

階段をのぼるときのガブリエラの頭のなかでは、シスター・アンの亡霊が消え、入れ代わりに、告白を聞いてくれた若い神父がおさまっていた。神父はハンサムなだけでなく、とても利口そうだった。彼と話したおかげで、ガブリエラのシスター・アンに対するもやもやした気持ちがずいぶんすっきりした。そんなことで思い悩むなんてばかばかしくさえ思えてきた。彼女がこんなに落ちついた気分でベッドに入れたのは久しぶりだった。同室のふたりの〝ポスチュラント〟とも明るく言葉が交わせた。

「おやすみなさい、シスター・バーニー」

「おやすみなさい、シスター・トミー……おやすみなさい、シスター・アガサ……」

毎日みなが同じ修道着を着て、こうしてあいさつを交わすことにしみじみと幸せを感じるガブリエラだった。修道院の生活のすべてが愛しかった。これこそが彼女が願っていた生活である。いままであった迷いが彼女の胸からいつのまにか消えていた。彼女がこんな気持ちになったのも、コナーズ神父に告白を聞いてもらってからだ。

ガブリエラはうとうとしながら、コナーズ神父のユーモアや思いやりのある態度を思いだしていた。神父が戻ってくるこの週末にできる告白が楽しみでしょうがなかった。オブライアン神父より彼のほうがずっと告白しがいがあった。

修道院のなかのすべてが彼女の頭のなかで急に正常に機能しはじめた。眠りに落ちるときのガブリエラは幸せそうにほほえんでいた。シスター・アンが母親に似ていると思って以来うなされっぱなしだった悪夢も、その夜は嘘のように現われなかった。

第九章

その週の残りはあっという間に過ぎて、週末がやってきた。おのおのの〝ポスチュラント〟はそれぞれの用事に忙しかった。ガブリエラは庭仕事を買って出ていた。シスターたちがおいしい野菜を食べられるように、夏までにできるだけたくさん種をまいておきたかったのだ。畑仕事をしながら、考えたり、祈ったりすることができた。肉体労働をしているときのほうがガブリエラはいつもリラックスできた。祈りのあとの夜は物書きに精を出した。しかし、最近の彼女は忙しくて、机に向かえる時間がしだいに少なくなっていた。彼女の創作意欲をくじいたのはシスター・アンの悪口である。

「あの人が文才を自慢したって無駄よ。実際に本が売れたわけじゃないんだから」

シスター・アンはそこまではっきり言っていた。だが、事実はちょっと違っていた。ガブリエラ自身、自分に文才があるなどと思っていなかった。ただ文章を書くのが好きなだけだった。読む人を感動させる文章を自分が書けるとは思ってもいなかった。書くことは、社会をのぞく窓にすぎなかった。彼女にとっては肩の凝らない散歩道だったのだ。彼女の文章を読んでほかのシスターたちが勝手におもしろがっていただけだった。しかし、あいかわらずバーモントから来た〝ポスチュラント〟はガブリエラに対して嫉妬深かった。

ガブリエラはその週、コナーズ神父の忠告を思いだしながら、シスター・アンとはできるだけ顔を合わせないようにして過ごした。コナーズ神父は予定どおり週末に戻ってきて、全員の前でミサを行なってから、告白を聞いてくれた。

暗闇のなかでガブリエラの声に気づいた神父は、急に親しげな口調になって彼女の調子を尋ねた。少し気軽で友達のような温かみのある神父の問いかけで告白の厳粛さはそがれたものの、ガブリエラにとっては、安らぎをもたらす儀式であることに変わりはなかった。子供のときから非難されつづけ、彼女自身、罪の意識に苦しむ自分の恐ろしい悪行が許される唯一の機会でもあった。暗闇のなかで魂を休めるとき、自分は決して悪くないのだと思えるところが妙だった。

「シスター・アンとはうまくいっています。彼女のためにもずいぶん祈りました」

ガブリエラは告白のなかで言った。彼女が告白したささいな罪に対して、神父は〝聖母マリアさま〟を五百回唱えなさい、と罰を命じてから、彼女を解放した。

全員の告白を聞き終えたあとで、神父は食堂に立ち寄った。修道女たち全員が朝食をとっているときだった。グレゴリア院長のテーブルでコーヒーを飲んだ神父は、ガブリエラを見つけて気軽に手を振った。ガブリエラも自分の席から笑みを返した。神父をあらためて見ると、前に見たときよりも父親に似ているのがとても不思議だった。大柄で父親より明るい感じだが、なぜかガブリエラには懐かしい気がしてならなかった。

その日の午後、庭仕事をしていたとき、シスター・アンが突然変なことを言いだした。

「あなた、コナーズ神父のことをシスター・エマニュエルにちゃんと話した？」

シスター・エマニュエルとは〝ポスチュラント〟の指導部長のことである。シスター・アンがなんのことを言っているのかさっぱり分からず、ガブリエラは地面から顔を上げてけげんな顔をした。

「コナーズ神父のこと？」

ガブリエラはポカンとした顔で訊いた。

「神父さまがどうしたの？」

「あなたたちこのあいだ親しそうに話していたでしょ？　今朝も食堂でいちゃついていたじゃないの」

最初ガブリエラは、彼女が冗談を言っているのかと思った。実際、冗談以外ではありえなかった。まったくいわれのない非難だった。ガブリエラはただ笑って、バジルの畝の手入れに戻った。

「あまり驚かさないで」

彼女はそう答えると、ジョークの件はその時点で忘れた。だが、次に顔を上げたとき、シスター・アンの目を見てギクッとなった。

「冗談じゃないのよ。シスター・エマニュエルに告白しなきゃダメじゃないの、あなた」

「変なこと言わないで、シスター・アン」

ガブリエラの口調には当惑の響きがあった。ガブリエラをいじめるために、シスター・アンはこうして次々に新手を編みだしてくる。しかし、今回だけはガブリエラは響かなかった。

「神父さまとは告白のときに話しただけよ」

「嘘つきなさい、知っているくせに」

バーモントの〝ポスチュラント〟は口調も意地悪かった。挫折の果てに修道院に逃げこんできた女まる出しだった。彼女の最後の挫折は、結婚式の一週間前に幼なじみの婚約者に逃げられたことだった。彼女がピリピリしているのは誰の目にもあきらかだった。

「食堂で神父さまはあなたをちらちら見ていたわ。いいわよ、あなたが告白しないなら、わたしが行ってシスター・エマニュエルに報告するから」

ガブリエラはすっくと立ちあがると、怒りの表情でシスター・アンを見下ろした。

「あなたは神に仕える神父さまを非難するつもり？　あの人はミサを行ない、わたしたちの告白を聞くためにここにいらっしゃっているのよ。神父さまをそんなふうに考えるなんて罪だわ。あなたはわたしを侮辱するだけでなく、神父さまの信仰心をも疑っているのよ」

「神父さまも結局は男よ。男が考えることはみんな同じ。そういうことはあなたよりもわたしのほうが詳しいのよ」

その点、彼女の言うことは正しかった。修道院内で青春時代を過ごしたガブリエラはまったくの世間知らずだった。一方、シスター・アンは、結婚したも同然の関係をつづけていた婚約者に逃げられてしまったのだ。男の裏表を見せられた彼女は、純真無垢なガブリエラが憎らしくてたまらないのだ。

「どうぞシスター・エマニュエルに言いつけてください。どうせあなたの考え方がいやらしいって言われるでしょうけどね。神父さまに対してそんなことを考えるなんて、わたしには及びもつきません。もうちょっと人を信じたり、慈悲の気持ちを持つべきじゃない？」

仕事に戻ったあともガブリエラは怒りがおさまらなかった。庭仕事をしながら、ふたりはそれっきりひと言も口をきかなかった。やがて、シスター・アンはテーブルをセットするために食堂へ行き、ガブリエラは畑に残って作業をつづけた。

畑仕事を終えてから部屋に戻り、手を洗い、午後の祈りをささげると、ガブリエラはようやくいつもの落ち着きを取り戻すことができた。もしシスター・アンに言われたことにいつまでもこだわっていたら、爆発してしまいそうだった。よりによってコナーズ神父を中傷するなんて、見当違いもはなはだしかった。彼こそ、献身的で、やさしくて、キリストの愛を体現している神父さまだ。そんな人を〝いちゃついている〟と非難するなんて、いったいどういうつもりなのだろう。

その週の残りの日々は何ごともなく過ぎていった。ガブリエラもコナーズ神父のことは次のミサで会うまで忘れていた。ミサのあと、神父は庭での昼食会に参加した。日差しの明るい暖かい日曜日だった。ガブリエラは庭で刈った椰子の葉を手にしていた。そこに昼食を終えた神父がやってきて、気軽な口調で声をかけてきた。

「こんにちは、シスター・バーナデット。畑仕事に精を出していたそうですね。ハーブやトマトがよく育っているじゃないですか。収穫のときは、ぼくたちのセント・ステファン教会にもおすそ分けしてくださいね」

彼の目は四月の空同様に青く澄んでいた。彼女が見上げると、神父の目が笑っていた。ガブリエラは無邪気に笑みを返した。

「そんなこと誰に聞いたんです?」

「シスター・エマニュエルが言っていましたよ。野菜づくりは修道院であなたが一番だって」

「分かっています。それがわたしを何年もここに置いてくれている理由なんです」

ガブリエラは冗談でそう言った。ふたりは話をつづけながら、目的もなしに庭を歩きはじめた。

「理由はほかにもあるんじゃないんですか？」

彼女はみんなから好かれていた。セント・マシューズ女子修道院に何度か足を運んだだけで神父はそのことを感じていた。ふたりは畑のところまでやってきた。育っている作物を見れば彼女の丹精ぶりがひと目で分かった。ガブリエラにはルックスやしぐさを超えた気品があった。誰にも好かれる人間的な温かみや静かなやさしさがあった。まさにいま咲き誇る花のように美しかった。しかし彼女自身は自分のルックスについてはまるで無頓着だった。神父であっても、美を愛でる気持ちはほかの男性と変わりはない。思わず魅せられてしまう点で、彼女は値のつかない名画や彫刻と同じだった。しかし、彼女には名画にもない輝きがあった。内面からにじみ出る輝きだった。それを神父は信仰心のなせる業だと思うことにした。

ガブリエラは、栽培している野菜やハーブの種類を神父に説明した。

「今度の夏の収穫のときはおすそ分けしますけど、もしご希望があれば、いまからでも植えられます。あそこを見てください。全部イチゴなんですよ」

彼女はイチゴ畑を指さした。

「去年の夏はいい実をつけて、とってもおいしかったんですよ」

神父はオハイオの子供時代を思いだして思わず顔をほころばせた。

「子供のときにしたブラックベリー摘みを思いだしますよ。セント・マークスに帰ってきたときは体じゅうが紫色に染まっていました」

神父は笑ってつづけた。

「帰りにブラックベリーの実を食べすぎて、一週間寝こみましたよ。食いしん坊に対する神さまの罰だってブラザーたちに言われたんだけど、おいしかったので、つまみ食いはそれからもやめられませんでした」

「寄宿学校に入っていたんですか？」

《セント・マークス》とか《ブラザーズ》という言葉を聞いて彼女はそう思った。人見知りをするガブリエラだったが、なぜか不思議に神父とは話が弾んだ。二日前にシスター・アンから言われたひどいこともすっかり忘れていた。

「まあ、寄宿学校みたいなものでしたよ」

神父は笑みを絶やさずにつづけた。

「わたしは十四歳のときに両親に死なれて、引き取ってくれる親戚もいなかったから、フランシスコ教会が運営している町の孤児院で育ったんです。みんなにかわいがられて、とってもいい思い出でした」

そのときのことを思いだすかのように、神父の笑みはつづいていた。

「わたしも十歳のとき、母にここに連れてこられたんですよ」

ガブリエラはそのことを早く神父に教えたい気持ちで言った。

「それはまた珍しいことですね」

神父は告白で聞いて、彼女の母親の異常さは知っていた。折檻がひどかったことも聞いていたから、修道院に預けられたことが彼女にとってはよかったのでは、と思って訊いた。

「お母さんがあなたをここへ預けたのは経済的な事情からですか？」

「いいえ、違います」

ガブリエラは静かに言った。

「母は再婚したんです。新しい生活にわたしが邪魔だったんだと思います。その一年前に父親は家を出て、ほかの女性と一緒になっていました。母はわたしの欠点をいつも父親にこぼしていました。わたしが原因で家族みんながうまくいかなかったんです」

彼女が沈んだ声で言うのを、神父は同情の面持ちで見守っていた。

「自分の責任だとあなたは本当に思っていたんですか？」

いやでも興味をそそられる話だった。神父は彼女を励ましてやりたくて、もっと詳しく聞こうと思った。

「ええ、わたしが悪いと自分でも思っていました……子供ですから、母に言われたことは信じます……もし母のほうが間違っていたら、父が口出しするなりして止めてくれたはずです。彼はそうしなかったわけですから、わたしは自分の罪を受け入れようと努力していました。とにかくふたりはわたしの親なんですから」

「それは気の毒な子供時代でしたね」

ガブリエラは神父を見上げてにっこりした。十年も前のことだから、そう言われても彼女にはあまりピンとこなかった。

「ええ、たしかにそうですけど、でも十四歳で孤児になるのも大変なことでしたね。ご両親は交通事故にでも遭われたんですか？」

友達同士のように語りあうふたりは、心を開いた気軽な対話に時の経つのも忘れていた。誰かとこんなに夢中になって話すなんてガブリエラには珍しいことだった。

「いいえ」

彼は説明した。

「父は心臓発作で急死したんです。まだ四十二歳の若さでした。その三日後、母は自殺しました。当時のわたしはまだ若年で、よく理解できなかったんですが、母は悲しみに打ちのめされて死ぬしかなかったんでしょう。でも、もしあのとき、ちょっと誰かが相談に乗ってやったら、あんなことにもならなかったんだろうとそれが悔しくてならないんです。わたしが神父の道に進むことにしたのもそれが動機なんです。人間が生きていくのに慰めは欠かせません」

ガブリエラはうなずいたが、どんなカウンセリングが母を変えられるだろうかと疑問に思わざるをえなかった。神父の話はつづいていた。

「わたしは何年も母のしたことを許せませんでした。でも、大勢の相談を受けているうちに、わたしの気持ちも変わりました。惨めな状態から抜けきれずに、もがき苦しんでいる人たちがたくさんいるんです。しかも、周囲の人たちは無関心だから、誰にも相談することができずにいるんです」

「シスター・アンもきっとそうなんですね」

彼女がにっこりして言うと、ふたりは声をあげて笑った。家族とともに俗世間を突然失ったふたりには、ほかにも共通点がいろいろあった。

「それで、いつ神父さんになろうと決心したんですか？」

ふたりはゆっくりした足取りで庭のほうに戻りはじめた。

「決めたのは十五歳のときです。だから、ハイスクールから直接神学校に進みました。いままでも正しい選択だったと思っています」

ガブリエラは恥ずかしそうににっこりした。彼があまりにハンサムなので、ローマン襟の神父服が浮いて見えた。

「じゃあ、がっかりした女の子がたくさんいたんでしょうね」

「いいえ、そんなことはありませんでした。ガールフレンドを持ったことは一度もないんですよ。男子だけの孤児院だったし。その前はまだ幼かったから、恥ずかしがり屋でね。だからわたしは神父には向いているんです。この道に入ったことに疑問をいだいたことはありません」

「わたしも同じです。一度決心してからは、考えは変わりませんでした」

ガブリエラはまじめになって言った。

「ここに連れてこられてから、神さまのお告げとか、献身とかいう言葉をよく耳にしていましたから。シスターになるのはわたしにとって自然のなりゆきだったんです。ほかの世界に生きる自分は考えられません」

神父は彼女の気持ちがよく分かってうなずいた。この道に進むために生まれてきたようなふたりだった。

「でも、あなたの場合、最終的に誓いを立てるまでにまだ考える時間があるじゃないですか？」

彼は急に神父らしい口調に戻って言った。しかしガブリエラは首を横に振った。

「考える必要なんてもうありません。大学に通っていたときに感じていたんです、俗世間には住めないって。わたしには厳しすぎます。どう振る舞ったらいいか分からないんです。だからわたしは男性とデートしたこともないんですよ。もし男性と話なんかしたら、なにを言っていいのか分かりませんもの」

いま男性と夢中になって話していることも忘れて、彼女は神父にほほえんだ。

「それにわたし、子供は絶対持たないつもりなんです」

神父はおやっと思った。彼女から聞いた話のなかで唯一引っかかる言葉だった。しかも、そう言ったときの彼女はとても恨めしそうだったので、神父はその点が気になった。

「それはまたどうしてなんですか？」

神父はぜひその理由を聞きたかった。

「わたしは子供のときにそう決めたんです。自分が母みたいになるのが怖いんです。母の娘ですから、もしそんな性格を受け継いでいたらどうしようもありませんもの」

「それは愚かな心配というものですよ、シスター・バーナデット。母親の問題点をあなたが受け継いでいるとはかぎりません。子供時代にひどい仕打ちを受けながら、立派な親になった男女は大勢います」

「でも、そうならなかったら？　近くの修道院に行って子供を捨ててこいっておっしゃるの？　わたしは新しい命にそんな苦しみを与えたくありません」

「お母さんに去られたときはつらかったんでしょうね」

神父は、母親の死体を見つけたときのことを思いだしながら言った。どんなに祈っても、どんなに神に仕えても、あの日のことは忘れられない。母親はナイフで手首を切り、バスタブの血だまりに沈んでいた。丸裸の母親を見るのも初めてだった。父親のカミソリを使ってスパッと切った手が皮一枚でぶら下がっていた。

「ええ。つらかったわ」

ガブリエラは沈んだ声で答えた。

「でも、ひと安心したのも事実です。ここにいたほうが安全だと分かったから。グレゴリア院長はわたしの命を救ってくれたんです。ずっと母親代わりをしてくれてね」

「あなたがシスターになると決めて、院長はとても喜んでいるそうですよ。あなたならすばらしいシスターになれますよ。あなたにはその資格がある」

神父は確信しているようだった。

「ありがとうございます、ファーザー。資格があるのは神父さまも同じですわ。お話できて、とてもためになりました」

彼女は顔を少し赤らめながら言った。みんなのところに帰るころ、彼女はいつの間にかいつもの恥ずかしがり屋に戻っていた。

「では、気をつけて、シスター」

ふたりは笑みを交わして別れた。神父は自分の荷物をとるために建物のなかに入っていった。彼にとっても、いい日曜日になった。この修道院にやってきてシスターたちと会話を交わすのが彼の楽しみになっていた。私心なく病院で働き、あるいは、危険をかえりみずにボランティア活動に就く彼女たち。そんな奉仕の精神にあふれたシスターたちと触れあうと、神父は純粋な気持ちになれて自分の道に邁進する力が涌いてくるのだ。

〈ミス・バーナデットはどんなシスターになるのだろう?〉

彼女が大勢の人の励ましになってくれるのは想像に難くなかった。とくに子供たちを幸せにしてくれるだろう。グレゴリア院長にあいさつして修道院を去るときも、神父はまだガブリエラのことを考えていた。そのころガブリエラは、ふたりのポスチュラントと一緒にキッチンの床磨きに精を出していた。シスター・アンの近くに行ったときも、彼女の憎々しげな視線は見ないようにして通りすぎた。気づかずにいたことがひとつあった。一時間前、若い神父と庭を歩いているところをグレゴリア院長に見られていたのだ。グレゴリア院長は執務室の窓から談笑するふたりを心配そうな目で見つめていた。若くて無邪気で、人目をふり返させるほど目立つふたりには、共通点がいっぱいあるのだ。

グレゴリア院長はふたりが別れたのを確認してから、机に戻り、椅子に座ったまましばらく考えた。しかし、夕方、ガブリエラに会ったときはなにも言わなかった。ガブリエラはあいかわらず愛らしくて生き生きしていて、とても幸せそうだった。彼女のことを心配するのは愚かしく思えた。にもかかわらず、彼女が窓から目撃した光景にはなにか胸を騒がすものがあった。

次の週、別の神父が来て、コナーズ神父は修道院にやってこなかった。出張とかで、告白を聞きに戻ってきたのはイースターの土曜日だった。ユーモアがあって軽く受け答えするコナーズ神父の来院は人気があって、彼が戻ってきたのをシスターたち全員が喜んだ。

シスター・エマニュエルが彼のことを話題にしてノヴィスの指導部長と話していたとき、当の彼がふたりの前に現われた。

「あらまあ、ファーザー・コナーズ！　明日はどうなさいます？　わたしたちと一緒に昼食をとられますか？」

ノヴィスの指導部長、シスター・イマキュラタがシャイな笑みを浮かべて訊いた。かつては花も恥じらうほどの美人だった彼女も、修道院に四十年間もいて、いまはおばあちゃんである。

「ええ、ぜひお邪魔したいですね」

神父はふたりに笑顔で答えた。ふたりの老シスターは修道院のなかでも特に目立つ存在だった。彼女たちの輝いた目、シャイでひかえめな笑み、その鋭いウィットは神父をときどきギクッとさせる。世間のストレスを受けていないその顔はとても安らかだ。神父が経験したようなちまたの悲劇を知らないからだろう。

「今年はポスチュラントとノヴィスの子たちがイースターの昼食をつくるんですよ。昨日の夜から一生懸命やってますわ」

シスター・エマニュエルが自分の率いるグループを誇りに感じながら説明した。ポスチュラントたちはターキーやハムや、畑から採れるさまざまな野菜類を使って、朝早くからごちそうを作っていた。

「それは楽しみですね」

神父は明日、別の三人の神父と一緒に修道院にやってくることになっていた。その日に家族を招待している修道女たちも大勢いた。今年は気候がいいので、院長はテーブルを庭にセットすることに同意していた。

「わたしもなにか持ってきましょうか？　教区の人からいいワインをたくさんもらったんですよ」

「ええ。それは助かりますわ」

シスター・イマキュラタが目を輝かせた。おいしいワインがあればお客さんに喜んでもらえるだろう。修道女たちがワインを飲むのはグレゴリア院長に禁止されている。例外として、家へ戻ったときは、家族と一緒ならかまわないことになっている。だが、修道院を訪れる神父たちは、マザー・グレゴリアの特別な計らいでなんでも自由に飲めるのだ。

「お気を使ってくれてありがとうございます」

次の日、コナーズ神父は車のトランクいっぱいに上質のカリフォルニアワインを積んで、イースターのミサを行ないにやってきた。

彼はボトルをおさめたケースを軽々と持ちあげ、キッチンまで運んできて、ワインの管理を年上のシスターたちに託した。広いキッチンのなかではノヴィスのシスターたちが忙しそうに動きまわり、よだれが出るほどおいしそうなにおいが辺りに漂っていた。神父のお腹はミサをはじめる前からグーグー鳴りだした。

その日はほかの三人の神父たちも一緒にミサを祝った。礼拝堂はシスターやその家族たちであふれかえっていた。そこいらじゅうに子供たちの姿があった。長い四旬節の季節が過ぎて、祭壇のうしろのキリスト受難像のベールもとり除かれていた。祝いの時である。ミサのあと、修道院じゅうが盛りあがった。庭では談笑の輪があちこちにできていた。グレゴリア院長は来客にあいさつしたり、昔からの友人たちと握手したりして大忙しだった。若い修道女たちがトレーにのせたごちそうを運びはじめた。そのなかにガブリエラの姿もあった。彼女はシスター・アガサとふたりでハムを盛った特大の皿をキッチンから運びだすところだった。コナーズ神父がそれを見つけて、ふたりに手を貸した。神父は造作もなくふたりから大皿をとりあげると、それをごちそうが並ぶロングテーブルの上に置いた。長い時間かけて用意されたターキーが四皿、いろいろな種類のハム、ビスケットもあったし、ペストリーも、コーンブレッドもあった。それに、あらゆる種類のサラダと、何種類ものパイ、ホームメイドのアイスクリームもあった。

「ワーオ！」

神父はお腹をすかした子供のように歓声をあげて、ごちそうの山に目を丸くした。

「ここのご婦人方はごちそうの作り方を知っていますね」

神父の表情を眺めるシスター・エマニュエルは、自分の預かるシスターたちが誇らしげだった。

来客たちはくつろいだ様子で食事を楽しんでいた。ガブリエラがアップルパイをかじっているところに、コナーズ神父がやってきた。マザー・グレゴリアや年配の修道女たちと話してきたあとで、彼はとてもにこやかだった。学識のあるマザー・グレゴリアとの会話には触発されるものが多かった。院長のほうも、セント・ステファン教会に赴任してきたばかりの若い神父と知り合うのは心からの喜びだった。それまでのコナーズ神父は、ドイツの教会に勤め、そのあとは六か月ほどバチカンで働いた経歴を持っていた。

「それにバニラのアイスクリームをのせて食べたらおいしいのに」

神父はガブリエラにそう勧めながら、自分では、手に持っている溶けかかったアイスクリームにかぶりついていた。

「ううん、おいしい！　ここのご婦人方の腕前だったら、店も出せるね。教会のためにひと儲けできそうだな」

ごちそうを喜ぶ神父を見てガブリエラはにんまりした。

「レストランの名前は《マザー・グレゴリアズ》でどうだろう？　院長もきっと喜ぶぞ」

神父は半分本気で言っていた。

「それとも、簡単に《シスターズ》でもいいかもしれないな。古い教会を改装した、そういう名前のナイトクラブが街にオープンしたそうだ。そこでは昔の祭壇をバーに使っているらしいよ」

そんな話をするだけでも神に対する冒瀆と取られかねなかったが、ふたりには笑い話にすぎなかった。

「子供のときのわたしは踊りが好きだったんだ」

神父は二つ目のパイにかぶりつきながら言った。

「あなたはどうでした？　踊りに夢中だったのかな、シスター・バーナデット？」

神父は幼なじみに語りかけるような親しさで訊いた。ガブリエラはにっこりして首を横に振った。

「踊ったことはありません。わたしは十歳のときから修道院にいるんです」

神父はそんなことは知っていた。

「両親がパーティーを催したとき、お客さんたちが踊るのを見るのが好きでした。でも、自分ではフロアに下りていけなくて、いつも階段の手すりから眺めていたんです。みんなはおとぎ話の王女さまや王子さまのように素敵に見えて、大人になったら自分もああいうふうになりたいとあこがれたものです」

以後、自宅がどうなったのか、あのきれいな家具類がどうなってしまったのか、ガブリエラには知る由もなかった。母親が売っ払ってしまったのか、それとも、新しい家庭に持っていったのか、あれから何年も経ったが、ガブリエラにはなにも知らされていなかった。

「シスターは子供のときはどこに住んでいたんですか？」

神父はガブリエラのことを知りたいらしく、取ってきたアイスクリームを彼女が食べているパイの上に載せてやりながら訊いた。

「ありがとう」

ガブリエラは目を閉じて、アイスクリームの載ったアップルパイを味わった。それから、目を開けてにっこりした。

「ううん、おいしいわ……ニューヨークに住んでいましたよ。ここから二十ブロックほど離れたところです。あの家はいったいどうなってしまったんでしょうね」

「見に戻ったことはないんですか？」

自分ならそうするのにと思って、神父はガブリエラの行動が解せなかった。

「コロンビア大学に通っていたとき、そういう気になったこともあるんですけど……」

ガブリエラは大きな目を見開いて肩をすぼめた。彼女の目の色は、神父の目の色とほぼ同じだった。

「思い出がたくさんあって……かえって見るのが怖いんです」

彼女は、いやな思い出がよみがえるのがいやだったのだ。

「じゃ、よかったら、いつかぼくが車に乗せて連れていってあげましょう。住所を教えてくれたら、とりあえずは、どうなっているか見ておきますよ」

「それはご親切にどうも」

神父が彼女に代わって悪魔と向かいあってくれるという。そのぐらいならマザー・グレゴリアにも怒られないだろう。

「神父さまは昔自分がいた孤児院を訪問することはあるんですか？」

「たまにはね」

神父はアップルパイの残りを飲みこみながら言った。

「わたしの両親の家はいまは駐車場に変わってしまいました。親戚がいなかったので、わたしの子供時代の体験はすべてセント・マークスでの生活にかかわっています」

家庭が不幸だったという共通点を持ったふたりには、語るべき過去はあまりなかった。胸のうずく記憶に、破れた夢。心の傷は癒えなくても、ここまで生きてこられたことに対してふたりとも神に感謝していた。教会に救いを求めたふたりは今、セント・マシューズ修道院の庭に並んで立ち、夕日を顔に受けて、いかにも心地よさそうだ。彼を見上げてガブリエラは思った。〈こんなハンサムな人が俗世間を捨てて神に仕えるなんて。後悔はしていないのかしら？〉

若いポスチュラントを見下ろしている神父も、彼女について同じように感じていた。

来客たちと話しこんでいるシスターたちを眺めながら、ふたりは同じ思いにとらわれていた。ふたりとも、一緒に生活しているシスターたちや神父以外に知り合いはひとりもいないのだ。

ふたりはしばらくおしゃべりを続けた。

「なんか妙な気持ちになりませんか」

神父は静かに言った。

「家族がひとりもいないって。休みが来るたびにわたしはずいぶん寂しい思いをしましたけど、それも二、三年のあいだで、そのあとは慣れました。セント・マークス孤児院のブラザーたちは皆いい人たちで、神学校から帰宅するときのわたしはいつもヒーローのような気分を味わうことができました。セント・マークスの院長のブラザー・ジョセフはわたしにとって父親代わりでした」

ミサや告白の行事はさておいて、この疎外感と孤独感が、ほかの人には入り込めない、ふたりを結ぶもうひとつの共通点だった。

「初めてここに連れてこられたとき、もう折檻を受けなくてすむことがうれしかったんです」

ガブリエラは小さな声で言った。神父には考えられないことだった。ただし、病院で奉仕活動をしていたとき、同じような目に遭わされて怪我を負った子供たちを何人も見てきたから、子供を虐待する親が本当にいることを神父はよく知っていた。

「ずいぶんひどいことをされたのかな？」

ガブリエラのつらさを思いやって神父はやさしく訊いた。ガブリエラは昔を思いだして、黙ってうなずいた。彼女の目は遠くを見つめたままだった。

「ええ、たまには――」

ガブリエラはようやく聞こえるようなささやき声で言った。

「一度、病院に運ばれたこともあります。病院ではみんながやさしくしてくれて、家に帰るのがいやになりました。でも、母にぶたれたことは誰にも話しませんでした。家のことは秘密にしなければならないと思って、いつも嘘をついていたんです。もし話したら、母に殺されるのではと、それも怖かったんです。もっとも、あのまま行ったら、本当に殺されていたかもしれません。あの人はわたしのことが憎くてしょうがなかったんです」

ガブリエラは親友になったような気持ちで神父を見上げた。子供時代の境遇がこれほど似ているとは！　黙っていても、似た者同士の魂は、お互いを抱きあって離さなかった。

「あなたのお母さんはきっとあなたに嫉妬していたんですよ」

コナーズ神父はそう分析した。その前に彼は、自分のことをファーザー・ジョーと呼ぶように言うと、ガブリエラのほうは、みんなからはシスター・バーニーと呼ばれているが自分の本名はガブリエラだと教えていた。

神父の分析にガブリエラはピンとこなかった。

「子供に嫉妬する母親なんているでしょうか？」

神父を見つめる彼女の目は、記憶と、それに対する疑問で曇っていた。

「そういう人もたまにいるんですよ。それにしても、あなたのお母さんは少し変でしたね」

〝少し変〟どころではなかったことをガブリエラがいちばんよく知っている。神父はさらに訊いた。

「お父さんはどういう方だったんですか？」

「さあそれが、わたしにもよく分からないんです。見たところは神父さんによく似ています」

ガブリエラは神父を見上げてにっこりした。

「少なくとも、わたしが覚えている父はそうでした。彼は母が怖かったんです。一度も止めようとせず、いつも見て見ぬふりをしていました」

「お父さんはきっと罪の意識に苦しんでいるな。家出したのもそのためかもしれませんよ。きっと直視できなくなったんでしょう。人間というのは、自分の手に負えなくなると、おかしな動きをするものですよ」

その言葉に、ふたりとも、神父の母親が自殺した件を思いだしていた。しかしガブリエラは神父を悲しませたくなかったので、そのことについてはなにも訊かなかった。

「いつかお父さんを訪ねて、そのことを話すべきだと思うな」

ガブリエラもたまにそう思うことがある。だが、父親がそんな話をするとは思えなかった。それに父親を訪ねるといっても、どこを捜せばいいのかガブリエラには見当がつかなかった。知っているのは、十二年前に彼がボストンに引っ越したということだけだった。

「父はわたしがこの修道院にいることも知らないんでしょう。母がわざわざ父に教えたとは思えません。そのことでマザー・グレゴリアと何度も話しあったんですが、そのたびに院長は、過去は忘れて未来に生きなさいと教えてくれるんです。わたしもそのとおりだと思います。父は家出してから、電話もかけてこなければ、手紙をよこしたこともありません」

ガブリエラの目は悲しそうだった。両親に負わされた彼女の心の傷はまだ癒えていなかった。

「お父さんは連絡したくても、お母さんに邪魔されてできなかったんじゃないのかな」

神父にそう言われて、気休めに笑ったが、ガブリエラは院長の言うことが正しいと思った。彼女は普通の人とは違う星の下に生まれたのであり、時として亡霊のようによみがえる過去とは決別すべきなのだと。

「それで、彼女はいまどこに住んでいるんですか？」

神父は彼女の母親を指して訊いた。

「サンフランシスコでしょう。寄宿費用を打ち切るまではあそこにいましたから」

彼女が両親に捨てられたことに神父はまだ驚いていた。一度も連絡せず、一度も会いに来ないなんて信じられないことだった。実の親がどうしてそんなことができるのか、ガブリエラに起きたことは彼の理解を遠く超えていた。

「いずれにしても、あなたはここにいて幸せですよね。必要とされているし、みんなからは好かれている。グレゴリア院長もいずれはあなたに後を継がせたいと思っているんじゃないですか？　名誉なことですよ。まあ、いろいろあったけど、あなたもわたしもよくここまでやってきましたよね」

神父はにこやかに言ったが、目を合わせたふたりの頭の中は、お互いが乗り越えてきた山の険しさと、残してきたものの大きさに思いをはせていた。神父は彼女の手をポンポンとやさしくたたいた。ガブリエラはちょっとびっくりした。神父の手は硬くて、力強くて、その点も父親に似ていた。ガブリエラが男性と触れあうのは家にいたとき以来である。父親を思いださないわけにはいかなかった。彼女の苦悩を察してか、コナーズ神父はゆっくりと立ちあがった。

「そろそろ同僚の酔いぐあいを調べたほうがよさそうだな。セント・ステファンに連れ戻さなきゃならないから」

修道女に囲まれながら酔いつぶれている神父たちの図を想像してガブリエラは笑った。

「みんなまだ元気そうですよ」

ガブリエラも立ちあがって、周囲を見まわしながら言った。三人の神父のうち、ふたりはマザー・グレゴリアと話しこんでいて、残りのひとりは知り合いの来客と談笑していた。シスター・エマニュエルはポスチュラントに指図してキッチンの後片づけをはじめていた。家族連れの客たちはみな幸せそうだったが、疲れてきてもいるようだった。楽しいイースターの休日だった。特にガブリエラにとっては、コナーズ神父と親しく話せたことがうれしかった。

「こういう話、わたし、まだ誰ともしたことがなかったんです」

別れぎわにガブリエラは神父に言った。

「でも、いまでも話すのが怖いんです」

「いつまでも怖がっていてはダメですよ」

神父は忠告した。

「みんな昔のことで、あなたはいまここで安全なんだし、もう過去に戻ることはないんですから、安心しなさい」

まるで彼女をやさしく介抱してやるような神父の思いやりのある言葉だった。

「また告白室で会いましょう」

そう言って、神父は口を曲げてにっこりした。

「シスター・アンのことを気にしちゃダメですよ」

神父はおもしろがるように言った。彼女と話していると自分がずいぶん年上に思える彼だった。まだ二十一歳のガブリエラは極端に世間知らずだったし、十歳年上の彼の方がはるかになんでも知っているように思えたからだ。

「神父さまにこうして話したことをまたあの人にいろいろ言われそうです」

ガブリエラはちょっとうんざりしたような顔で言った。実際に、彼女はシスター・アンの執拗な非難に辟易していた。

「こんなことでなにか言われるんですか？」

神父はあきれた顔をした。

「あの人はなにか言いたくてしょうがないんです。先週はわたしが書き物をすることにケチをつけました。祈りをささげるべき時間に机に向かっていると言って。でも、わたしにはぜんぜん心あたりがないんです」

「彼女のことを祈ってやりなさい」

神父は簡単にそう言った。

「そのうち彼女も飽きるでしょう」

ガブリエラはうなずいてから、ジョー神父の話し相手をシスター・エマニュエルに任せ、自分は早足でキッチンのなかへ入っていった。

洗わなければならない食器類が山になっていた。床にも、目も当てられないほどいろいろなものが散らかっていた。ガブリエラがキッチンに足を踏み入れたとき、シスター・アンは何かにかかずらっていて、ふたりは目を合わせずにすんだ。ガブリエラはエプロンをはおり、腕まくりすると、スチールたわしと洗剤のボトルを手に、油だらけの食器類の山に立ち向かっていった。

片づけるのにたっぷり一時間かかった。そのころ、客が帰ったあとの食堂のホールでは、年配の修道女たちが集まって雑談をしながら、昼食会でのノヴィスやポスチュラントの働きぶりを褒めたたえていた。

ジョー神父も自分の教会に戻っていた。自室の窓から外を見つめる彼の表情は妙に深刻そうだった。

第十章

次の二か月間、ガブリエラは毎日雑用をこなし、ミサに出席したり、必要な勉強をしたりで忙しかった。畑仕事にも精を出し、新しい物語もひきつづき書いていた。今度のは長編で、それをひろい読みしたグレゴリア院長は、だんだん小説らしくなってきたと言って褒めた。頭もよくて働き者のガブリエラは院長の秘蔵っ子と言ってよかった。シスター・アンでさえ、最近はなにも言ってこなくなった。

ニューヨークの気温はすでに夏の暑さになり、六月もこの時期になると、年老いた修道女たちは、避暑のためにキャッツキルの姉妹修道院へひきこもるのが習わしである。若い修道女たちはニューヨーク州に残り、マーシー病院やサマースクールで奉仕活動をつづける。しかし、ポスチュラントやノヴィスたちは修道院から出ることを許されない。暑い夏の期間も例外ではない。

グレゴリア院長も修道院に残って陣頭指揮をつづけていた。彼女が最後に休暇をとったのはもうずっと昔のことである。休暇をとるのは老人の特権、と院長自身は思っていた。

外国で奉仕活動をつづけているシスターたちの一団がニューヨークにやってきて、セント・マシューズ修道院で宿をとることになった。ガブリエラは彼女たちの語るアフリカや南アメリカの話に魅せられた。わたしもいつかあの人たちに参加したい、と思ったものの、気分を害されそうで、グレゴリア院長には言えなかった。そのかわりに、海外奉仕団のシスターたちの話に耳を傾け、彼女たちが立ち去ったあと、それをまとめて短編物語に書きあげた。物語を読んだシスター・エマニュエルは感動して、ぜひ出版しなさいと勧めてくれた。しかし、ガブリエラがものを書くのはいつも自分を満足させるためだった。ものを書くことで彼女は自分を解放できるのだ。だから、あらためて机に向かって物語を書くという仰々しさはまるでなく、自分の体に涌いてくる気持ちをノートの上に発散すると言ったほうが正しかった。また、なにか書くに際して、彼女には自己主張という概念がなく、自分を存在しないものとして文章をつづった。まるで、人にのぞいてもらうための窓の枠に徹していると言ったらいいだろうか。彼女のそんな文章の進め方を他人に説明するのは難しかった。

ある日、彼女が庭の奥のベンチに座り、リンゴをかじりながらさらさらとペンを走らせているところに、ジョー神父が現われた。読んでいいですか、と断わってから原稿を読みはじめたジョー神父はたちまちストーリーのとりこになってしまった。死んだ子供がもう一度この世に戻ってきて、不幸な人たちを探しては彼らを幸せにするという内容の話だった。自分の文体について彼女が誰かに説明したのはそのときが初めてだった。

「これはぜひ出版したらいい」

読み終えた神父は感激の面持ちで原稿を彼女の手に戻した。

その日の神父はよく日焼けして黒ずんだ顔をしていた。ロングアイランドで友達とテニスをしてきたとのことだった。テニスの話を聞くと、彼女はとたんに両親のことを思いだす。大学に通っていたとき、テニスをする級友はいたが、誰かがテニスの話をするなど子供のとき以来のことだった。

「わたしはまじめに言っているんですよ」

神父は出版の話に戻ってそう言った。

「あなたは本当に才能に恵まれている」

「いいえ。わたしはただ楽しいからやっているだけです」

そこで彼女は、書くときの自分の気持ちや、気分に任せて筆を走らせる自分の書き方について説明した。

「書くという意識があるとペンが進まないんです。ただ自然に任せて自分を忘れていると、いつの間にか文章が書けているんです」

「それはむしろ気味の悪い話ですね」

神父は自分の冗談に笑った。だが、彼女の言わんとしていることはよく分かったし、話の内容に感心した。

「そのやり方をどこまでも続けるべきですね。ところで、その後お元気でしたか？」

一週間休暇をとっていた神父は、彼女に会うのが何年ぶりかのような気がしていた。

「ええ、おかげさまで。七月四日の独立記念日の用意でみんな大忙しです。神父さまはいらっしゃるんでしょ？」

修道院では、独立記念日にバーベキューパーティーをするのが恒例になっている。祝日の行事を盛りあげるのはグレゴリア院長の得意技である。お祭りは、修道院の外の友人や縁者やコミュニティーの重要人物たちと交わる格好の機会なのだ。

神父を見ていると、ガブリエラはお兄さんと話しているような気にさせられる。ふたりが気の置けない友達同士になるのになんのジェスチャーも手続きもいらなかった。

「それは正式な招待なんでしょうか？」

神父も自分の心が自然に開くのを感じながら訊いた。

「正式な招待なんて必要ありません」

ガブリエラの口調は軽かった。

「セント・ステファン修道院からは毎年みんながやってきます。神父さまも、事務職の方たちも、コーラスの男の子たちも来てくれるんですよ。病院の人たちも学校の人たちも来ます。シスターたちの家族も大勢見えます。もっとも、この時期、旅行に出てしまう人たちもいますけどね」

「わたしは旅行には出かけませんよ。今月は週六日、働かされることになっていますから。罪人を救うのにこき使われているわけです」

「それはいいことですわ」

ガブリエラは神父を見上げ、にっこりすると、イチゴを手に盛り、それをミントの小枝と一緒に差しだした。

「取れ立てでまだ洗ってないんですけど、よろしかったらどうぞ。とってもおいしいんですよ」

神父はひとつ口に入れて、とろけるような顔をした。

「おいしい!」

そのときの神父の目の表情を見ている人がいたら、はたして神父がイチゴを指して言っているのかどうか、疑問を差しはさむところだったろう。とにかく彼はガブリエラに会えてうれしそうだった。それから彼は、ガブリエラが玄関に戻るところまでついていき、明日のミサでまた会いましょうと言い、バーベキューパーティーにはかならず来ると約束して去っていった。

ふたりが次に会ったのは翌日の告白室の中でだった。ひと声聞いただけで、ふたりはお互いを確認できた。告白は普通の会話になってしまった。告白室の中でも、神父の気軽な口調はいつもと変わりなかった。ガブリエラのほうには告白すべきことがあまりなかった。一応、罰を言い渡され、告白室を出て懺悔を終えたところに、神父がやってきて「やあ」と声をかけた。

「独立記念日のパーティーのことでひとつ提案があるんですけど。バーベキューの担当をわたしたち神父に任せてくれませんか？」

悪くない提案だった。バーベキューは煙たいし、ひらひらした修道着を着たシスターたちには苦手な仕事だった。実際のところ、ガブリエラもバーベキュー担当を言いつけられるのがいちばん嫌だった。その点、神父たちはジーンズやスポーツシャツを着てくるから、彼女たちよりもはるかに身軽なはずだった。

「その件はシスター・エマニュエルに伝えておきます。きっと賛成してくれると思います」

ガブリエラはうれしそうに言った。

「バーベキューの担当にこだわる理由はありませんから」

「提案がもうひとつあるんですが。野球はどうです？」

「はあ？」

なにかの冗談を言われたのかと思って、ガブリエラは神父の顔を見た。

「野球の試合はどうかと思いましてね。セント・マシューズ対セント・ステファンというのはどうです？　女性だけでは不利というのでしたら、お互いに選手を分けあって混成チームにしてもいいんじゃないですか。じつはそのアイデアを今朝思いついたんですよ」

「おもしろそう！　わたしたち、二年前もやったんですよ。シスターだけのチームをふたつ作って。けっこう楽しめるものですよね、野球って」

神父は侮辱されたような表情をわざと作ってガブリエラを見下ろした。

「〝けっこう楽しめる〟？　冗談は言わないでくださいよ、シスター・バーニー。真剣勝負でやるんです。〝セント・ステファン〟はこのあたりの五教区のなかで最強のチームなんです。どうです、やりますか？」

「わたし、ひとりで決められませんから、やるやらないはグレゴリア院長に訊いてください。院長はきっと賛成してくれると思いますよ。ところで、神父さまはどのポジションを守るんですか？」

ガブリエラはからかうつもりで訊いた。今度の七月四日はおもしろいことになりそうだった。

「ピッチャーに決まってるでしょ。このわたしがほかにどこをやると言うんです？　こう見えても、わたしのこの右腕は、マイナーリーグで優勝したオハイオのチームにスカウトされたことがあるんです」

せこい自慢話だったが、神父がおもしろがって言っているのがそのいたずらっぽい目に表われていた。神父はとにかく度しがたい野球狂だった。

「それがどこでどうなっちゃったんですか？　どうして神父さまはいまニューヨーク・ヤンキースでプレーしていないんですか？」

「神さまがもっといい条件を提示してくれたからです」

神父のユーモアはつづいていた。心を開ける友達と俗な話ができるのが楽しくてしょうがない様子だった。それからふたりの話題は人生へ、歴史へ、宗教へ、彼女の創作へと移っていった。いくら話しても話題は尽きなかった。

「ところで、あなたはどんなスポーツをやるんです？」

神父に訊かれて、ガブリエラはつんとすまして答えた。

「わたしは球拾いの才能に恵まれているんです」

彼女の子供時代はスポーツなどできる状況ではなかった。十歳で修道院に来て、大学に進学するまではちゃんとした学校にも通っていない。彼女の唯一の運動は、修道院の庭を散歩するぐらいだった。

「では、あなたには外野でもやってもらうかな」

神父はグレゴリア院長に掛け合うことを約束して、立ち去っていった。

数日のうちに〝ビッグゲーム〟の話題が修道院中に広まった。コナーズ神父の提案にグレゴリア院長は一も二もなく賛成した。

シスターたちは寄るとさわると独立記念日の試合を話題にした。野球なんてするのは子供のとき以来だという者もいれば、元選手だったと吹聴する者もいた。若いポスチュラントたちは口々に自分が守りたいポジションを主張していた。太っちょのシスター・アガサは、わたしにショートをやらせて、とみんなに売りこんでいた。野球の提案はいまの修道院の雰囲気にぴったりだった。

ついにその日がやってきた。シスターたちの士気は大いに上がっていた。屋外に用意されたごちそうはいつもどおり盛りだくさんだった。セント・ステファンから来た神父たちは、自分たちから申し出ただけあって、バーベキューの手さばきがなかなかのものだった。ホットドッグもあったし、ハンバーガーに、チキンに、リブ、フレンチフライ、取れたてのトウモロコシもあった。もちろん、手づくりのアイスクリームや、いろいろな種類のアップルパイも用意されていた。そのごちそうの多さは、神父の誰かが「シスターたちは頭がおかしくなったのか」と言いだすほどだった。だが、それに不満のあろうはずがなかった。クリスマスを除けば、独立記念日のパーティーは修道院でもいちばん人気のある行事なのだ。食事の大半が片づき、最後のアイスクリームバーが子供の口のまわりで溶けるころ、みんなのおしゃべりは野球の試合に変わった。

セント・ステファン・チームのキャプテンは当然のことながらジョー神父だった。ユニフォームもよく似合い、チームを指揮する彼の姿にはプロ的な風格さえあった。提案も要領がよくてフェアだった。くじ引きをして、両チームとも男女数が同じになった。神父は約束していたとおり、ガブリエラをセント・ステファン・チームの外野手に起用した。さすがにこの日だけはシスター・アンも野球に夢中になっていた。彼女はセント・マシューズ・チームのファーストをやることになった。神父たちのほうが活動的なのは、そのジーンズにシャツの服装を見ただけで明らかだった。すその長い修道着のシスターたちは、頭巾を髪のうしろでしばって、できるだけ身軽にしていた。しかし、いざ走りだすと、けっこう男性に負けずに走れたのが不思議だった。スニーカーを見つけてきて履いているシスターもいた。シスター・ティミーがすねも見せずにサードベースにすべり込んだときは、やんやの喝采が沸いた。もっとも、それを見ていた洗濯係のシスターは「やれやれ」と言ってこぼすことしきりだった。シスター・イマキュラタがホームランを放ってセント・マシューズ・チームに一点が入ったときは、グラウンド中が大騒ぎになった。見物していた子供たちがびっくりするほど、みんなの声は大きかった。

走って、汗をかいて、大声を出した、楽しい一日になった。七対六、一点差でセント・ステファン・チームが勝利をおさめた。終わったあと、グレゴリア院長がレモネードとおいしいクッキーをふるまってみんなを驚かせた。こんなに楽しい経験は、ガブリエラが覚えているかぎり生まれて初めてだった。ジョー神父が寄ってきて、ガブリエラの守備がうまかったと言って褒めた。ガブリエラはレモネードをすすり、クッキーを頬張りながら笑って答えた。

「からかわないでください」

ガブリエラはクッキーをごくりと飲みこんでから、さらに言った。

「ボールよ来ないでって祈っていたら、本当に一度も来なかったわ。来てたらどうなっていたんでしょうね」

「そのときはみんなに模範プレーを見せられたのに――エラーのね」

ふたりは声をあげて笑った。選手も見物人も、試合があっさり終わってしまってむしろ物足りないぐらいだった。夕食時になると見物人たちも帰ってしまい、神父たちだけがとどまってシスターたちと一緒にバーベキューの残りを夕食代わりに食べた。残りといっても、量は充分だった。食べながら、みんなは、夜空に咲く独立記念日の花火を見物した。

「子供のときの独立記念日はどんなことをして過ごしたんですか？」

神父がいつもの低音を響かせてガブリエラに訊いた。まだ興奮さめやらぬガブリエラの口からは笑い声しか出てこなかった。

「たいがいはクローゼットのなかに隠れて、お母さんに見つかりませんようにと祈っていました」

「そういう過ごし方もたしかにあるね」

神父は話題が深刻にならないよう、わざと茶化して言った。

「当時のわたしには、生き長らえることが二十四時間勤務の仕事だったんです。わたしが思いだす祝日はみんなここに来てからのことです。独立記念日はいつも楽しかったわ」

「わたしも同じですよ」

神父はやさしい表情を見せて言った。

「子供のときはよく友達とキャンプに行ったものです。兄貴とわたしはそのたびにビールを持っていこうとしたんだけど、どの店も売ってくれないんですよ」

ガブリエラは意外そうな顔で神父を見た。

「お兄さまがいらっしゃったなんて、はじめて聞きますけど？」

知りあってから四か月になるが、ジョー神父が兄弟のことを口にしたのは今日がはじめてだった。

神父はしばらくためらっていたが、やがて彼女の視線をとらえ、きっぱりした口調で言った。

「わたしが七歳のときに、兄貴は溺れて死んだんです。二歳年上の兄貴でした。川に泳ぎに行って、渦にのみこまれたんです。遊泳禁止の川だったんだけど……」

神父の目にみるみる涙があふれた。神父はそれに気づいていない様子だった。ガブリエラは思わず腕を伸ばし、彼の指にそっと触れた。そのとき、電気のような何かがふたりの指を伝って流れた。

「兄貴が渦に巻きこまれているのを見たとき、わたしは最初どうしていいのか分からなくて……なにか竿のようなものを探したんだけど、夏だったから木はみな青々としていて、使えるような枯れ木は一本も見つからなかった。それからただボーッとしていると、兄貴はついに沈みはじめた。それでわたしは助けを求めに走ったんです。全力でね……でも、戻ってきたときは……」

彼は話をつづけられなくて言葉をのんだ。ガブリエラは手を伸ばして彼を抱きしめてやりたかったが、もちろんそんなことはできなかった。

「兄貴はわたしが戻ってくる前に溺れていました……わたしにできることはなにもありませんでした……でも、それからのわたしは、そのことでいつも両親から責められているような気がして……両親は口にこそ出しませんでしたが、わたしは分かっていました……ジミーという名の兄貴でした」

神父の目から大粒の涙がほほを伝って落ちた。ガブリエラはふたたび腕を伸ばすと、今度は神父の手をやさしくにぎった。

「ご両親があなたを責めるはずないじゃないですか。あなたの責任ではないんですから。そうでしょ、ジョー？」

ガブリエラが彼のことを呼ぶのに〝神父さま〟と言わなかったのはこれが初めてだった。だが、ふたりともそのことに気づかなかった。

神父は答えるのをしばらくためらっていた。が、やがて、彼女の手をふり払うと、その手でほほの涙をぬぐった。

「川へ連れていってくれって兄貴にせがんだのはわたしなんです。だから結局、おおもとの責任はわたしにあるんです」

「でも、あなたはそのときわずか七歳だったんでしょ？　お兄さんが〝ノー〟と言えば何ごともなくてすんだはずです」

「ジミーはわたしの頼みならなんでも聞いてくれたんだ。わたしをかわいがってくれていたから……わたしも兄貴のことが大好きだった。でも、兄貴が死んでからは家のなかがすっかり変わっちゃって。母なんか、気が抜けたように一日じゅうボーッとしていた」

　夫に死なれて、彼女がすぐ自殺してしまったのもそのためなのかな、ガブリエラはふとそんな気がした。息子にも夫にも死なれて、彼女は生きる気力をなくしてしまったのだろう。だが、孤児院に入れられるジョーのほうはたまったものではなかったろう。自殺するなんて勝手すぎると彼女は思ったが、そんなことは口に出さずにジョーの話に耳を傾けた。

「人間がどうして自殺なんてするのか、本人以外には理解できないことです。でも、わたしたちは職業上どうしてそうなるかを知っておくべきだと思うんです」

　信者に神の公平さをなじられて、神を弁護しなければならない場面が神父には多々あった。

「こういうことって珍しくはないんです」

神父はしんみりした口調で言った。

「だからといって、残された者たちの気持ちが休まるわけではありません。わたしはいまでも、兄の悲劇をつい昨日のことのように思いだします」

二十四年前に起きたことなのに、兄の話をするとき、神父はまだ胸がうずく。

「わたしの少年時代はそのことが根底にあって、罪悪感が頭からふり払えませんでした」

両親の死が、彼の希望の残り火を消し去ってしまったことは言うまでもない。ガブリエラは、罪悪感を感じる神父の気持ちがよく分かった。自分の子供時代も同じような気持ちで過ごしたからだ。

「わたしも、家庭でのいざこざはわたしの責任だっていつも思っていました」

ガブリエラは自分のことを話した。

「少なくとも、いつもそう言い聞かされていました。子供って、親の言うことを信じるものですものね」

親に捨てられ、それが自分の責任だったといまでも気に病んでいる彼女である。

「あなたのせいじゃないわ、ジョー。溺れたのはお兄さんじゃなくて、あなたということもありえたのよ。誰も予見できないのが事故ですもの」

「兄貴じゃなくてわたしが死んでいたら、どれほどよかったか」

神父はつぶやくような小さな声で言った。

「兄貴は家の中でみんなにかわいがられていて、家族のスターだったんです。スポーツでも勉強でもよくできて、初子だったし……」

人生とは複雑なものである。コナーズ神父一家に起きたことは説明不可能だ。

「でも、いずれ兄貴に会える日も来るんですから」

神父の笑みには哀愁があった。

「あなたにこんな話をするつもりはなかったんですが、休日になると兄貴のことを思いだすんです。よく一緒に野球をして遊んだんですよ。それがまたジミーは、とてつもないプレーヤーでね」

まだ七歳だったジョーにとって二歳上の兄はヒーローだったのだろう。ガブリエラは神父の話をそう解釈した。

「残念だったわね、ジョー」

彼女は心の底から同情してそう言った。

「でも、もういいんです、ギャビー」

神父は心を開いて話せたのがうれしいらしかった。ちょうどそこに同僚の神父がやってきて、ジョーの肩をたたいた。

「いやあ、セント・ステファン・チームの勝利おめでとう。あいかわらずきみの右腕は冴えているな」

座が急に明るくなった。神父はそれから同僚神父たちに合流し、宿舎に帰る前に、〝グッバイ〟を言うためにガブリエラのところに立ち寄った。ガブリエラは、シスター・ティミーやシスター・アガサとけらけら笑いながら立ち話をしているところだった。シスターたちはまだお祭り気分ではしゃいでいた。

「シスターのみなさん、楽しい試合をありがとう」

神父は明るくそう言うと、ガブリエラのほうをちらりと見てつけ加えた。

「そのほかいろいろと」

彼が話を聞いてくれたことを指してそう言っているのを知っているのはガブリエラだけだった。

「神の祝福を、ファーザー・ジョー」

やさしいガブリエラの声には気持ちがこもっていた。神父にもガブリエラにもいま必要なのは、神の祝福と、許しと、癒しである。ガブリエラは、それがかなえられるよう、神父のために祈った。

「ありがとう、シスター。告白のときにまたお会いしましょう。シスターのみなさん、お休みなさい」

彼は手を振りながら用具を肩に立ち去っていった。すばらしい休日、思い出深い独立記念日になった。

ほかのポスチュラントと一緒に宿舎に戻りながら、ガブリエラは、今日あったことを楽しく思いだしていた。出来事のなかでいちばん印象深かったのは、神父の指に触れたことだった。

「そうでしょ、シスター・バーナデット？」

ほかのシスターから突然訊かれて、ガブリエラはなんのことかさっぱり分からなかった。彼女は今の今までジョー神父とその兄のジミーのことを考えていた。

「ごめんなさい、シスター。今なんておっしゃったの？」

ガブリエラが耳に障害を持っていることを知っているシスターたちは、彼女がうわの空なのをとがめなかった。

「シスター・メアリー・マーサのレモンクッキーがおいしかったから、来年のためにレシピを訊きたいって言ったのよ」

「ああ、ええ、おいしかったわね」

ガブリエラはあわててみんなのあとについた。しかし、頭の中はいぜんとして別世界を漂っていた。渦に巻かれている少年と、川のほとりで泣きじゃくっている少年。彼女は神父が気の毒でならなかった。もし自分に過去へ飛ぶつばさがあったら、川のほとりへ飛んでいってジョー少年を抱きしめてやりたかった。

その夜、ガブリエラは神父の夢を見た。夢のなかの神父は目から大粒の涙をこぼしていた。ハッとして目を覚ました彼女も泣いていた。ガブリエラは、神父の罪悪感が早く消えますようにと祈った。

第十一章

独立記念日から数日間、ジョー神父は姿を見せなかった。修道院にはまだお祭りの余韻が残っていた。みんなは早くも、来年も野球試合をと期待するありさまだった。そんな雰囲気のなかだったから、やってきたジョー神父が妙によそよそしいのにガブリエラはショックを受けた。独立記念日の彼とはうってかわり、冷たい感じがして、彼女が話したときの印象を言うなら〝気むずかし屋〟だった。ジョー神父が単に機嫌が悪いのか、それとも心配ごとでもあるのか、あるいは彼女をうっとうしく思っているのか、ガブリエラには判断のしようがなかった。とにかく彼はいつものジョーではなかった。ガブリエラは、もしかして神父が彼女にいろいろうち明けたことを後悔しているのかと、一瞬そんな気がした。どこか悪いのですかと訊いてみたかったが、ガブリエラはできなかった。まわりに人がいたし、彼は自分より十歳も年上の神父なのだ。決して彼が偉そうにしていたわけではないが、どうしてそんなに態度を急変させるのか、ガブリエラは戸惑うばかりだった。

告白室での神父はそっけなくて、まるで彼女の告白を聞いていなかったか、それとも聞こえなかったかのようだった。罰として〝聖母マリアさま〟を二百回と〝われらが神よ〟を千回唱えるよう、神父は彼女に言い渡した。それもいつものジョーらしくなかった。ガブリエラは告白室を出るとき、ついにがまんできなくなって、迷いながらも暗闇に向かってこうささやいてしまった。

「大丈夫なんですか、神父さま？」

「ああ、大丈夫」

神父の口調があまりにも乱暴なのにガブリエラはそれ以上なにも言えなくなってしまった。なにかがおかしかった。いつもの明るい神父とはまるで違い、不機嫌さも度が過ぎていた。なにかあったことは明らかだった。同僚の神父と言い争いでもしたのだろうか？　それとも、上の位の人から叱られでもしたのだろうか？　なにか政治にかかわる問題ということもありうる。

修道院や教会が政治に振りまわされることがあるのを、長いあいだそこにいる彼女はよく知っている。

ガブリエラは告白室を出ると、祭壇の横にひざまずいて懺悔をした。それから、シスター・エマニュエルの用事を済ますために廊下を急いだ。用事とは、なくなった台帳を捜すことだった。彼女は、礼拝堂を出た廊下の奥の空き室にその台帳があるのを見たことがあった。

書類の入った箱にかがみこんで捜していたとき、うしろを通りすぎる足音が聞こえた。やがて足音はこちらに向かって戻ってきた。ガブリエラは面倒だったので、顔もあげなかった。べつにやましいことをしていたわけでもなく、用事を早く済ませなければならなかったからだ。

足音の主がシスターでないことは音の大きさで分かった。シスターは音をたてずにそろそろと歩くのに、その足音は石の床に大きく響いていた。ガブリエラはなにも考えなかったが、もし足音のことを気にしていたら、それが男性のものであると分かったはずである。

誰かが立ってこちらを見ているような気がしたので、ガブリエラは捜す手を止めてうしろをふり向いた。驚いたことに、ジョー神父が部屋の入り口に立っていた。彼は苦渋に満ちた顔でこちらを見つめていた。

「ハーイ」

ガブリエラは驚きを小さな声に出して言った。彼女がいまいる部屋は神父の帰り道の途中にあった。神父はたいがいここを通らずに、普通は中庭を通って帰る。そっちのほうが静かだし、近道だからだ。だが今日は、遠回りしてこの部屋の前を通っていた。

「どうかしたんですか？」

神父は黙って彼女を見つめながら首を横に振った。彼の青い目は、ガブリエラが鏡で見る自分の目の色と同じだった。神父にはなにか大きな心配ごとがある様子だった。

「ご機嫌が悪そうね」

神父はなにも答えずに、部屋のなかにそろそろと入ってきた。神父の目は彼女の視線をつかまえたまま離さなかった。辺りに人はいなかった。ここが空き室なのは誰でも知っていることだった。

「たしかに機嫌は悪い」

神父はようやくそう言っただけで、詳しい説明はしなかった。彼としては、自分が考えていることを彼女にどう話すべきか、どこから話したらいいか、皆目見当がつかなかったのだ。

「なにかあったんですか？」

子供に慣れているわけではない彼女だが、子供に向かうような訊き方で言った。だが、今日の神父の振る舞いには子供と思えてしまえるようなところがあった。まるで悩み多い少年のようだった。学校で誰かにいじめられたの、とでも訊きたくなる雰囲気だった。だが、今日の彼にはそんな冗談も通じそうになかった。

神父はさらに近づいてきて、彼女が箱から出した本の一冊をひろいあげた。その時点で台帳はまだ見つかっていなかった。

「ここでなにをしているんだい、ギャビー？」

神父は彼女を〝シスター・バーニー〟とも、〝ガブリエラ〟とも呼ばなかった。ふたたび視線が合った。ふたりはお互いを友達同士だと思っているはずだった。ガブリエラは神父を兄のようにさえ感じていた。

「シスター・エマニュエルに頼まれて、なくなった古い台帳を捜しているんです。誰かが間違ってここにしまい込んだらしいので――」

修道着にほこりをつけた彼女はいつもよりかわいらしく見えた。暑苦しかったので、髪も乱れていた。古い書類捜しは汚ない仕事なのである。そばに立っていた神父は、彼女が腕にかかえていた書類をとりあげ、それを机の上にそっと置いた。

「あなたのことを考えていたんです」

神父の声は悲しそうだった。その言葉がなにを意味しているのか、ガブリエラにはよく分からなかったが、彼の振る舞いにも言葉にも不吉な点はなかった。

「そのことばかり考えて、頭がおかしくなりそうです」

神父はさらにつけ加えた。

「あの夜以来ずっとです」

「お兄さんのことを話したのを悔やんでいるんですか？」

ガブリエラは相手をなでるようなやさしい声で訊いた。神父は目を閉じ、首を横に振った。そして、なにも言わずに腕を伸ばすと、彼女の手をにぎった。彼はしばらくそのままの姿勢でいた。目を開けたのはずいぶん経ってからだった。そのあいだガブリエラは、どう言ったらジョー神父を慰められるか、適切な言葉を捜しつづけた。

「もちろん悔やんでなんていませんよ、ギャビー。あなたはわたしの友達です。わたしはずっと考えていました……いろんなことを……あなたのことや……わたしのこと……自分たちをここに連れてきた運命のことを……あなたやわたしを傷つけた人たちのことを……愛する人たちや死んだ人たちのことを」

彼はガブリエラなどよりももっと大勢の人たちを愛し、亡くしてきたはずだ。ガブリエラは修道院に来るまで愛の何たるかさえ知らなかった。

「ここでの生活はあなたにとってもわたしにとっても非常に大きな意味を持っていますよね。違いますか？」

神父は、自分でも得られない答えを必死に求めるような訊き方で言った。

「ええ、もちろんですわ」

「だから、それを台なしにするようなことはしないつもりです……それだけはしたくないんです。あなたに迷惑をかけるような真似も」

神父がなにを言おうとしているのか、彼女にはまださっぱり分からなかった。彼女にとっては、男性とふたりだけになること自体が初めての経験だった。

「そんなことは何もしていないじゃないですか、ジョー。あなただってわたしだって、変なことはしていません」

確信を持ってさりげなく言う彼女の言葉は、ナイフのように神父の胸に突き刺さった。いつもとは逆で、今度は神父が自分の罪を告白する番だった。

「いいえ、わたしはやってしまったのです」

「いいえ。神父さまは何もしていません」

彼女の知るかぎり、神父はおかしなことなど一つもしていなかった。

「わたしは危険な考えにおぼれていました」

自分の胸や頭にあったことを漏らすには、神父はそこまで言うのが精いっぱいだった。

「それはどういう意味なんですか？」

彼女は目と一緒に心も大きく開いていた。そして、自分でも気づかずに、いつの間にか神父のほうに一歩身を寄せていた。ふたりを引き寄せようとする磁石の力は、いままでふたりが見せたどんな行為よりも強力だった。

「わたしには分からない……あなたになんて説明したら分かってもらえるのか……」

彼女を見る神父の目には涙があふれていた。ガブリエラは神父の顔にやさしく手を置いた。神父はおろか、どんな男性にも彼女がそんなかたちで触れるのはこれが初めてだった。

「ギャビー、わたしはあなたのことを愛している」

このひと言で、もはや隠しつづけることは不可能になった。

「なんて言っていいのか、これからどうしたらいいのか……あなたを傷つけたくないし、あなたの人生を狂わせたくない。あなたが修道院の道をあくまでも望んでいることを確認したら、わたしはセント・ステファンでの職を辞してどこかへ消えるつもりです。その件で大司教に転属を願い出るつもりです」

今朝から彼はそのことでずっと悩みつづけていた。

「そんなことをしないでください」

ガブリエラはびっくりして言った。彼が言ったことの中でなによりも彼女を恐れさせたのは、彼がどこかへ行ってしまうとのひと言だった。

「そんなことはしないでください」

心を開ける友達をようやく見つけたのに、その彼をいま失うなんて、ガブリエラには失望以外の何ものでもなかった。

「いや、わたしはここにはいられないんです。こんなふうにしてあなたのそばにいたら、頭がおかしくなってしまいます……ああ、ギャビー……」

神父が彼女を抱きよせると、言葉は消えた。ガブリエラは神父の厚い胸に顔をうずめた。神父の両腕が彼女を強く抱きしめた。生まれてはじめて感じる男性の力強さだった。修道院よりも安全な場所のような気がする彼の腕の中だった。

「あなたをこんなに愛している……いつもあなたと一緒にいたい……あなたと話して……あなたを抱いて……あなたを守って……いつまでもあなたと一緒にいたい……でも、そんなことはできないんです。この四日間、そのことばかり考えて頭がおかしくなりそうでした……ああ、わたしはあなたを愛している」

神父の声には苦悩の響きがあった。ガブリエラはポーッとなって神父を見上げた。そのあいだ彼女はひと言も発しなかった。ガブリエラの目も涙で濡れていた。神父の苦悩を思いやり、神父の願いに近づこうとする涙だった。

「わたしも愛しているわ、ジョー……自分でも気づきませんでしたけど……そんな感情を持ってはいけないと思っていましたから……だから、友達同士ならなれるのではないかと……」

ガブリエラはうれしそうにも悲しそうにも見えた。

「いつの日かいい友達同士になれるのかもしれません。でも、いまは無理です……わたしたちには修道院があるし、あなたに修道院から出てくれなんてわたしは頼めません。自分自身どうしていいのか分からないんですから」

神父は罪の意識とそれから来る苦しみで身動きがとれなくなっていた。逆にそのことがガブリエラの頭と意識をはっきりさせた。彼女は神父の首に腕をまわすと、力をこめて彼を抱いた。

「さあ、静かにしましょう……あとで神さまに謝罪しましょうね……シーッ……わたしもあなたのことを愛しているからいいのよ、ジョー」

この瞬間、強いのは彼女であり、彼女を必死に必要としているのは神父のほうだった。神父はガブリエラの力と、温かさと、彼女が胸に秘める愛に酔いしれていた。そして、それ以上はなにも言わず、ガブリエラをぐいと抱きしめると、その口にキスした。ふたりにとっては決して忘れられない、大宇宙が衝突する瞬間だった。このひと呼吸で、ふたりの人生の方向が変わった。

「オー　マイ　ゴッド、ギャビー。あなたのことを愛している」

うち明けてよかったと神父は一瞬の幸福感に浸った。一週間、悩みに悩んだ末のことだったから、悔いはなかった。彼がこんな気持ちになるのは生まれて初めてだった。

「わたしも愛しているわ、ジョー」

自信と落ちつきのある大人びた声だった。しかし、ふたりがしているのは危険極まりないゲームだった。しかも、はじめたばかりで、まだ先があるのだ。

「これからわたしたち、どうしたらいいんでしょう？」

横に座る神父に向かってガブリエラは小さな声で訊いた。

「わたしにも分からない」

彼は正直に言った。

「どうしたらいいのか考えるには時間が必要です」

これ以上先に進んだら修道院にいられないことぐらいはふたりともよく知っていた。いまならまだ間に合う。向きを変えて引き返せばいいのだ。ふたりはエデンの園のアダムとイブだった。リンゴにはまだ手をつけていない。手に持ったまま見つめているだけだ。だが、誘惑は強まるばかりだった。もしこのままでいたら、お互いを破滅させることになるだろう。ふたりはその責任を自覚しながら、お互いを見つめあった。神父はもう一度彼女を抱きよせてキスした。

「どこかで内緒で会いませんか？」

彼が唇を離してから訊いた。

「コーヒーを飲むとか、散歩するとかでいいんです。普通の人たちがいる街のなかで。少し修道院から離れて、このことを話しあいませんか？」

「さあ……」

彼女は考えながら言った。

「どうすればいいのか、方法が思いあたりません。ポスチュラントのわたしたちは修道院から離れてはいけないことになっています」

「分かっています。でも、あなたなら大丈夫なはずです。修道院の一人娘みたいなものなんですから。誰かに用事を頼まれるとか、誰かのために街に出るとか、できませんか？　わたしはあなたの指定するところ、どこへでも行きます」

「今夜ゆっくり考えてみます」

ガブリエラは神父の腕のなかで震えていた。この三十分のあいだに彼女の世界がひっくり返ってしまったのだ。だからといって、ガブリエラはそれに抵抗するつもりはなかった。いまなら神父に背を向けて元に戻ることができる。だが、そうしなければならない理由がそのときの彼女には思いあたらなかった。神父のそばにいたい、ただその一念のみが燃えあがってしまっていた。この何か月間か自分でも気づかなかったが、いまにしてはっきり分かった。シスター・アンの非難は正しかったのだ。ガブリエラはそのことを神父に話した。

「彼女はもしかしたら、わたしたちふたりを合わせた分よりも頭がいいのかもしれない」

彼の言葉は言い得ていて妙だった。

「わたしは誓って言える。こんなことになるとは夢にも思わなかった」

神父はいままで女性と肉体関係を持ったことは一度もなかった。ガブリエラだって男性と触れあったことすらなかった。デートをしたことも、誘惑されたこともなかった。大学に通っていたときも、友達はつくらなかったし、男性とふたりだけで語りあったこともなかった。彼女は子供のときから心と行動の両方で修道女だったのだ。それなのに、いま、このまばたきの瞬間にすべてが変わってしまった。彼女は突然、ひとりの男性を愛する女性になっていた。

「わたしはただ言われてミサを行ない、告白を聞くためにここに来ていただけなんです」

ジョー神父は、ピーター神父と交替でセント・マシューズ修道院にやってきていた。しかし、老齢のピーター神父は健康にすぐれないうえ、セント・ステファン修道院での仕事が多かったため、最近は出張ミサをジョー神父に任せきりだった。

「では、考えた結果をわたしに教えてください」

「二、三日ゆとりをください」

彼女はそう言ってから、神父に向かっていたずらっぽくほほえみかけた。神父は彼女の頭部を隠している白い布を引きはがしたい衝動にかられた。髪の毛がどんな長さで、どれほどふさしているのか知りたかった。布からのぞいているだけの彼女の顔をもっと見たかった。そして息が苦しくなるほどキスしていたかった。しかし、いつまでもここでこうしていられないことぐらいは分かっていた。すぐにでも彼女を離してみんなのところに行かせなければおかしなことになる。だが、彼にはそうする勇気もなかった。

「この場所であなたの告白を毎日二度ぐらい聞けたらいいのに」

神父は彼女にぐんぐん引き寄せられる自分を感じながら子供っぽく笑った。ふたりはもう一度唇を重ねた。感情は高まるばかりだった。

「愛しています」

彼女のささやきには情熱がほとばしっていた。

「わたしも愛している。でも、そろそろあなたを帰らせたほうがいいと思う。明日の朝、また会いましょう」

彼はキスをしながら言った。

「あなたを離したくないけど」

「そうしましょう。では、また明日ね。ここなら誰にも見られません。この部屋のカギのありかも知っていますから」

「気をつけなければなりません」

神父は警告した。

「おかしなことをしてはいけませんよ」

心配そうにする神父の目を見て、ガブリエラは笑った。

「おかしなことをしているのはどなたさんですか！」

それでも、もしふたりが修道院の塀の外で会ったら、おかしいどころではすまないことをふたりとも承知していた。

「わたしが告白したことを怒っているのかい、ギャビー？」

神父は彼女の前にぬっと立って心配そうな顔をした。彼女にうち明けるだけでも大変な危険を冒した彼だが、結果としてガブリエラをも危険な立場に立たせてしまった。しかし、いまの彼女の顔には、驚きも後悔の表情もなかった。

「わたしが怒るはずないでしょ、ジョー。あなたを愛しているのよ」

彼女は恥ずかしそうにほほえんで、なおも言った。

「うち明けてくれてうれしいわ」

それでも、彼女の置かれた状況はまだ楽だった。身分は修道女志願のポスチュラントであり、最終的な誓いもしていなければ、見習い僧のノヴィスにもなっていないのだ。ところがジョーの場合は、神父になってから六年も経っている。ふたりがやったことの結果はガブリエラの場合よりもはるかにドラマチックである。彼の生涯はいままさに破滅の危機に瀕しているのだ。

「わたしたちはこれからどうすればいいのだろう、ギャビー？　どうやってあなたを支えていけばいいのか、わたしにはまだそれすらも思いつかない」

彼は心配そうな顔をしつづけた。

「なんとかなりますよ。心配しないでいきましょう」

ガブリエラは自分の強さと落ちつきが信じられなかった。少なくともこの場は、ジョー神父よりも彼女のほうが強かった。

「まだそんなに思い悩むことはないと思います。いまは、あなたがわたしの気持ちを分かってくれればそれで充分です」

「あなたのその言葉だけでわたしは満足です。もし告白したら、あなたにはもう口もきいてもらえないと思っていました。それが怖くて……」

彼女が指でジョー神父の唇に触れると、神父は彼女の手にキスをした。

「あなたをこんなに愛しているのを覚えておいてください」

神父はそうささやくと、彼女を追いやるように突き放し、ドアへ向かった。ドア口で一度ふり返り、にこっとしてから立ち去っていった。廊下を行く彼の足音がいつまでも聞こえていた。ガブリエラはそこに立ったまま、足音を聞きながらただボーッとしていた。いまあったことがまだ信じられなかった。ふたりに起きたことが理解できなかった。考えようによっては大いなる祝福であるはずなのに、見方を変えれば、ふたりをひと呑みしようと待ちかまえている大蛇でもあるのだ。こんなことがいつまで知られずにすむだろうかと彼女は思った。少なくとも、当面は秘密にしておかなければならない。将来についてはっきりした結論を自分たちで出す前は、人に知られたくない。修道院での彼女の立場も微妙だが、大きな決断を迫られているのはあきらかにジョー神父のほうだった。

ガブリエラはほこりだらけの箱をさらいつづけた。そして、捜していた何冊かの台帳の一冊だけは見つけることができた。この一冊でとりあえず今日のところはシスター・エマニュエルを満足させられる。また明日ここにやってくる理由にもなる。しばらくはここを密会場所にすればいい。彼女は部屋を出ると、ドアを閉めてカギをかけた。それから、シスター・エマニュエルを捜しにみんなのところへ戻った。

上気して頭はボーッとなったままだった。ジョー神父に愛されていることが分かった……彼とキスした……彼はいつまでも一緒にいたいと言った……起きたことに現実感はまるでなかった。すべてがまだ夢幻だった。しかし、神父の言葉だけは彼女の頭のなかでいつまでもこだましていた。みんなのところに戻ったときの彼女の口もとには笑みがこぼれていた。そのことは誰にも気づかれなかったが、シスター・アンだけは疑わしそうな目でこちらをじろじろ見つめていた。

第十二章

　次の朝、ガブリエラは告白の列のなかに立ち、自分の番が来るのを待っていた。眠たそうな顔をしているシスターが多いなかで、彼女だけは冴えた目をしていた。朝の三時からこの状態がつづいていた。いつになったら神父に会えるのか、ガブリエラはもう何時間も立たされているような気がしていた。神父は後悔しているのではないか、そして、冷静になって考えた結果、もうあなたには会いたくないなどと言われるのではないか、とそんな考えが頭のなかから消えず、ガブリエラは気が気でなかった。しかも、それは大いにありうることだった。だからこそ、自分の番が来て告白室に足を踏み入れたときの彼女の顔には恐怖の表情が広がっていた。

彼女のいつもの言葉と同時に心を癒す儀式がはじまった。

ガブリエラが来るのを待っていた神父はひと声聞くまでもなく彼女だと分かった。すると彼はなにも言わずに、ふたりを隔てている格子ドアを開けた。ガブリエラのほうからは神父の顔が夢のなかのようにボーッと見えた。

「愛している、ギャビー」

神父のささやき声はようやく聞こえるぐらい小さかったが、ガブリエラはその言葉を聞いてホッと胸をなでおろした。

「気を変えられたのではないかと思って心配していました」

暗闇のなかでかすかに光る彼女の目が神父になにかを訴えかけていた。

「わたしも心配していました。あなたに気を変えられるのではないかと」

神父は小さな窓越しに彼女にキスした。一瞬沈黙があってから、神父は、外で会えるかと尋ねた。

「たぶんできると思います。明日、郵便物を街まで持っていく日なんですけど、その担当は別のシスターなんです。わたしが代わりにやると言いだすこともできますけど、それはちょっと難しいですね。院長からたまに言いつけられることもあるんですけど、それがいつなのか前もっては分かりません」

「では分かったとき、セント・ステファン修道院に電話してください。わたしがかかっている歯科医の秘書だと名乗って、予約のキャンセルが出たからと説明すればいいです。そしてわたしには場所と時間だけ教えてください。修道院がいつも使っているのはどこの郵便局ですか？」

彼女が郵便局の名を教えると、ジョー神父は、電話が来たらいつでも駆けつけると約束した。

「あなたが留守のときはどうしましょうか？」

ガブリエラは不安そうだった。

「留守ということはまずありません。最近はペーパーワークも教区の信者たちの訪問も多くて、なかなか修道院から離れられないんです。でも、あなたから連絡ありしだい、いつでも出られるようにしておきます」

「愛しています」

彼女はもう一度ささやいた。

「わたしも愛しています」

もしこれが犯罪というなら、ふたりは完全に共犯だった。代価がどんなに高かろうと、その逢瀬がたとえ一瞬であっても、ふたりは密会の決意を固めていた。昨夜、空き部屋で告白しあって以来、ふたりともほとんど寝ていなかった。そして、自分たちの行為がどんなに危険をはらんでいても、人間として間違ったことはしていないという確信があった。ガブリエラにしてもジョー神父にしても、そのことについて疑念はなかった。

「〝聖母マリアさま〟を好きなだけ唱えなさい。そして、わたしのために祈ってください、ギャビー。本当ですよ。いまこそわたしたちには神の助けが必要です。わたしはあなたのために祈ります。用意ができたら電話してください」

「いずれにしても、明日の朝、またここでお目にかかります」

ガブリエラはうつむきかげんにして告白室を出た。目に表われている喜びを誰にも見られないよう、顔はしかめていた。前の晩、院長は忙しくて夕食のときも彼女に言葉をかけてこなかったが、ガブリエラにとっては好都合だった。いま院長の顔を見るのはつらかった。院長には性格をよく知られているから、表情の変化を見とがめられ、秘密がばれるのが怖かった。

そのあと、朝のミサを行なう神父の姿をガブリエラはその他大勢のシスターのなかから見つめていた。神父がいつもと違った人間に見えるのが不思議だった。前のように遠い雲上人ではなくなっていた。急に普通の男性に見えてきた。ガブリエラはちょっと怖かった。そのことにこだわっていると背すじがゾクゾクしてきた。だが、いまさらもう後戻りできなかった。するつもりもなかった。もはやキスだけでは不足だった。神父の太い腕に抱かれて、その力強さを体で感じたかった。

ガブリエラはほかのシスターたちと一緒に教会を出て、畑仕事についた。ほかの人の目を気にしなくてすむから、忙しいのがかえってありがたかった。

朝食のあと、彼女はシスター・エマニュエルをつかまえて言った。

「畑仕事はもうほとんどすみましたので、もし今日郵便物を持っていく用事があったらわたしにやらせてください」

「まあ、あなたってなんて働き者なのでしょう、シスター・バーナデット。ほかのシスターたちの模範ですよ。でも、今日はたいして荷物がないはずです。あなたにはまたいつかお願いしましょう」

結局、ふたりにとっては悶々とした一週間になった。修道院から出る理由も方法もひとつも思いつかなかった。やむなく二度ほど空き部屋で密会した。だが、それは危険極まりない行為だった。ふたりともそのことを自覚していた。やってきた彼はいつになく寡黙だった。台帳はすべて見つかっていたのだが、彼女はわざとそこに置いたままにしておいて、捜しに来る理由にしていた。

部屋に入ったふたりはドアに鍵をかけるや、時間を惜しむようにキスしあい、ささやきあい、遠慮なく抱きしめあった。それから、七月の汗ばむような暑さのなかで、床にしゃがみこみ、これからのことを話しあった。だが、ふたりともはっきりした方針は見いだせなかった。ジョーにできるのは、もう少し時間をくれとガブリエラに頼むことだけだった。その時が来たら、普通の人たちのように堂々と振るまおう。オープンに口を開き、誰に遠慮することなく街を歩き、手をつないで公園を散歩しよう。しかし、現実はそうはいかないだろう。たとえ外で会えたにしても、人目をはばからなければならない二人なのだ。ガブリエラが街に長居などしたら、たちまちほかのシスターたちに気づかれてしまうだろう。

そして、いまのところは、たとえ少しのあいだでも外を一緒に歩くのは夢でしかなかった。普通の恋人たちなら当然浸れるはずのささやかな楽しみも、郵便当番が巡ってくるまではお預けだった。

その時がついにやってきた。彼が最初に告白してからまる一週間経っていた。突然、予告もなしにシスター・イマキュラタからステーションワゴンのキーを渡された。修道着の布地が街に届いたのだという。修道着づくりにたずさわっているシスターたちは一刻も早くその布地を手にしたがっていた。ほかにとりに行く者がいなかったので、彼女が出かけることになった。それを保管している倉庫はデランシー通りにあり、ガブリエラは道順をよく知っていた。前にも同じ用事を言いつかったことがあったから、出かけるついでということで、ほかのシスターたちからも別の用事を頼まれた。忙しいことになったが、手ぎわよくすませれば、そのあいだにジョーと密会する時間をつくれそうだった。

品目のリストを受けとるときの彼女の手は震えていた。それが誰にも気づかれないことを彼女は祈った。車のキーと、渡された現金入りの封筒を手に、彼女はさりげなさを装いながら、急いで修道院の玄関を出た。外にステーションワゴンが止まっていた。出発まぎわに院長に手を振ると、マザー・グレゴリアはいつに変わらぬ笑みを返してくれた。

元気なガブリエラを見るのは院長の喜びだった。最近のガブリエラの目はいきいきと輝いている。彼女の畑仕事にもますます熱が入っている。それでもちゃんと彼女の好きな文章が書けていることを院長は期待した。今度そのことで彼女に確かめなければ、と院長は自分の頭のなかに記録した。

車を歩道から出すと、ギャビーはアクセルを強く踏んで最初の角を高速で曲がった。二ブロックほど行ったところで車を止め、そこにある公衆電話から彼の修道院に電話した。電話をするときの彼女の手はわなわなと震えていた。呼び出し鈴が三回鳴ったところで、若い声が応答した。ガブリエラはジョーに言われたとおりに話した。すなわち、こちらはコナーズ神父のかかっている歯科医だが、予約の空きができたのでコナーズ神父の都合はいかがか、と。

「それは残念でした」

若い声はていねいに答えた。

「ちょっと無理だと思いますよ」

ガブリエラはがっかりした。若い声はつづいていた。

「でも一応確認してきましょう。神父はちょっと前に出かける用意をしていましたから。もし出かけていたら、しばらく戻らないと思うんですが」

ガブリエラは受話器を耳に当てたまま、しばらく待たされた。そのあいだ、あと三十分早く出られなかった自分のツキのなさを悔やんだ。もしかして自分に罪の意識を持たせるために神さまがこうさせているのかとも思った。すでにふたりは、一緒に修道院を出る意味の重大さを何度も話しあっていた。罪の意識を持ってしかるべきなのに、彼女にはまだその気持ちがなかった。少しのあいだだけでいいからふたりだけになりたい。未知への興奮に誘われて、彼女の頭のなかはそのことでいっぱいだった。手遅れになる前にふたりが目を覚まして、結局なんでもなかった、で終わるかもしれなかった。たとえそうではあっても、短いあいだふたりが分かちあったこの愛を、彼女はあと二、三日だけでも引き延ばしたかった。そして、残りの長い人生を神にささげ、悔い改める日々を送ろう。もし神父にそう求められるなら。

若い声が息を切らしながら耳に戻ってきた。結果やいかにとガブリエラは受話器をにぎりしめた。そして、若い声が話しはじめると、思わず歓喜の声をあげそうになった。

「出かけるところでしたけど、つかまりました。神父が出るそうですから、このまま待っていてくれますか?」

すぐにジョーの声が響いてきた。走ってきたらしく、彼も息を切らしていた。

「いまどこから電話しているんですか?」

神父の顔からは笑みがこぼれていた。こういうチャンスは決して巡ってこないのかとあきらめかけていた二人だった。

「セント・マシューズの近くです。これから荷物をとりに街に出かけます。ほかにも用事を言いつかったんですけど、帰り時間は決められていないから、少しは街にいられると思います」

　ガブリエラは説明した。

「じゃあ、わたしが行ってもいいんですね？　それとも、なにかまずいことでもありますか？　指定してくれればどこへでも行きます。用事はどこでするんですか？」

「デランシー通りと、修道院にディスカウントしてくれるロアー・イーストサイドの店です」

「では、ワシントン・スクエア公園ではどうですか？　あそこに知り合いがいるはずはないから。それとも図書館の裏のブライアン公園でもいいですけど」

　ジョー神父の好きな場所である。ハトがやたらに多くて、酔っぱらいもうろついているが、それさえ我慢すれば静かできれいなところだ。

　一時間後にワシントン・スクエア公園で会うことになった。一時間あれば布もピックアップできるだろうし、急いでやれば、全部の用事が片づきそうだった。

「では、十時にそこに行きます」

　神父はそう言ってから、こうつけ加えた。

「それからギャビー……いろいろありがとう。スイートハート、愛している」

〝スイートハート〟などと呼ばれるのも、こんな言い方で話されるのも、ガブリエラは生まれて初めてだった。

「わたしも愛しているわ、ジョー」

ガブリエラは誰かに聞かれるのが怖くて、声をひそめて言った。まわりに誰もいないことがなかなかのみ込めなかった。

「さあ、それじゃあ、用事をすませていらっしゃい。一時間後に会おう」

倉庫の係員たちがてきぱきしていたのはありがたかった。彼らは巨大な荷物を手早く車の荷台に積んでくれた。修道着を一着つくるのに布は五ヤード必要で、修道女は五百人いるのだから、その量は半端ではない。今日はその一部を受けとるだけだったが、荷台はそれ以上入りきれないぐらいいっぱいになった。

ガブリエラは残りの用事を記録的な速さで片づけた。そして、六番街に車を乗り入れたときは十時を五分過ぎていた。公園の方角に向かって角を曲がると、やがておなじみのアーチが見えてきた。公園を遠くから見るとちょっとパリに似ている。ガブリエラは駐車スペースを見つけて車を止め、ドアをロックした。それから思いなおして鍵を開け、頭から頭巾をはずしてそれをフロントシートに置いた。顔を鏡に映してみるゆとりはなかった。しかし、ドアを閉めながら、手で髪だけはすいた。それから約束した場所に向かって歩きはじめた。彼女が着ていたのは地味な黒いワンピースだが、これなら普通の人たちと同じに見えそうだった。短いワンピース着用のポスチュラントの規則がこの際は好都合だった。これが、最終的な誓いを立てたあとやノヴィスだったら長い修道着を着なければならないから、こうはうまく行かなかっただろう。

広場を駆けだしていくと、彼の姿がすぐ目に入った。彼女は思わず顔をほころばせた。ジョーはなにも言わずに腕を広げて彼女を抱きよせた。ふたりは唇を重ねた。彼のほうもローマン襟の衣を車のなかに脱ぎ捨て、半そでの黒いシャツに、それに合うズボンをはいていた。とくに目立つ格好ではなかった。

「あなたに会えてうれしい」

彼は息を弾ませながらそう言い、彼女の横にぴったりついてゆっくりと歩きはじめた。ついにふたりだけで街なかに出られた喜びは筆舌に尽くせないほど大きかった。そこは色彩と喜びに満ちた世界である。日中から大勢の人が寄り集まっている。風船を持った子供たち。手をにぎりあいながらベンチで話しこむカップル。チェスを楽しむ老人たち。高く張りだした木の緑が夏の強い日差しをブロックして程よい木陰をつくっていた。通りかかったカートから、神父はアイスクリームを買って彼女に渡した。ふたりはベンチに腰をおろした。ガブリエラはこんなに幸せそうにほほえむ神父を見るのは初めてだった。ふたりはそこでもキスしあい、手をにぎりあってアイスクリームを食べた。まるで夢のようなひとときだった。しかし、この夢はいつでも悪夢に変わりうる。そうと分かっていても、ふたりとも、いまそのことについて考えるつもりはまったくなかった。

「電話をくれてありがとう、ギャビー」

修道院から出るのがどんなに大変か分かっている神父は心から感謝している様子だった。長いあいだ待たされた末の数時間だからこそ、ふたりの喜びはなおいっそう盛りあがっていた。

一刻も無駄にしたくないふたりだったが、話は弾んで話題は尽きなかった。しかし、未来のことについて話すゆとりはなかった。ふたりの話の中心は〝いま〟だった。今度いつ会える、と訊かれて、ガブリエラは答えに窮した。今日外に出られたのは奇跡のようなものだった。今度その奇跡がいつやってくるのか、推測するのは不可能だ。しかし、彼女としてはなんとかするつもりだった。修道院の空き部屋での密会は、この自由な外の世界に比べたらゴミみたいなものである。ここなら誰に遠慮することなく、ふたりだけでなんでもできる。

「なんとかしてみるわ。またシスター・エマニュエルに用事を言いつけられることもあると思うんだけど。わたしがちゃんとそれをやって、長い時間行方不明にさえならなければ、誰にも反対されないと思うんだけど」

年配の修道女たちは彼女のためならよく規則を破ってくれる。ガブリエラのほうも彼女たちの用事をこまめにしてやっていた。彼女がちゃんといいポスチュラントでいるかぎり、先輩修道女たちが彼女に用事を頼むのを急にやめるはずはなかった。ここのところ、自分の物書きの時間を犠牲にして、畑仕事に精を出していた彼女だった。

「あなたといつかセントラルパークに行きたいな。それとも川のほとりでも散歩しようか」

神父には彼女と一緒にやりたいことがいっぱいあった。しかし、そのための時間はまるでなかった。

神父は十一時半に彼女を車に戻した。ふたりが分かちあった一時間半は数時間に匹敵するほど充実していた。思い描いていたとおりの楽しいひとときになった。だからこそふたりは、また会うことに情熱をかきたてられていた。その危険のなんたるかを知っていても、もう後戻りできないところに来ていた。最後にもう一度ジョーが彼女にキスした。彼が体をすり寄せてくるのを感じて、ガブリエラは最初びっくりしたが、すぐにリラックスして彼の腕のなかでとろけた。

「気をつけるんだぞ、ギャビー。ほかの人に話しちゃいけないよ」

彼は無用な警告をした。ガブリエラは笑みを返した。

「シスター・アンにも言っちゃいけないんでしょ？」

ガブリエラがふざけて言うと、ジョーは笑った。できたらその場から彼女を連れて帰って、そのまま一緒に暮らしたかった。ジョーの願いは普通の男と同じだった。自分も普通の恋人たちがするようなことがしたかった。三十一歳になる今日まで、彼は女性と寝たことがなかった。そんなことを考えたこともなかった。誘惑したことも、されたこともなかった。それなのに、いまの彼の頭のなかは女体のファンタジーで渦巻いていた。空想は、水門を開くようなものだった。一度せきが切れると、感情の激流を止めるのは不可能だった。彼は車の横に立ち、ガブリエラが頭巾をかぶるのを見つめた。大きな青い目でこちらを見上げる彼女はまるで少女のようにかわいらしかった。彼女のそんなしぐさを見ているだけで、ジョーはこの場から駆け落ちしてしまいたい衝動にかられた。こうして会える日がまた来るのかどうか、すべては運しだいだった。

「明日、告白のときに会いましょう」

彼女が周囲を気づかいながら言うと、ジョーはうなずいた。これでもうお別れなんて切ないかぎりだった。一緒にいて、もっとなんとかできないものか。

「空き部屋の鍵はまだ持っているのかい？」

ジョーがそうであってくれと願いながら訊くと、ガブリエラはにっこりした。

「鍵のある場所は知っているわ」

空き部屋での密会は決して安全ではなかったが、告白室でささやきあうよりはましだった。ジョーはただ親しく語りあうだけではもう満足しきれなくなっていた。ふたりは今度こそ最後と唇を合わせた。

手を振りながら車をスタートさせたガブリエラは制限速度ぎりぎりのスピードで街なかを飛ばしていった。セント・マシューズ修道院へは難なく戻ることができた。ポスチュラントのひとりが出てきて荷おろしを手伝ってくれた。巻いた布はとても重かったが、ジョーと幸せなひとときを過ごした彼女には十人力が涌いていた。

シスターたちと昼食をとってから、午後は畑で働き、みんなと一緒に夕刻の祈りをささげたあとは、時間どおりに夕食の席についた。それから余った時間を見つけて部屋にこもり、文章を書きはじめた。ちょうどそこにグレゴリア院長がやってきて、新しい物語は書けたのかと彼女に尋ねた。ガブリエラは院長に会うのは久しぶりのような気がした。シスター・バーナデットの献身的な働きぶりについてはいろんなシスターから報告を受けていたから、グレゴリア院長は元気そうなガブリエラを見てとても喜んだ。院長としては、ガブリエラが最終的誓いを立てるのが待ち遠しくて仕方なかった。

院長が部屋を出ていったあとで、ガブリエラは、七月四日の独立記念日からはじまった流浪の旅のなかではじめて良心の痛みを感じた。胸にナイフを突き刺されるような苦しい痛みだった。あれから二週間しか経っていないなんて信じられなかった。神父とのことはまるで一生つづいてきたような気さえしていた。

自分が出ていったらグレゴリア院長はどれほどがっかりするだろう。ガブリエラはそのことを考えないわけにはいかなかった。それでもやはり自分のエゴは止められなかった。ジョー・コナーズと一緒にいること、それがいまの彼女の望みのすべてだった。

次の日彼女は告白室でジョーに会い、午後には空き部屋での密会を果たした。しかし、ワシントン・スクエア公園の自由な雰囲気を味わったあとでは、塀のなかはいかにも狭苦しかった。外への用事をこの次いつ言いつかるか、見当もつかないところがつらかった。結局ふたりは、その日がやって来るまでまる二週間待たなければならなかった。待っているあいだのふたりはお互いが恋しくて、息が詰まりそうで、いまにも発狂しそうだった。

ジョーがかねてから望んでいたとおり、ふたりはセントラルパークで会った。池の周囲を歩き、ボート遊びに興じる大人や子供たちを眺め、そのあとはアップタウンをぶらついた。公園は、草木が生い茂り、緑に満ちていた。どこか遠くのほうで吹奏楽団が演奏していた。ガブリエラにとって、彼と一緒の時間はいつもどおり夢のようだった。一時間のなかに休日一日分の楽しみが凝縮されていた。許される時間がもう少し長かったら、とふたりは思わずにはいられなかった。

それから数日後にふたりはもう一度セントラルパークで密会することができた。今度のふたりには、木陰で寝そべる精神的ゆとりがあった。ジョーが彼女のももに頭をのせると、ガブリエラはジョーの髪をなでながら彼の話に耳を傾けた。話したいことが山ほどあるのに、時間がなかった。車に戻る途中で、ジョーは今日もまた彼女のためにアイスクリームを買った。

告白室で毎日のように顔を合わせるふたりだが、ささやきあうだけの愛は切なさが募るだけだった。ほこりくさい空き部屋でのたまの密会だけがふたりのささやかなプライバシーだった。

語りあいたいこと、したいことがありすぎて、どこから始めればいいのか、ふたりにはその突破口が見いだせなくなっていた。ただ愛しあっていることだけが確かな、なかなか出発できない恋路だった。こういう例はなにもふたりが初めてではない。こんな場合、神父が修道女を連れて逃げるのが普通である。もしジョーがそうしたからといって、それが最初でも最後でもない。しかし、ガブリエラもジョーも、そんなことをしたときの破壊力の大きさを知っている。

大勢の人が裏切られたと感じるだろう。修道院を自分の世界と思っているジョーは、自分が追い詰められてそうなるのを恐れていた。そして、そのことをガブリエラにも正直にうち明けた。

「時間をかけて、もっと考えましょう」

ガブリエラは彼の苦境を察して言った。

「よくよく考えずにそんな行動に出ることだけはよしましょうね、ジョー」

だから、ジョーはずっと考えに考え抜いてきた。夜ひとりになったとき考えていると、彼女に会いたくて居ても立ってもいられなくなる。告白室で交わすキスが狂おしくてたまらなくなる。色恋ざたなど、したことも考えたこともなかった彼なのに、ガブリエラに出会ってからすべてが変わってしまった。

ガブリエラはふたりの愛と自分の夢について散文を書きはじめていた。いつかそれを彼に読んでもらうのが夢だった。文章はいわば彼に向けた終わりのないラブレターだった。彼女はそれを自分の唯一の引き出しである下着入れのいちばん奥に隠した。そこなら誰にも見つからないはずだった。

「今度いつ外に出られると思う?」

最後にデートしたとき、ジョーは彼女を車のところまで送りながら悲しそうな顔で訊いた。

「なるべく早くするわ。もしかしたら来週出られるかもしれない」

年老いた修道女たちはみんなそろってジョージ湖にある修道院へ移ることになっている。誰かが避暑のための一軒家を借りたからだが、そのときはグレゴリア院長も初めのうちだけ同行することになっていた。そうなったら、外出はもっと自由になるかもしれない。いや、かえってうるさくなるか。修道院内のことは先行きを読むのが難しいのだ。

老修道女たちがジョージ湖へ出発した日、午後のガブリエラはまったく自由で、なにをするのも彼女の自由だった。ポスチュラントは全員歯の診察に出払ってしまい、数時間は戻ってこないはずだった。ガブリエラは二か月前に歯医者にかかっていたから、みなと一緒に行く必要がなかった。

彼女は当番の修道女に車を使わせてもらえないかと頼んだ。

「しおれがちの野菜が少し目立つので、街へ行って専用のスプレーを買いたいんです」

「あまりぐちゃぐちゃ言わないで。わたし、今日は頭痛がひどいの」

当番の老修道女はそう言っただけで、面倒くさそうに車の鍵をガブリエラに渡した。ガブリエラははっきりした時間を言わず、ただなるべく早く戻ってきますとだけ言って出かけた。いつもの角を曲がったところで車を止め、ジョーに電話をした。運よく彼は修道院内にいた。運よくというより、最近の彼は、いつかかってくるか分からない彼女の電話を待って、なるべく外に出ないようにしていた。

「時間のゆとりはどのくらいあるのかな?」

彼はいつもまずそのことを尋ねる。しかし、今日は三、四時間は大丈夫だと聞いて、少なからず驚いた。こういう機会を待ち望んできたのだ。それがこんなに早く来たのに彼は戸惑いさえ覚えた。だが、頭を急回転させて、今日のデート場所を案出した。

「五十三番通りを東へ行ったところで会おう」

ジョーはその正確な番地を指定した。そこになにがあるのか、ガブリエラには知る由もなかった。その場所は、いま彼女がいるところから数ブロックしか離れていなかった。今度は彼女のほうが先に着いた。ガブリエラは頭巾を脱ぎ、彼が到着するのを車のなかで待った。

まもなくやってきた彼は道の反対側に車を止めた。ふたりは辺りをぶらぶらと歩いた。彼女の肩に腕をまわしながら、ジョーは物静かで、なにか考えているように見えた。

「公園へは行かないの?」

ガブリエラは意外そうに訊いた。

「今日はちょっと暑すぎると思うんだ」

そう言って彼女を見下ろしたときのジョーはなにか落ちつかない様子だった。誰にも見られていないのを確かめてから、彼はガブリエラを抱き、自分が準備してきたことを説明した。彼の話によると、広告業界で成功している孤児院時代の旧友が最近ニューヨークに進出してきて、一緒に語りあう機会があったのだという。具体的には言わなかったが、ジョーが精神的な悩みを友人に訴えると、友人は修道院の生活に疲れたときいつでも使えと言って、彼のアパートの鍵をジョーに渡してくれたのだという。

「その旧友は、いまちょうど夏休みでケープコッドに行っているんだけど、彼のアパートへ行って少しゆっくりしないか？　もし怖いならやめるけど。街をほっつき歩いてばかりいるのも疲れると思って」

彼は無理強いするつもりはなかった。下心もなかった。ただし、彼女がそう希望するなら、リラックスさせてやろうと思って、アパートの鍵だけは持ってきていた。

「きみの好きなようにしてくれていいんだよ」

ジョーがやさしく言うと、彼女はにっこりした。

「いいんじゃない。アパートへ行きましょう」

彼女は小さな声で言い、ジョーのあとにつづいた。

ジョーが友人のアパート内に入るのはそのときが初めてだった。ふたりはその豪華さに目を見張った。広いリビングルームには革張りのゆったりとした椅子が置かれ、やはり革張りの長大なソファもあった。とてもモダンで、男性タッチの内装だった。キッチンも大きくて、粋なバーも備わっていた。家の庭に面して寝室がふたつあった。ひとつは明らかに家主用で、もうひとつは客室として使われているらしかった。ジョーはエアコンのスイッチを入れてから、高価そうなステレオ装置を見て、「ヒューーッ」と口笛を吹いた。それから彼女の希望する飲みものを訊き、バーへ行ってワインを注いだ。

こんなスタイルで時間を分かちあおうとは夢にも思わないことだった。ソファにジョーと並んで腰をおろしたとき、ギャビーは口もきけないほど雰囲気にのまれていた。ジョーと一緒にいて、こんなに緊張するのも初めてだった。すべては雰囲気のせいだった。だが、音楽を聴き、ワインをすすっているうちに、ガブリエラは少しずつうち解けていった。たとえ環境は変わっても、一緒にいるのは彼女の愛するいつものジョーなのだ。

「踊ろうか?」

ジョーに誘われて、彼女はにっこりした。踊りを習ったことも、踊ったこともなかったが、ジョーに抱かれたまま動いて、とても楽しかった。ジョーも生まれて初めての幸福感に酔っていた。キスしながら音楽に合わせてステップを踏むガブリエラは彼の腕のなかで完全にとろけていた。流れていたのはビリー・ジョエルの曲だった。

こんなことは今までしたことがなかった。だが、これこそがふたりの望みだった。待ちこがれていた瞬間だった。誰にも邪魔されず、今こそふたりだけでお互いを確認できるのだ。踊りながら、ジョーは彼女をやさしく見下ろした。ふたりの気分はどんどん盛りあがっていった。彼女の心臓の鼓動がジョーにまで伝わっていた。ジョーはキスをなかなかやめられなかった。踊り終わったとき、ふたりは息を切らしていた。

「もうがまんできない」

ジョーがささやいた。この重大な一線を越える心の準備が彼女にできているかどうか分からなかったが、ジョーは本心を正直に言った。最初に愛を告白してから五週間、ふたりはわけが分からないままお互いを求めてもだえ苦しんできた。女性経験のないジョーと、男性をまったく知らないガブリエラ。未経験のふたりに罪悪感はまるでなかった。ガブリエラにはジョーの言葉の意味がよく分かった。彼女は愛にあふれた目でジョーを見上げた。

「わたしもよ」

ガブリエラはささやいた。ジョーは腕のなかで彼女の心臓が激しく脈打つのを感じていた。

「怖くないね、ギャビー？……こんなに真剣に愛しているんだから……」

ジョーは彼女を軽々と抱きあげ、そのままゆっくりとベッドルームへ運んでいった。寝室の雰囲気はふたりを歓迎していた。ジョーはやさしく彼女をベッドに横たえた。そして、彼女が着ていたポスチュラントの制服をぎこちない手つきで脱がしはじめた。ガブリエラは進んで手を貸し、自分からボタンをはずし、ひもをほどき、ピンを抜いた。ジョーはキスしてから、顔を遠ざけて彼女の全身を見下ろした。彼女の肌はクリームのように白かった。はじめて見る彼女の乳房に、ジョーはめくるめいた。脚は彼が思い描いていたよりずっと長くて、しなやかで、形もすばらしかった。

ガブリエラは服を脱がされてもぜんぜん怖くなかった。ジョーはベッドにすべりこんできて、彼女の下着を脱がせた。ガブリエラも同じことをジョーにした。床にできた衣類の小山を横に、ジョーは天にも昇るような悦びのなかで、ガブリエラの肉体を探検しはじめた。こんな感激は初めてだった。お互いに信頼しあい、発見しあう時だった。この先なにがあるのか、ジョーにもガブリエラにも分からなかった。それでも、ふたりは迷うことなくお互いを求めあった。これは、ふたりが手を携えて歩まなければならない新しい人生に向けての第一歩だった。

ジョーは彼女の体のあらゆる部分にキスした。ジョーの手の下で震えていたガブリエラがゆっくりと彼を見上げた。気にしていたものを見つけた彼女はびっくりして目を大きく見開いた。初めての彼女が恐れおののくのは無理もなかった。ガブリエラは一瞬どうしようかと思った。が、自然の生命力が彼女をすぐに納得させた。ジョーはとるべき行動を本能的に理解した。彼が入ってきたとき、ガブリエラは悲鳴をあげそうになった。ジョーは、燃えさかる欲望にもかかわらず、慎重だった。彼女が痛がるのが分かっていたから、激しい動きはできるだけ控えた。しかし、とうとうがまんできないところまで来ると、激しく震え、彼女の名前を呼びながら果てた。ガブリエラはジョーにしがみつきながら、痛みと快感が混じりあう不思議な体験にわれ知らずうめき声をあげていた。

終わってから、ジョーは彼女をなでながら見下ろした。ガブリエラの目は涙で濡れていた。しかし、悲しみの涙ではありえなかった。これからの生涯を共にする、結びつきを祝す涙だった。ジョーは確信が持てた、彼女が去ることは決してないだろうと。自分も彼女から去るつもりはなかった。ふたりはよくぞここまで来たものである。ジョーは彼女の唇と、髪と、目にキスした。そして横になったまま、いつまでも彼女を抱きつづけた。別れなければならない時がくると、ジョーは意を決したように上半身を起こして、あらためて彼女の体をもう一度眺めた。

そして、見苦しい修道着の下に隠されていた美しさにただただ畏怖するばかりだった。

「本当に綺麗だ……」

裸になったときの彼女がここまで美しいとは、ジョーは夢にも思っていなかった。その美しさに魅せられて、ふたたび彼女が欲しくなった。そして、欲望もあらわにキスをつづけていると、ガブリエラがしがみついてきた。二度目の結ばれ方はさらに刺激的だった。初めて知る異次元の悦びのなかで、ガブリエラの体は完全にとろけていた。

エクスタシーに包まれたふたりはお互いの腕のなかでいつまでもぐったりしていた。やがてジョーが起きあがり、彼女を誘って一緒にシャワーを浴びた。未経験だったし、ふたりとも恥ずかしがり屋なのに、そのあとでも自然に振るまえるのが不思議だった。ガブリエラはシャワー室のなかで彼に肌をすり合わせて立った。温かいお湯が汗を洗い流してくれた。彼が求めてきたキスに応じながら、ガブリエラはにっこりした。

これからどうすればいいのか、ふたりにもう迷いはなかった。サイは投げられたのだ。

ふたりは声をかけあってベッドのシーツをとりかえ、一緒に洗濯機でタオル類を洗った。それから居間に戻ってきて、ソファに座り、新たな気持ちでこれからのことを話しあった。

「いつまでも同じことをくり返しているわけにはいかないからね、スイートハート」

ジョーは現実的に言った。自分たちの人生が今日で変わったことをふたりとも自覚していた。いずれはグレゴリア院長にも話さなければならない。そのときなんと切りだせばいいのか、ガブリエラには場面も想像できなければ、言葉も思いつかなかった。彼女がいま考えられるのは、彼のことと、今日の午後のことだけだった。これから先になにが横たわっていようと、自分が彼のものであることをガブリエラはそのときはっきり自覚した。

こんな体験をしたあとでは、公園の散歩や、告白室でのあわてたキスだけではとても満足できないだろう。

「とりあえず、わたしはあなたの命令を聞くわ」

ガブリエラは彼の立場を案じて言った。ジョーには考えなければならないことがいっぱいあった。

「きみは貧乏生活に耐えられるかい？　文無しのだよ」

ジョーは心配そうな顔で訊いた。ガブリエラにそんな経験がないのを知っていたから、ジョーはそこのところが気になっていた。修道院での日々は贅沢とは無縁だが、必需品が不足することはなく、安全は保障されている。しかし、もし結婚したら、ふたりは当分のあいだ飢えることになるだろう。

「わたしが働くこともできるわ」

彼女には大学卒業資格もあるし、学校で教えることも、出版社で働く道もある。文章を書いて売ることだってできる。それでお金がいくらもらえるか分からなかったが、グレゴリア院長もほかの人たちも、彼女の文章を出版社に売りこむべきだといつも言ってくれていた。

「わたしも学校で教えられると思うんだ」

ジョーが不安そうに言った。彼はセント・ステファン修道院から給料をもらっている身だが、もし修道院から出てしまったら、いままで自分のなかに蓄積した技術は外の世界ではなんの役にも立たなくなる。生活の心配など、今の今までしたことがない彼だった。

「あなたなら、いろんなことができるわ」

ガブリエラは彼を安心させるような口調で言った。

「もしあなたがそうしたいなら」

彼女としてはジョーに無理強いしたくなかった。もしジョーが神父の職を辞するときがあったら、それは彼の自発的な決意からであってほしかった。そうでなければ、ジョーはそのことで彼女を一生恨むことになるかもしれないのだ。とくに、これから歩む道が険しければ険しいほどそうなる可能性が高い。険しくないはずがなかった。この変化に適応するのは並大抵な努力ではできないだろう。

「わたしの望みは分かってくれるだろう？　どんなことがあってもきみと一緒にいたいんだ」

ジョーは彼女にキスしながら言った。ふたりはまたまたエクスタシーの世界に誘われた。ふたりきりというのは本当にいいものだった。いままでは彼女のためを思って自分を抑えてきたが、男女の結びつきがこれほどすばらしいとはジョーも知らなかった。経験が不足している分、ふたりには情熱があった。

「わたし、もうそろそろ戻らなくちゃ」

彼女は残念そうに言った。いまになると修道院に戻らなければならない自分が不思議だった。ジョーには考えがいろいろできていた。とりあえず、これだという方針が決まるまで、しばらくのあいだは今のままで我慢することにふたりは同意していた。

だが、最終的な決心はもう固まっていた。問題は実行の〝時〟だった。いつまでも今日のようなことをくり返しているわけにはいかなかった。少なくともガブリエラのほうに罪悪感が伴うのは避けられなかった。とりあえずは、罪を告白して、そのうえで未来に向かって進むしかなかった。もしふたりが一緒になるなら、ガブリエラとしては、いつまでもグレゴリア院長に嘘をついていたくなかった。

ガブリエラは修道着の折り目を正した。アパートを出る前に、ジョーはもう一度彼女を抱きしめた。

「きみがいない時間がつらい」

ジョーはかすれ声で言った。

「今日のことは一生忘れない」

「わたしもよ」

ガブリエラはささやいた。しかし彼女の胸のなかは複雑だった。ジョーに対する愛は純粋でも、修道院のみんなを裏切ってしまった罪悪感はぬぐいきれなかった。それでも、彼女のなかでジョーはすでに愛する夫になっていた。

ふたりはアパートを出た。ジョーはゆっくりとした足どりで彼女を車のところまで送り、彼女が頭巾をかぶるのを見守った。ジョーはふたたびポスチュラントに戻った。世間の目から見たらどう見ても修道女だった。だが、ジョーの目には違ったガブリエラが映っていた。彼女の体のすみずみが思いだされた。虚飾を取り払ったときのその美しさ、からみ合ったときのふたりの情熱が彼の脳裏をよぎった。

「くれぐれも気をつけてね」

ジョーはやさしく言った。

「また明日の朝会おう」

毎日のミサと告白は彼の担当になっていた。そこで顔を合わせても、それだけではたいした慰めにはならないが、借りたアパートを使えないかぎり、狭い告白室がふたりの世界のすべてだった。

「愛しているわ」

最後にもう一度キスしあってから、ガブリエラは重い胸を抱いたまま、その場をあとにした。

彼と別れるのはつらかったが、修道院に戻ってみると、そのつらさはよけい身にしみて感じられた。周囲の修道女たちに目をやると、自分の行為がとんでもないことに思えて、彼女たちとの距離をますます感じてしまうガブリエラだった。

それでもやはり修道院にはいなければならなかった。将来のことをはっきり決めるまでは、彼女には行き場所がないのだ。ジョーの場合も同じだった。修道院を出ることを正式に表明する前に、ふたりには職を探さなければならない現実があった。ジョーが神父職を辞するのは最後の最後でいいとガブリエラは思っていた。だが、ジョーが神父職にとどまったために彼女を捨てなければならなくなったとしたら、ガブリエラにいま考えられるのは自殺だけだった。

その夜彼女はベッドの中でなかなか眠れなかった。夕食のときも口数が少なかったが、何人かのポスチュラントはそんな彼女に気づいていた。物思いにふけっているガブリエラを見て、その週の当番のシスターは彼女が病気なのではないかと心配した。だから次の朝には、ガブリエラに医者に診てもらうよう勧めた。ガブリエラは顔色も悪く、疲れている様子だった。だが、大丈夫です、と言い張って、いつものようにミサにも告白にも出た。

ジョーは彼女の番が来るのを今か今かと待っていた。彼女の声を聞くや、窓を開けて、貪るようにキスした。

「大丈夫かい？」

ジョーの声には彼女を案じている真摯な響きがあった。実際彼は、昨夜はひと晩じゅう彼女のことを心配して一睡もしていなかった。同時に彼女の体も忘れられなかった。一度恍惚感を味わった彼の健康体は肉欲の快楽に目覚めていた。

「後悔していないかい？」

ジョーは息を殺してガブリエラの答えを待った。

「もちろん後悔なんてしていないわ。昨日は戻ってきてとても悲しかったの。だって、あなたがいないんですもの」

「わたしも同じだった」

ジョーは彼女ともう一度アパートに戻りたかった。だが、今度いつできるかは偶然のチャンスを待つしかなかった。

ふたりはかわりに、その日の午後いつもの空き部屋で会った。だが、今度は不安でどうしても落ちつけなかった。いままでは運よく誰にも見られなかったが、ガブリエラはそのうち誰かに見つかるような気がしてならなかった。

その後、彼女は畑仕事をしながらジョーのことを考えつづけた。誰もいないのを確かめて、グレゴリア院長の執務室からジョーのところに電話までしてみた。ふたりは早口でしゃべり、お互いのことはバレないようにしようと話しあった。しかし、その危険度はますます高まり、うまくいかなかったときの代償がどんどん大きくなっていることが強迫観念となってふたりの胸のなかに広がっていた。いずれはすべてを清算しなければならない。しかしジョーはまだその〝時〟を決めていなかった。

ガブリエラはうまく立ち回って、グレゴリア院長がジョージ湖から戻ってくる前に、もう一度彼とアパートで会うことができた。しかし、今回は許された時間が短く、ふたりは欲求不満のままアパートを出なければならなかった。それだけに、ふたりがお互いの腕のなかにいられた時間は計りようもなく貴重だった。

ジョージ湖から戻ってきたグレゴリア院長はガブリエラの変化に気づいて、おやっと思った。妙に寡黙で、目の表情が彼女らしくなかった。院長は心配した。小さいときからよく知っている彼女だから、なにかトラブルに巻きこまれていることはその目を見るだけで分かった。院長は戻ってきたその夜のうちにガブリエラに問いただそうとしたが、彼女はなんでもありませんと言い張って、その話には乗ってこなかった。

次の日、ガブリエラは前から書きつづけている恋の讃歌を書き終えると、少し元気をとり戻した。だが、頭のなかは彼のことでいっぱいだった。そんな自分を見つめるとき、修道院はもうわたしの住むところではない、と思えてならなかった。

次の日、郵便局へ出かける用事を言いつかったので、またその時間を少し割いて、ジョーと一緒に公園を散歩した。アパートへは行かなかった。時間もなかったし、グレゴリア院長になにか気づかれそうで、それが怖かったからだ。

「院長はなにか感づいているわ」

ギャビーは心配そうに顔をしかめて言った。ふたりはひとつのアイスクリームを代わりばんこに食べながら、大道ミュージシャンが演奏する音楽を聴いていた。

「院長は勘がいい人だから、人の変化がすぐ分かるのよ」

そう言ってから、ガブリエラは不安げな顔でジョーを見上げた。

「もしかして、わたしたち誰かに見られたかしら？」

ふたりは何度も外を一緒に歩いたし、彼女が思っていたよりも頻繁に密会した。アパートへも行った。五十三番通りで誰かに見られたという可能性はある。

「そんなことはないさ」

ガブリエラの心配をよそに、ジョーは落ちついていた。実際、神父というのは修道女よりもはるかに自由に恵まれているのだ。修道女たちはいつも半ば監視されているようなものだが、神父にはそれがない。自分の行きたいところへ行ける。修道女にとっては夢のような話だ。外出に際して、外出の理由を問いただされることもない。自分の常識と責任において行動すればいいことになっているのだ。

「院長は他人を見張るような人ではないからね」

「わたしもそう思うわ」

夏が急ぎ足で過ぎようとしている八月だった。学校で教えているシスターたちは新学期に備えての準備で忙しかった。キャッツキルのジョージ湖に引きこもっていた老修道女たちも戻ってくるころだ。キッチン当番のシスターたちは早くもレイバーデーに催す屋外パーティーの準備にとりかかっていた。しかし、これからのことを考えなければならないガブリエラには、そんな修道院内の行事のすべてが他人ごとのように思えて、いままでのような純粋な気持ちでは打ち込めなかった。

ようやくレイバーデーがやってきたとき、ガブリエラはインフルエンザにかかって元気をなくしていた。グレゴリア院長の心配の仕方は並大抵ではなかった。病気になったのはギャビーの体だけではない、と院長は気づいていた。

〈どうしたんでしょう？　最近のあの子は精神がむしばまれている！〉

例によって、レイバーデーの屋外パーティーには、ほかの神父たちと一緒にジョーもやってきた。が、今回の彼は意識してギャビーを避けた。ふたりはその前に、ほかの人に感づかれるといけないからなるべく顔を合わせないようにしよう、と申し合わせていた。だが、ふたりは人目を盗んでは意味ありげな視線を交換しあっていた。ガブリエラはその日、食欲もなかったので、パーティーを中座して部屋に引きこもってしまった。それを見たグレゴリア院長とシスター・エマニュエルのあいだでひそひそ話が交わされた。

「あの子はいったいどうしたんでしょうね？」

ポスチュラントの指導部長は純粋に心配していた。こんなギャビーを見るのは初めてだった。

「わたしにも分かりませんよ」

グレゴリア院長は不満げに言った。

本人に訊いてみるしかないと思い、院長はその日の夕方ギャビーの部屋を訪れた。ガブリエラは夢中になって書きものをしているところだった。

「なにか新しいものを書いているの？」

院長は明るい声でそう呼びかけると、こういう場合のために置いてある部屋のすみの粗末な椅子に腰をおろした。

「読んでいいかしら？」

「いいえ、まだダメです」

ガブリエラは青ざめた顔で、枕の下に置いてあった原稿用紙の束を自分のそばに寄せた。

「最近、書く時間があまりなくて、すみません」

そう言ってから、彼女は申しわけなさそうな顔を院長に向けた。

「パーティーを途中で抜けてすみませんでした」

外はかんかん照りで、パーティーを抜けだしたときの彼女はまっ青な顔をしていた。

「あなたのことが心配なのよ」

グレゴリア院長は率直に言った。答えるギャビーはどこかそわそわしていて、いつもの彼女ではなかった。

「単なるインフルエンザです。院長が留守のあいだ、みんながかかりましたから、それがうつったんだと思います」

院長は嘘を見抜いていた。彼女の留守中に寝こんだのは老シスターひとりだけで、その理由もインフルエンザではなく、持病の胆囊炎からだった。セント・マシューズ修道院内で最近病気になった者はほかにいないはずだった。

「信仰の道に迷いでも出ましたか、マイ　チャイルド？　だとしたら、それは誰でも経験することですよ。わたしたちの人生も、それを選ぶ決断も、容易なことではありませんからね。小さいときから修道院にいるあなたとて例外ではいられません。ある時点でわたしたちはもだえ苦しまなければならないのです。もだえ苦しんだ末に出した結論だからこそ、そのあとの決意が揺るがないのです」

そう言いながら院長は、ガブリエラがまだ俗世間に未練を残しているのではないか、とふと思った。

「怖がらないで正直に話していいのよ」

「いいえ、なんでもないんです、マザー。わたしは大丈夫ですから」

ガブリエラが院長に嘘をつくのは今日が初めてだった。彼女はそんな自分を嫌悪した。このまま行ったら、にっちもさっちもいかなくなるのが目に見えていた。いっそこの場でジョーとのことを告白して、院長の手で修道院を追いだされたかった。怖くもあったが、嘘をついているよりもそっちのほうがましだと思った。

「もしかしたらあなたは、まだ自由の身のうちに、世の中をもう一度見ておいたほうがいいのかもしれないわね。どこか外で仕事を見つけて、住むのは修道院ということにしてもいいのよ、ガブリエラ。そうすることをあなただけ特別に許可します」

院長の提案はまさに彼女が求めていた解決策だった。だが、せっかく与えられるこの自由も、ジョーとアパートで過ごすことに使われたら、院長の好意を逆手にとることになるだろう。もし修道院の外に出られたら、正直な気持ち、彼女はそうするに決まっていた。

「そうしたいとは思いません」

ガブリエラはきっぱりとした口調で言った。

「わたしはシスターたちみんなとここにいるのが好きなんです」

それは本当だった。だが、いまの彼女はシスターたちのことよりも、ジョーのほうをより愛していた。そこが問題だった。神父とふたりでこれから具体的にどんな行動をとるか、最終的に決めるのはこれからだった。ふたりのどちら側に迷いがあってもできないことである。少なくとも、彼女側に迷いはなかった。ジョーは修道院を出たいと言っているものの、具体案はまだ出していない。どんなに彼女を愛していると言っていても、彼には考える時間がもっと必要なのだ。なんといっても、ふたりの愛が芽生えてからまだ二か月しか経っていないのだから。

悪夢のような数週間がつづいた。ガブリエラは一生懸命用事をこなしていたが、彼女のことを心配したグレゴリア院長は、外出が必要な用事はいっさいガブリエラにやらせなかった。ジョーと彼女は告白室で顔を合わせるものの、その短い時間はたいがいこれからの計画と、それを実行したときのマイナス面を話しあうことに費やされた。ガブリエラはあせる必要はないとジョーに言いつづけた。くれぐれも彼に後悔させるのはいやだった。あれ以来、アパートを使えたのはたったの二度だった。アパートの主はすでに休暇から戻っていたが、彼の出勤中なら、ジョーはいぜんとしてアパートを使っていいことになっていた。

事態はますます悪くなった。九月の半ばごろ、ガブリエラは四六時中吐き気に襲われるようになった。そのことをみんなには隠していたが、彼女の顔色の悪さと食欲のなさは誰の目にも明らかだった。

やがて本物のパニックがやってきた。彼女が教会のなかで気を失ったのだ。ミサを執り行なっていたジョー神父は、ポスチュラントの列の騒ぎに気づいてそちらに顔を向けた。運ばれていったのがガブリエラだと分かったときの彼の狼狽ぶりは、はた目にも分かるほどだった。

不安な気持ちでまる一日待ったジョーは、ようやく告白室に現われた彼女に、いったいどうしたのかとさっそく尋ねた。

「わたし、いったいどうしたのかしら。自分でも分からないの。昨日の礼拝堂のなかが暑すぎたのかしら」

たしかにそのころのニューヨークはひっきりなしの熱波に襲われていた。だが、そのときにジョーが指摘したとおり、老修道女も含め、ミサに集まったシスターたちのなかで倒れたのは彼女だけだった。ジョーは真剣になって彼女の身を案じた。

二週間してガブリエラは確信した。九月も終わりに近づいていた。科学的裏づけがあったわけではないが、もはや疑問の余地はなかった。当の彼女にはよく分かった。未経験ではあっても、これだけ兆候がそろったら妊娠を疑うのが自然だった。

その日、ガブリエラはなんとか修道院の外に出ることができた。そしてさっそくジョーに電話して、アパートで会うことになった。

アパートにやってきた彼女をひと目見て、ジョーは異状を察した。さらに、彼女からそうだと聞かされて驚愕した。ガブリエラを抱きしめながら、ジョーは声をあげて泣いた。彼がうろたえているのはその仕種のすべてに表われていた。

彼の目には、これが結婚の理由になるとはぜんぜん映っていなかった。なんとかしなければ、すぐに大変なことになる、とあせるのみで、思考は頭のなかで堂々巡りするだけだった。彼女の容体と自分たちがした行為の日付から判断して、妊娠二か月は経過していた。

これ以上引き延ばしておくことは不可能だった。ジョーの決意がどうあれ、ガブリエラには修道院を出るしか選択肢がなかった。

「いいのよ、ジョー」

ジョーが落ちこんでいるのを思いやって、ガブリエラはやさしく言った。デートを重ねていただけでも罪なのに、神父がシスターを妊娠させたとなったら！　そのスキャンダルの重さはふたりの想像力を超えていた。

「もしかしたらこれがわたしの運命なんだわ。わたしが決心するための授かり物なのかもしれない」

「ああ、ギャビー、許してくれ……わたしがいけなかったんだ……まさかこうなるとは……ちゃんとやっておけばよかったんだ……」

だが、コンドームを買っておくなんて、神父にどうしてできよう。彼女にしても同じである。こうなるしかなかったのかもしれない。まさかこんなに早くそれが来るとは、ウブなふたりは想像もしていなかった。

期せずしてジョーは、心配しなければならない人間をふたり持つことになった。妻と赤ん坊。しかし、いまの彼にふたりを養える力はなかった。彼は目の前が急にまっ暗になった。プレッシャーは彼の許容限度を超えていた。

「ひと月したら、わたし、セント・マシューズ修道院から出ます」

彼女は妊娠したと気づいた時点でそう決心していた。

「十月になったら、グレゴリア院長に話します」

ジョーにとっては、一か月の検討期間が与えられることになる。差し迫った事情のなかで、ガブリエラが彼にしてやれるのはそれが精いっぱいだった。もう少し先延ばしすることもできるだろうが、みんなに気づかれ、修道院のスキャンダルになるのが怖かった。

その日ジョーは胎児を傷つけるのを恐れて彼女にはなにもしなかった。ただ彼女を抱き、ふたたび泣きはじめた。

「きみの人生を狂わすことだけはしたくなかったんだ、ギャビー……なんとかしなくては……」

なんとかしなければ、それこそ大変なことになる。

「なんとかなるわよ。わたしたちがしっかりしていれば。そうでしょ?」

たとえうしろ指を指される身ではあっても、その日のガブリエラはびっくりするぐらい堂々としていた。

「きみのことを愛していることだけは確かだからね」

ジョーはふたりを養わなければならないことを考えながら言った。ふたりのために教団を去らなければと気はあせるものの、やっていける自信はまるでなかった。

「きみは強い人だ、ギャビー。でも、わたしは神父職以外のことはなにも知らないんだ」

ガブリエラだって、修道院以外のことはなにも知らない。しいて言うなら、折檻を受けていた子供時代のことなら知っている。それなのに、なぜみんなから〝強い人間だ〟と言われるのだろう? 父親も、蒸発する前の晩に同じことを言っていた。ジョーの言葉は彼女の心の奥に眠っていた恐怖を呼び覚ました。

〈もしジョーが逃げたらどうしよう? もし、ジョーがわたしと赤ん坊を捨てて逃げたら?〉

そう考えただけで、ガブリエラはパニックになった。だが、口に出してはなにも言わなかった。ジョーをこれ以上おびえさせないように、ただ黙って彼に寄り添っていただけだった。だが、心のなかではジョーにしがみついていた。

ジョーは立ち去るギャビーを抱いてキスをした。

ハンドルをにぎるギャビーは思いに沈みながら修道院に戻った。建物のなかに入るときグレゴリア院長に見つめられていたことも、シスター・アンが院長の執務室の外に封筒を置いて立ち去ったのにも気づかなかった。

そのあと、グレゴリア院長がセント・ステファン修道院に電話をかけ、夜のうちに大司教と話しあってから、暗い気持ちでセント・マシューズに戻ってきたことなど、ガブリエラには知る由もなかった。

確かなことを知る人間は誰もいなかった。ただ、少し前からうわさはいろいろあった。グレゴリア院長のもとに、同じ若い女性から匿名の電話も何件かあった。そういえば、コナーズ神父の最近の来訪は頻繁すぎるとようやく院長も気づきはじめていた。そのことで大司教に面会した結果、コナーズ神父を当分セント・マシューズ修道院に来させないことで話し合いがついた。

そんなことをなにも知らないガブリエラは、翌朝、告白室に入るなりこう言った。

「ハーイ、ジョー。愛してるわ」

返ってきたのはいつものジョーのカジュアルな声ではなかった。しばらく沈黙があってから、聞いたことのない厳粛な声は、何ごともなかったかのように告白の儀式を執り行なった。告白室を出るときの彼女の心臓は破裂しそうなほどドキドキしていた。ガブリエラは与えられた罰も思いだせないほど動転していた。ジョーになにがあったのか、まずそれが心配だった。急病にでもなったのだろうか？　それとも彼は教団を離れることを話したのだろうか？　それとも、すべてがバレるという最悪の事態が起きたのか？　彼女に相談なしにジョーが先走ったことをするはずがなかった。だが、昨日の午後ガブリエラから妊娠したことをはじめてうち明けられた彼が、狼狽するあまり、なにもかもしゃべってしまった可能性はある。

そのあとでグレゴリア院長の執務室に呼ばれたときのガブリエラの頭の中はまだ混乱したままだった。院長はしばらくなにも言わずに書類に目を落としていたが、やがて顔をあげ、机越しにガブリエラの目をのぞきこんだ。院長の表情はとても悲しそうだった。

「わたしに話すことがあるわね、ガブリエラ？」

「なんのことでしょうか？」

十二年間母のように慕い、実際〝マザー〟と呼んできた女性に面と向かって、ガブリエラの顔は紙のように白かった。

「なんの話か分かっているでしょ。コナーズ神父のことよ。あなたはずっと神父に連絡をとっていたんでしょ、ガブリエラ？　正直に話さなくてはダメですよ。ステファン修道院のひとりの神父が、八月にセントラルパークで、コナーズ神父があなたらしい女性といるのを見たと言っているんです。はたしてあなただったかどうか、その神父は確認できないそうですが、ステファン修道院の人たちはみな、あなただったのではと疑っています。いまからならまだ間に合います。スキャンダルは避けなければなりません。わたしに本当のことを話しなさい」

「わたしは……」

ガブリエラはこの場に至ってまで院長に嘘をつきたくなんてなかった。だが、どうして真実など話せよう。できない。少なくとも今はできない。ジョーに相談して、彼がどこまで明かしたか聞いてからでないと話せない。すでにジョーが審問を受けていることは、周囲の状況からして間違いない。

「わたし、どう説明したらいいんでしょう、マザー？」

「難しく考えないで、真実を話してくれればいいんですよ」

グレゴリア院長は厳しい表情で言った。娘のようにかわいがってきた若い女性を見る院長の心は沈んでいた。

「コナーズ神父に電話したのは……本当です……セントラルパークでも一度会いました」

ガブリエラが明かせるのはそこまでが精いっぱいだった。あとの話は自分のプライバシーというよりも、ジョーの未来にかかわってくる。

「どうしてなのか訊いていいかしら、ガブリエラ？　それとも、わたしの質問は野暮かしら？　神父はハンサムな男性で、あなたは美しい女性ですからね。でもね、ガブリエラ。あなたはまだ最終的な誓いを立てていませんが、そうするつもりだとわたしに何度も言いましたね。わたしは信じていたんですよ。どういうことなんでしょう、これは？　それに、コナーズ神父はもう何年も神父職にあるんです。神父にしても、あなたにしても、身勝手な振る舞いは許されません。重大な規律違反です」

「ええ、分かっています」

ガブリエラの目に涙があふれて、いまにもこぼれ落ちそうだった。しかし彼女は泣かなかった。院長に慈悲を乞うこともしなかった。

「それとも、この醜い話にもっとなにかあるんですか、ガブリエラ？　もしあるんだったら話しておきなさい」

決して醜い話ではなかった。院長にそんな言い方をされて、ガブリエラの心は傷ついた。彼女にできるのは、ただ首を横に振ることだけだった。ガブリエラはそれ以上嘘をつくのはいやだった。

「あなたは当然覚悟していると思いますけど、セント・ステファン修道院で正式な聴聞会が開かれます。それで大司教が今日呼ばれることになっているんです。そして、コナーズ神父は当分こちらには来ないことになりました」

院長は息継ぎのためにそこで言葉を止め、さらなる解答を求めてガブリエラの目をのぞきこんだ。

「あなたはこれからオクラホマにある姉妹修道院に移って、自分の行為を冷静に反省すると同時に、最終的誓いを立てるのかどうかじっくり考えていらっしゃい」

ギャビーにとっては死刑宣告のような院長の言葉だった。彼女はもう少しでわめきだしそうになった。

「オクラホマですって？」

地名もなじみがなければ、発した声も自分のものとは思えないほど頓狂《とんきょう》だった。だが、いまの彼女にはそれぐらいしか言えなかった。

「わたし、ここを出るつもりはありません」

大学進学について言い争って以来、ガブリエラが院長に逆らうのはこれが初めてだった。しかし、今日の院長は山のようにびくともしなかった。表面は平静を保っていても、彼女の腹のなかは煮えくりかえっていた。怒りはガブリエラにも向けられていたが、それよりも彼女は、こんな若い子をたぶらかしたコナーズ神父が憎らしかった。グレゴリア院長の感覚では、これは許しがたい罪だった。神の許しを乞うために、彼女自身、相当の祈りをささげなければならないだろう。あの神父にこんな目に遭わされるいわれはなかった。全幅の信頼を置いた神父だったのだから。一方のガブリエラは、世間知らずで、こんなにウブなのに！

「あなたは明日ここを発つんです。そうするしかありません、ガブリエラ。出発するまでちゃんと見張っていますからね。神父に連絡をとろうなどとしてはいけません。もし修道院にとどまりたいなら、真剣に反省しなければなりません。これからも外の世界に出る機会はいっぱいあるでしょう。しかし、内緒で神父に会って、夫婦を気どるようなことは絶対にしてはいけません」

「わたし、そんなことはしていません」

ガブリエラは苦しかった。なおも嘘をつく自分がいやだった。だが、彼のためにそうせざるをえなかった。

「あなたの言葉を信じられたらいいんですけど」

グレゴリア院長はすっくと立ちあがると、会談が終わったことをはっきりした言葉で言った。

「さあ、もう部屋に戻りなさい。明日出発するまで、ほかの誰とも口をきいてはいけません。しばらくしたら、キッチン担当のシスターがあなたのところにトレーを持っていくでしょうけど、そのときも口をきいてはいけません」

一夜にして疫病神にされてしまったガブリエラは、黙って院長室を出ると、階段を上がって自室へ向かった。なんとかジョーに連絡をとりたかったが、方法がなかった。このまま彼を置いていくわけにはいかない。ガブリエラは、なにがどうなろうと、オクラホマ行きを拒絶するつもりだった。

ガブリエラはその日一日じゅうベッドに横になってごろごろしていた。考えるのは彼のことばかりだった。そして、夜のとばりがおりるころには、錯乱状態に陥っていた。彼に向けた文章もたくさん書いた。なにか書いていないときは部屋のなかを行ったり来たりしていた。最低、庭に出ることぐらいはしたかった。だが、それすらも許されなかった。グレゴリア院長の命令に逆らうようなまねはできなかった。気になるのは、聴聞会で神父がなにを訊かれ、なんと答えているかだった。こうなるのは初めから予想がついたはずだ。いまふたりにできるのは、苦痛に耐え、屈辱を忍んで生き延びることだ。そうすれば、またふたり一緒になる日も来よう。

ガブリエラは届けられた食事にいっさい手をつけなかった。

だが、それがはじまったのは夕食時間のあとだった。彼女は下腹部に妙な痛みを覚えた。痛みは最初、息が止まるほどだったが、すぐに消えてしまった。しばらくするとまた襲ってきた。それがなにを意味するのか、ガブリエラには知識がなかった。それに頭のなかはジョーのことでいっぱいだったので、深く考えようともしなかった。同室のふたりのポスチュラントが食事から戻ってきたときの彼女は、苦しくてベッドにもぐりこんでいた。だが、痛みを訴えるようなことはしなかった。自分では精神的なことからくる痛みだろうと思っていた。

同室のポスチュラントも彼女に話しかけなかった。ガブリエラはいま問題をかかえているから声をかけてはいけないと彼女たちは厳しく言われていた。

シスター・バーニーがどんなことをしでかして、どんな罰を受けているのか、知る由もないポスチュラントたちだったが、指導部長がいなくなると、かならず寄り集まってはコソコソとささやきあっていた。ひとり、シスター・アンだけは妙に静かだった。

ガブリエラはその夜ジョーのことが心配でひと晩じゅう眠れなかった。いったいなにを訊かれ、なんと答えたのだろう？　セント・ステファン修道院でなにが行なわれているのだろう。

彼女が想像できるのは、歴史で習ったスペインの宗教裁判のような光景だ。

夜中の二時になると、腹部の痛みは思わず叫びたくなるほど激しくなった。しかし、声を出すこともできなかった。話したらどうなる？　流産するかもしれないなどと言ったら、妊娠していることがたちまちばれてしまう。話すかわりにガブリエラはなんとか起きあがり、這うようにしてバスルームに入った。そこにかがんで、恐れていた問題の最初の兆候を目にした。しかし、助けを呼べる場合ではなかった。今回だけはグレゴリア院長にもすがれなかった。もちろんジョーにも連絡できなかった。彼がなにか言ってくるのを待つしかなかった。彼から音沙汰なしで終わるはずはなかった。朝までには大変化が起こるはずだった。ジョーが神父職を辞するとさえ言えば、すべてが解決するはずだった。彼がセント・マシューズ修道院に彼女を迎えにくるのは時間の問題だった。そこまで考えたとき、ガブリエラは、わたしも院長にすべてを話そうと決心した。世話になった修道院である。身をきれいにして立ち去りたかった。嘘の上塗りをしたまま いなくなったら、彼女のうわさは腐りかけた空き缶のように、いつまでもカラカラと鳴りつづけるだろう。

しかし朝が来るまでに、ガブリエラは痛みと恐怖でほとんど何も考えられない状態になっていた。オクラホマへ出発する時間も知らされていなかった。しかし、少なくとも彼女には出発するつもりはなかった。はっきりと拒否するつもりだった。ナイトガウンを着たままの彼女を力ずくで連れていこうとしても、それはできないだろう。

ポスチュラントたちがベッドから出る音が聞こえていた。ガブリエラはみんながいなくなるのを待ってベッドから起きあがった。自分のシーツが血だらけなのを見ても、彼女にはどうしていいのか分からなかった。ただひとりでしくしく泣き、もう一度ベッドに横になるしかなかった。やがて朝日が顔を出し、チャペルから聞こえていたみんなの歌声が終わると、彼女の部屋のドアがノックされた。シスター・エマニュエルが悲しそうな顔でこちらを見つめていた。泣いているようにも見えた。

「グレゴリア院長がお呼びですよ、ギャビー」

シスター・エマニュエルの声も悲しそうだった。修道院のみんなにとって悲しい日になった。でも、いちばん悲しいのは、みんなをこれほどみごとに裏切ってしまったガブリエラ本人だった。

「わたしはオクラホマへは行きません」

ガブリエラの声はしわがれていた。彼女は起きあがれるかどうかも定かでなかった。痛みはずっとつづいていたし、横になっていても激しさは鎮まらなかった。

「そうなら、下りて自分で院長に話してください」

ガブリエラは怖くて、起きあがれないとは言えなかった。だから、とりあえずシスター・エマニュエルがいなくなるのを待った。それから、よろけながら立ちあがり、想像を絶する痛みに耐えながら、なんとか着替えをすませた。子供時代に母親から折檻を受け、同じようにして着替えをしたときのことが思いだされた。しかし、怖いのは、今度のほうがはるかにつらい点だった。

修道着に着替えると、痛みはさらに激しくなった。階段などとても下りられそうになかった。彼女はほとんど這うようにしてグレゴリア院長の執務室に着いた。だが、いったん部屋に足をふみ入れると、自分を励まして背すじを伸ばした。そのとき襲ってきた痛みで、もう少しで気を失いそうになった。グレゴリア院長の隣りにはふたりの神父が立っていた。それを見てガブリエラは驚きを隠せなかった。一時間前からそこにいた三人は、ガブリエラに伝えるべき言葉を相談しあっていたのだった。

顔をあげた院長はドキッとした。こんなにやつれているガブリエラを目にするのは初めてだった。彼女が地獄の苦しみを味わっているのはひと目見て分かった。思わず立ちあがって手を差しのべるのを控えるのに、院長は心を鬼にしなければならなかった。

「シスター・バーナデット。あなたに話すために、オブライアン神父とデメオラ神父がお見えになっています」

院長が彼女をあえてシスター名で呼んだのは、神父たちの前で個人的なつながりを示したくなかったのと、これから言い渡されることでガブリエラがなるべく傷つかないようにするための配慮だった。しかし、いくら心を鬼にしていても、院長の気持ちは、愛するギャビーを早く抱きしめてやりたくてはやるばかりだった。

「きみの今後については、グレゴリア院長が今日これから決めることになっています」

オブライアン神父が目に悲しみをたたえて言った。しかし、彼がどんなに悲しい顔をしても、ギャビーの立場は変わらないのだ。閉めきられた部屋のなかでガブリエラは息苦しそうだった。顔色は入ってきたときよりもさらに悪くなっていた。しかし、彼女がどんなに苦しもうと、それは当然の報いであるというのが三人の立場だった。

「わたしたちがここに来たのは、コナーズ神父のことを話すためです」

なぜか三人が目をそらしているのがギャビーには救いだった。

「神父はきみ宛に手紙を置いていきました」

そう言ったのはデメオラ神父だった。彼も悲しそうな顔をしていた。

「コナーズ神父はきみに誘惑されたと説明していましたがね」

「わたしが何をしたですって？」

ギャビーは耳にした言葉が信じられなくて、デメオラ神父の顔を見返した。ジョーがそんなことを言うはずがなかった。神父たちが勝手に話をねじ曲げているのだ。この場は彼女を悪役に仕立てるしかないのだろう。壁のどこかから時計の秒を刻む音が聞こえていた。ガブリエラは、内容はどうでもいいから、話を早くすませてもらいたかった。

「コナーズ神父がはっきりとそう言ったわけではないが、そういうような口調でした」

「ではその手紙を見せていただけますか？」

ギャビーは震える手を差しだした。そのときの彼女は、三人が称賛せざるをえないほど落ちついていて、威厳があった。

「それはちょっと待ってください」

オブライアン神父が答えた。

「その前に、きみに話しておきたいことがあるんです。きみの立場についてです。それをしっかり心得ておいてもらいたい。きみはひとりの男を地獄に突き落としたんです。彼の魂の救済は永遠にありません。あんな罪を犯したあとではありえません……きみにそう仕向けられたにしてもです。この事実を確認しつづける責め苦が、きみに対する罰です」

ガブリエラは老神父の口から吐きだされる醜い言葉がいやだった。三人が三人そろって、大の大人のくせに寛容の精神がないのがいやだった。自分たちが何をしたにしろ、こんな仕打ちはあんまりだ。この調子でジョーが聴聞会でどれほど苦しめられたか、ガブリエラには察して余りあった。彼女は老神父たちが疎ましかった。ガブリエラのいまの望みはジョーに会うことだけだった。会って自分の愛を伝えられればそれでよかった。そうすれば、彼の痛みもやわらぐだろう。

〈この人たちに、あの人を拷問したり、刑を言い渡す資格はないわ〉

「コナーズ神父に会いたいんですけど」

自分の声が大きくてはきはきしているのに彼女自身が驚いた。ガブリエラはこのまま神父たちの決定に従うつもりはなかった。どんな立場の誰にも、ジョーとの仲を裂かれたくなかった。その限りにおいて、彼女は修道女とははっきり一線を画していた。

「きみたちはもう会えないんです」

オブライアン神父の言い方が怖かったので、ガブリエラは思わずブルッと震えた。

「そんなことを決める権利は神父さまたちにはないはずです。会うか会わないか決めるのはコナーズ神父さまだけです。もしコナーズ神父さまが会いたくないとおっしゃるなら、わたしは彼の意思を尊重します」

きっぱりとそう言いきったときの彼女は美しくて、力強くて、威厳に満ちていた。グレゴリア院長はその立場にもかかわらず、ガブリエラのそんなところが愛しかった。必死になって抗弁するガブリエラは、顔は青ざめていても、その姿は天使のようだった。

「コナーズ神父にはもう会えないんです」

オブライアン神父が同じ言葉をくりかえすと、ガブリエラは今度は断固とした表情で老神父を見つめかえした。神父はやむなく最後の一撃を彼女に与えることにした。遅かれ早かれ彼女が受けなければならない衝撃だった。ただ、そのタイミングが残酷すぎて、彼女の教団に対する信頼が根底からくつがえされそうだった。

「コナーズ神父は今朝早く自分の命を絶ったのです。きみへのこの手紙を残してね」

デメオラ神父がその手紙をとりあげ、彼女の前で忌まわしそうにもてあそんだ。ガブリエラをとりまく周囲の壁がゆっくりと回りはじめた。

「神父さまが……わたしが……」

ガブリエラは聞いた言葉がのみこめなかった。完全にのみこむのには時間が必要だった。シヨックはあとになってから来るのだろう。彼女はさぐるような目で神父たちを見つめた。いまの話は嘘だと言って、と彼女の目が哀願していた。しかし、神父たちは冷たい口調で話をつづけた。

「コナーズ神父は自分の犯した罪に耐えきれなかったのです……教団を離れなければならない現実に耐えられなかったのです。それとも、これからの苦難に立ち向かう勇気がなかったと言うべきかもしれません。とにかく、きみの希望に従うよりは、命を絶ったほうがいいと思ったのでしょう。彼は昨晩、セント・ステファンの自室で首を吊りました。これ自体が罪です。その罪に対する罰は、地獄で永遠に焼かれることです。彼は神を捨てるよりは死を選んだのです。それはとりもなおさず、きみよりも神を愛していたということです、シスター・バーナデット……きみは、このことを生きているかぎり自覚しつづけなければならないのです」

ガブリエラはすっきりした表情でオブライアン神父に顔を向けた。それから、自分でも驚くような元気のよさで立ちあがった。いま耳にしたことを信じまいとするかのように、三人を交互に見つめながらしばらく直立不動の姿勢をつづけた。が、やがて小さな声を発しながら、気を失って床に倒れた。

〈あの人もわたしを捨てたんだわ。みんなと同じように〉

倒れながらそう思ったところで、彼女の思考は停止した。

ガブリエラは暗闇という慈悲の腕のなかに消えていった。仰天して目を丸くする三人の前で、ガブリエラの体から鮮血がドクドクと流れだした。

〔下巻へつづく〕

長い家路 (上)

二〇〇二年 六 月 十 日 第一刷発行

著 者 ダニエル・スティール
訳 者 天馬龍行

発行者 益子邦夫
発行所 ㈱アカデミー出版
東京都渋谷区鉢山町15－5
郵便番号 一五〇－〇〇三五
電 話 〇三(三四六四)一〇一〇
FAX 〇三(三四七六)一〇四四
〇三(三七八〇)六三八五

印刷所 大日本印刷株式会社

ISBN4-86036-004-4